Lettere dal Lido

Italian Romance Novels

Aurora De' Rossi

A te, caro lettore, che hai camminato al mio fianco in questo viaggio straordinario. Le tue parole, il tuo sostegno e la tua pazienza sono stati la luce nei momenti di incertezza, la forza nei momenti di difficoltà. Questo libro è per te, che credi nelle storie che raccontiamo, nelle emozioni che condividiamo, e nella bellezza della speranza che non muore mai. Grazie per essere parte di questo cammino, per il tuo continuo supporto e per il tuo amore per la lettura. Senza di te, tutto questo non sarebbe stato possibile. Con gratitudine infinita, ti dedico queste pagine, con la speranza che tu possa trovare in esse una parte di te.

"La guerra può distruggere il corpo, ma non
la forza dello spirito. L'amore, la memoria
e la speranza sopravvivono al caos, e nelle
parole troviamo la nostra resistenza."
— Anonimo

CONTENTS

INTRODUZIONE

Nel cuore di Venezia, una città intrisa di storia e bellezza, si intrecciano le vite di due giovani destinati a sfidare le ombre della Seconda Guerra Mondiale. Lettere dal Lido è un racconto che esplora l'amore, la resistenza e la forza di spirito in un periodo segnato dal caos e dalla perdita. Con uno stile che trasporta il lettore in un passato dove le emozioni e le scelte si intrecciano con il destino, questa storia racconta non solo della guerra, ma della capacità umana di resistere e rinascere anche nei momenti più oscuri.

Quando la giovane Elena si trova a vivere nel cuore del conflitto, la sua vita tranquilla da libraia è sconvolta. In un susseguirsi di eventi che la spingono a diventare parte della resistenza, scopre non solo il coraggio, ma anche l'intensità di un amore che sfida ogni barriera. Le lettere che scrive e riceve da Pietro, un partigiano in lotta sulle montagne, diventano il filo conduttore di una storia che supera i confini della guerra e della paura.

Questa è una storia di speranza, ma anche di sacrificio. È un invito a riflettere su quanto possiamo resistere in nome di ciò che amiamo, e su come le parole, anche in tempi di silenzio e distruzione, possano essere il legame che ci unisce e ci salva. Ogni lettera, ogni parola scritta, è un atto di vita, un atto di coraggio.

Invito il lettore a immergersi in queste pagine con il cuore aperto, per scoprire non solo la forza di un amore che non muore, ma anche la testimonianza di un'umanità che, nonostante tutto, continua a sperare e a lottare. Lettere dal Lido non è solo un romanzo, è un tributo a chi ha resistito, a chi ha amato, e a chi ha scelto di non arrendersi.

Vi auguro una lettura che non solo vi appassionerà, ma che vi lascerà una traccia indelebile, come una lettera scritta da un tempo lontano, ma che vive ancora nel presente.

CAPITOLO 1: IL PRIMO INCONTRO

LIDO DI VENEZIA, 1939

L ido di Venezia, alla fine degli anni Trenta, non era solo una località balneare amata dai turisti, ma un angolo di mondo dove la bellezza e la storia si mescolavano con le ombre delle incertezze politiche. Le sue strade, strette e silenziose, erano bagnate dalla luce calda e dorata di un sole che sembrava accarezzare ogni angolo con la stessa tenerezza di una madre. Qui, l'aria di mare e il profumo dei pini marittimi si mescolavano con il suono delle onde che accarezzavano dolcemente la riva, mentre le barche dei pescatori oscillavano sulle acque tranquille della laguna.

Elena, che viveva da sempre su questo isolotto che separa la laguna di Venezia dal mare aperto, conosceva ogni angolo di Lido come il palmo della sua mano. Ogni mattina, prima che il mondo cominciasse a svegliarsi, si recava alla sua piccola libreria, un luogo che per lei non era solo un negozio, ma una casa, un rifugio dove il tempo sembrava rallentare. Era un angolo di serenità, un posto dove poter rifugiarsi dalla realtà che cambiava velocemente, dove il fragore della guerra che si preparava a scoppiare sembrava lontano, quasi irreale.

Il negozio si trovava in una delle vie principali del Lido, ma si nascondeva con discrezione tra le altre botteghe e le case basse. La porta di legno, scura e un po' consumata dal tempo, era sempre leggermente aperta, accogliendo chiunque avesse voglia di entrare. Il piccolo negozio, con le pareti rivestite di libri di ogni genere, si riempiva di quell'odore inconfondibile di carta e inchiostro, un odore che Elena amava più di qualsiasi altra cosa. Ogni giorno si immergeva nelle pagine dei libri, cercando risposte alle domande che non osava fare a voce alta. Sognava di diventare una scrittrice, di riuscire a pubblicare qualcosa di proprio, ma era ben consapevole che, in quel periodo, il sogno di una donna che voleva fare carriera nel mondo della letteratura era un sogno che doveva scontrarsi con le dure realtà del suo tempo.

Elena era una giovane donna di ventisei anni, con i capelli castani raccolti in una treccia disordinata che le cadeva sulla schiena. Il suo viso, marcato da lineamenti delicati e occhi grandi che sembravano assorbire ogni dettaglio del mondo che la circondava, era spesso nascosto da una montatura di occhiali spessi, che le dava un'aria da intellettuale. Non era una donna particolarmente alta, ma il suo portamento era elegante, come se ogni gesto fosse studiato per trasmettere una grazia innata. La sua bellezza, per quanto silenziosa e discreta, non passava inosservata, ma lei non si curava delle attenzioni che riceveva, per lei la vera bellezza stava nel mondo dei libri, nel rifugio che solo la lettura sapeva offrirle.

Ogni giorno, Elena apriva il negozio al mattino presto, quando la città dormiva ancora, e lo chiudeva al tramonto, quando la luce dorata della sera faceva apparire tutto più luminoso e sfumato, quasi come se anche il tempo stesse cercando di rallentare per regalare più ore di bellezza. I clienti che frequentavano la libreria erano pochi, ma costanti, un piccolo gruppo di amanti dei libri che arrivavano in cerca di romanzi o saggi rari, di autori italiani o stranieri, di testi che non avrebbero mai trovato nelle grandi librerie del centro di Venezia. Ogni cliente conosceva Elena e, benché il negozio fosse modesto, era rispettato e amato dai pochi che vi si recavano.

Quella mattina, come tutte le altre, Elena era

al suo posto dietro il banco, immersa in un libro di storia, quando la campanella della porta suonò, annunciando l'arrivo di un nuovo cliente. Non si trattava di un cliente abituale e, per un attimo, Elena alzò gli occhi dal libro e vide un uomo che non aveva mai visto prima. Aveva circa trent'anni, con capelli scuri, tagliati corti, e un volto che sembrava segnato dal tempo, ma allo stesso tempo giovane, quasi scanzonato. I suoi occhi, scuri e pieni di curiosità, brillavano di una luce che non riusciva a nascondere la sua passione per la conoscenza. Era vestito con un cappotto grigio, che sembrava fuori posto per la stagione, ma la sua presenza era immediatamente affascinante. Camminò fino al bancone e, con un sorriso timido ma sicuro, si presentò. "Buongiorno, signorina. Sono Pietro. Ho sentito parlare di questo posto e non potevo perdermi l'occasione di dare un'occhiata."

Elena lo guardò per un momento, incuriosita dalla sua gentilezza e dal suo accento che rivelava un'origine diversa dalla sua. "Benvenuto, signor Pietro. Prego, si senta libero di guardarsi intorno," rispose lei, mentre tornava a posare gli occhi sul suo libro. Ma Pietro non si mosse. Rimase lì, davanti a lei, a osservare le pile di libri che occupavano ogni angolo del negozio, come se cercasse qualcosa di più di una semplice lettura.

"Questo posto ha un'atmosfera unica," disse, quasi a se stesso. "E la selezione è così particolare... Non è facile trovare un negozio che conservi ancora la passione per i libri veri, quelli che parlano alle anime, non solo ai lettori distratti."

Elena sorrise, ma non rispose subito. Aveva sentito queste parole in passato da altri, ma c'era qualcosa nel tono di Pietro che la colpì in modo diverso. Forse era la sincerità della sua voce, o forse il fatto che sembrava capire davvero ciò che rendeva speciale quella piccola libreria nascosta in mezzo alla città.

"Mi chiamo Elena," disse infine, sollevando lo sguardo. "Sono io che gestisco il negozio. Se cerca qualcosa in particolare, posso aiutarla a trovarlo."

Pietro si avvicinò al banco, fissando Elena con occhi più intensi. "In realtà, cercavo qualcosa che parlasse della Venezia di un tempo, della sua storia. Ma credo che più che un libro, ho trovato una persona che sa davvero cos'è Venezia."

Le sue parole la colpirono, ma Elena non volle far trapelare il suo interesse. Si alzò lentamente e si avvicinò alla sezione di libri storici, come se stesse cercando qualcosa per rispondere alla sua affermazione. "Venezia ha una storia complessa, ma affascinante. Ci sono molti libri che parlano della sua gloria passata, ma pochi che raccontano le storie della sua gente."

Pietro annuì, seguendola con gli occhi mentre lei

sistemava i volumi sugli scaffali. "La storia della gente, sì. È quello che mi interessa di più. Le storie delle persone che vivono dentro la città, piuttosto che quelle delle sue mura."

"Posso suggerirle un libro che potrebbe piacerle," disse Elena, afferrando un volume di memorie di un vecchio veneziano che parlava della vita quotidiana nell'era della Serenissima. "Questo libro racconta le storie di coloro che hanno vissuto tra queste mura, non solo quelle di chi le ha costruite."

Pietro sorrise, un sorriso che non sembrava solo di cortesia. "Grazie. Ma mi sembra che anche lei, signorina Elena, abbia una passione per le storie, per la gente, e non solo per i libri."

Il suo tono era così diretto che Elena arrossì leggermente, ma non volendo sembrare troppo emozionata, rispose semplicemente. "Mi piace pensare che ogni libro contenga una storia, e che ogni storia sia una porta per entrare in un altro mondo."

Pietro annuì, evidentemente soddisfatto dalla sua risposta. "Allora credo che ci troveremo spesso qui, tra queste porte."

Pietro si trattenne ancora per qualche istante, esaminando attentamente il libro che Elena gli aveva suggerito, ma non sembrava volerlo acquistare subito. La sua curiosità era evidente, ma c'era qualcosa di più, qualcosa che non si vedeva a prima vista: un desiderio di conoscere meglio non solo i libri, ma anche la persona che li custodiva. Elena sentiva un'inquietudine nascosta dietro i suoi occhi, un'energia che non riusciva a decifrare, ma che attirava comunque la sua attenzione.

"Mi scusi," disse infine, interrompendo il silenzio che si era creato tra di loro. "Lei è di Venezia, vero?"

Elena annuì senza alzare lo sguardo. "Sono nata qui, cresciuta su quest'isola. Lido è sempre stata casa per me."

"Deve essere incredibile vivere circondati da tanta storia e bellezza," disse Pietro, con un tono che sembrava sincere ammirazione. "La città, il mare, le tradizioni. Non credo che ci sia un altro posto al mondo come questo."

"Ci sono momenti in cui Venezia sembra un sogno," rispose Elena, alzando lo sguardo e fissandolo per un attimo. "Ma ci sono anche momenti in cui ti sembra di essere prigioniero di un sogno che non finisce mai."

Pietro sembrò colpito da quelle parole. "È un modo interessante di vedere la città," rispose pensieroso. "Non avevo mai pensato a Venezia in quel modo. Ma forse è vero... La bellezza è anche una prigione, se ti fa dimenticare che il mondo attorno a te sta cambiando velocemente."

Elena si fermò, sorpreso da quella riflessione. Per un momento, si rese conto che il giovane che aveva davanti non era come gli altri clienti che frequentavano il negozio. Non era interessato solo a sfogliare i libri, ma voleva scoprire qualcosa di più profondo. Forse era il suo spirito libero che la intrigava, la stessa libertà che lei desiderava tanto per se stessa.

Pietro, notando il cambiamento di espressione di Elena, sorrise gentilmente, ma con un pizzico di disarmante sincerità. "Non voglio sembrare invadente, ma... c'è qualcosa in questa libreria che mi attira. Forse è il fatto che qui si respira un'atmosfera di resistenza, di ricerca di qualcosa che va oltre il semplice commercio."

Elena si sentì un po' colpita da quella osservazione. Non sapeva se fosse un complimento o una critica velata, ma in fondo la cosa non le importava. Quello che la toccava era il fatto che, tra le migliaia di persone che passavano ogni giorno davanti al suo negozio, Pietro era l'unico che sembrava davvero percepire l'anima del posto.

"Sì," disse lentamente. "Qui, tra queste pareti, si sente davvero la storia, ma anche il silenzio di chi ha scelto di vivere al margine, lontano dalla grande città. In qualche modo, questa libreria è come un rifugio, dove il tempo non sembra scorrere in fretta come altrove."

Pietro sorrise, e in quel sorriso c'era qualcosa di quasi malinconico. "Capisco," disse, "forse è proprio questo il motivo per cui mi trovo a parlare con una sconosciuta in una libreria su un'isola come il Lido. Perché qui il tempo sembra fermarsi, ma allo stesso tempo ti costringe a riflettere su ciò che sta accadendo nel mondo."

Un silenzio imbarazzato si distese tra di loro, ma non era un silenzio sgradevole. Era il silenzio di chi, per la prima volta, si rende conto di avere qualcosa in comune con un altro essere umano, qualcosa che va oltre le parole superficiali e tocca la parte più profonda dell'anima. Elena avvertiva che qualcosa stava cambiando, che quella conversazione avrebbe segnato un punto di svolta, ma non sapeva ancora in che direzione.

Pietro finalmente si staccò dalla libreria e guardò Elena, come se volesse dire qualcosa di importante, ma poi si fermò. "Mi scuso ancora," disse. "Non volevo sembrare troppo audace, ma credo che ci vedremo di nuovo. È difficile non tornare in un posto dove si è trovata una connessione... anche se solo per un momento."

Elena sorrise, un sorriso che non nascondeva più la sua timidezza. "Sarà un piacere," rispose, guardandolo negli occhi per un secondo che sembrò sospeso nel tempo.

Pietro si allontanò lentamente, ma non prima di lanciare un'ultima occhiata alla libreria e a Elena, che lo seguì con lo sguardo fino a quando non uscì dalla porta. Quando la campanella suonò ancora, Elena rimase ferma per un momento, il cuore che batteva più forte del solito. Non riusciva a spiegarsi perché quella conversazione, così breve e casuale, l'avesse colpita tanto. Eppure, in qualche modo, sentiva che quella sarebbe stata l'inizio di qualcosa che avrebbe cambiato per sempre la sua vita.

Dopo un po', Elena tornò al suo banco e si sedette, ma il suo pensiero era altrove. Non riusciva a liberarsi dalla sensazione che Pietro non fosse solo un semplice cliente, ma qualcosa di più, qualcuno che aveva toccato un nervo scoperto dentro di lei. Eppure, non voleva cedere alla tentazione di credere che quel piccolo incontro potesse significare qualcosa di profondo. Sapeva che le cose, a volte, si complicano quando si iniziano a credere nelle proprie emozioni.

L'arrivo di Pietro

Pietro arrivò a Venezia con il cuore pesante e la mente confusa, come se fosse in viaggio senza una meta precisa. Non sapeva se fosse il desiderio di fuggire dal mondo che stava lasciando alle spalle o il bisogno di trovare qualcosa che lo liberasse dalla prigionia che si stava costruendo attorno a lui. Aveva sempre sentito parlare della città come di un luogo di bellezza senza pari, ma non si era mai sentito veramente attratto dal fascino turistico o dalla grandeur della Serenissima. Per lui, Venezia rappresentava piuttosto un rifugio, un luogo dove poter trovare un po' di respiro lontano dalla pesantezza della sua vita quotidiana. Non solo un rifugio dal mondo esterno, ma anche dal peso delle aspettative di suo padre, un uomo che non conosceva altra legge se non quella dell'onore e della disciplina. Era stato un uomo di grande successo, ma anche di rigidità morale e di convinzioni che Pietro stava cominciando a rifiutare.

L'uomo che aveva generato Pietro non aveva mai avuto dubbi su ciò che suo figlio doveva fare nella vita. A lui non importava se Pietro amasse la letteratura o se desiderasse intraprendere una carriera nell'arte. Per il padre, l'unica cosa che contava era che suo figlio fosse un uomo d'onore, che si adattasse agli schemi della società e, soprattutto, che si mantenesse lontano dalla politica che andava via via contaminando la nazione. Ma Pietro non riusciva più a sopportare quel controllo, quel dovere che sentiva soffocarlo. Le sue convinzioni, che un tempo erano state allineate con quelle del padre, ora si stavano sgretolando sotto il peso del fascismo che pervadeva l'Italia. Si sentiva intrappolato, imprigionato in un mondo che non gli apparteneva. La sua anima cercava libertà, ma il suo corpo sembrava essere sempre intrappolato in una gabbia invisibile.

Era arrivato a Venezia non tanto per evadere fisicamente, ma per cercare qualcosa dentro di sé che lo liberasse dal continuo confronto con il padre e con un futuro che non gli apparteneva. Aveva deciso di fare una visita a un vecchio amico d'infanzia che viveva nella città, un amico che aveva avuto la fortuna di allontanarsi da casa per studiare letteratura. Quella visita rappresentava per Pietro un'occasione per respirare finalmente un po' di aria diversa, ma anche un'opportunità per staccarsi temporaneamente da un mondo che non faceva altro che ricordargli le sue frustrazioni.

Arrivato a Venezia, Pietro si sentiva straniero nella città che ormai conosceva solo per sentito dire. La bellezza dei canali, delle piazze e dei palazzi storici sembrava a lui sfocata, come se non riuscisse a cogliere l'anima di quel posto. Tuttavia, c'era una sensazione che lo affascinava, una sorta di mistero che avvolgeva le calli e i vicoli, una bellezza malinconica che si rivelava solo a chi era disposto a guardare oltre la superficie. Forse era la stessa bellezza che sentiva nel cuore di ogni sua riflessione: una bellezza dolorosa, difficile da afferrare, ma impossibile da ignorare.

Il suo amico lo aveva invitato a una serata letteraria, un incontro che si teneva ogni settimana in una piccola libreria che si trovava al Lido di Venezia. Pietro, pur non essendo un frequentatore assiduo di eventi letterari, aveva accettato volentieri l'invito. Sapeva che questo amico condivideva molte delle sue stesse opinioni riguardo al regime fascista e si era sempre dimostrato un punto di riferimento intellettuale per lui. Pietro sperava che quella sera sarebbe stata l'occasione giusta per confrontarsi con altri spiriti liberi, per cercare risposte alle sue domande, per sentirsi finalmente parte di qualcosa che non fosse il mondo borghese e conformista che aveva conosciuto finora.

Arrivò al Lido nel tardo pomeriggio, quando il sole stava cominciando a calare dietro le colline venete, tingendo il cielo di un colore arancio che sembrava infondere una calma surreale nella città. Camminò lungo la via principale del Lido, i suoi passi che rimbombavano nel silenzio della zona residenziale. I rumori della città sembravano allontanarsi man mano che si avvicinava alla libreria, come se quel luogo fosse stato avvolto da una bolla di tranquillità. Non c'era nulla di straordinario nell'aspetto esterno del negozio, ma qualcosa nel suo fascino discreto attirava inevitabilmente l'attenzione. Le vetrine non erano particolarmente ornate, ma attraverso il vetro si potevano vedere le mensole colme di libri che sembravano raccontare storie di un tempo lontano. L'atmosfera che emanava era quella di un luogo dove il tempo si fermava, dove chiunque entrasse potesse dimenticare per un attimo il mondo esterno e perdersi nei libri che parlavano di altri mondi, di altre realtà.

Quando varcò la soglia della libreria, Pietro fu accolto da un profumo di carta e di inchiostro che lo avvolse come una coperta calda. La libreria era piccola, ma aveva un'atmosfera intima e accogliente. C'erano pochi clienti, tutti intenti a sfogliare i libri con una cura che tradiva il loro amore per la lettura. Pietro avvertì immediatamente che quel luogo non era come le altre librerie. Non c'era alcuna pretesa commerciale, nessun tentativo di attrarre il pubblico con gli ultimi bestseller. Era un angolo di resistenza culturale, un rifugio per chi, come lui, cercava di fuggire dalla superficialità del mondo che si stava trasformando.

Si avvicinò al banco dove il suo amico lo stava aspettando. "Pietro, finalmente! Sono contento che tu sia riuscito a venire," disse l'amico con un sorriso caloroso. "Questa sera avremo una conversazione interessante. C'è un gruppo di intellettuali, scrittori e artisti, che si incontrano qui ogni settimana. Parliamo di tutto, dalla letteratura alla politica, dalla filosofia alla storia. È una delle poche occasioni in cui possiamo ancora esprimerci liberamente."

Pietro annuì, sentendo un brivido attraversargli la schiena. Era quello che cercava: un luogo dove le parole avessero un significato, dove la libertà di pensiero non fosse soffocata dalla censura o dalla paura.

Il suo amico lo accompagnò al centro della libreria, dove un gruppo di persone era già seduto intorno a un tavolo. La discussione era accesa, e Pietro sentì subito che il tono di quella conversazione era diverso da tutto ciò che aveva vissuto finora. Si parlava di autori proibiti, di libri che erano stati banditi dal regime, di idee che il fascismo aveva cercato di soffocare. Pietro non poteva fare a meno di sentirsi stimolato, come se finalmente fosse riuscito a trovare una comunità che parlava la sua lingua, una comunità che non temeva di affrontare la verità.

Si sedette con il gruppo, e per tutta la serata si lasciò coinvolgere nella discussione. Ma la sua mente non smetteva di tornare a un pensiero che lo turbava: l'idea che, da quel momento in poi, la sua vita non sarebbe più stata la stessa. E in mezzo a quella conversazione intensa e appassionata, il suo sguardo incrociò per un istante gli occhi di una donna che non aveva notato prima: Elena, la giovane proprietaria della libreria. Non sapeva perché, ma sentì un'immediata connessione, come se quelle parole, quella discussione, avessero trovato la loro vera dimora negli occhi di lei.

Elena stava osservando attentamente la discussione che si stava svolgendo al centro della libreria. Non partecipava direttamente, ma si sentiva un po' come una testimone silenziosa, godendo del fervore intellettuale che permeava l'aria. Aveva sempre amato questi incontri settimanali: erano uno dei pochi momenti in cui la sua anima si sentiva pienamente viva, in un mondo che, lentamente, sembrava restringersi sotto la cappa del fascismo. La sua libreria, piccola e modesta, era diventata un rifugio per chi cercava di sottrarsi alla morsa della repressione e del conformismo che stava invadendo l'Italia.

Non c'era nulla di speciale nell'aspetto di Pietro, eppure c'era qualcosa in lui che la colpiva. Non si trattava tanto del suo aspetto fisico, che per quanto affascinante, non aveva nulla di straordinario. Era la sua presenza, quella sorta di energia sommessa ma potente che emanava quando parlava, la sua capacità di ascoltare e al contempo di riflettere in modo profondo su ogni parola pronunciata. Elena lo osservò mentre interagiva con gli altri membri del gruppo. C'era una lucida passione nei suoi occhi, una certa determinazione che la incuriosiva.

La conversazione si spostò rapidamente su temi più complessi, tra cui la crescente tensione politica in Italia e le difficoltà che gli intellettuali stavano affrontando sotto il regime. Pietro sembrava molto a suo agio, e la sua mente analitica rispondeva con fermezza e cognizione di causa a chiunque osasse discutere di temi come la censura o la libertà di espressione. Elena non poté fare a meno di notare quanto fosse diverso da molti dei suoi contemporanei. Non sembrava temere di alzare la voce, né di affrontare gli argomenti più spinosi, anche quando le sue opinioni contrastavano con quelle più diffuse nella società. C'era qualcosa in lui che, in qualche modo, la rendeva più curiosa, come se lui fosse una manifestazione di tutte le sue inquietudini interiori, quelle che non riusciva mai a mettere in parole.

Alla fine della serata, il gruppo si sciolse, ma la conversazione tra Pietro ed Elena non fece che intensificarsi. La libreria stava per chiudere, ma entrambi rimasero seduti ai tavolini, continuando a parlare di libri, di autori, e soprattutto, di libertà. Non si trattava più di un incontro casuale: c'era un'intesa nascosta che cresceva di minuto in minuto, una chimica che nemmeno loro riuscivano a spiegare.

"Mi sembra che, come molti, tu stia cercando un modo per evadere da qualcosa," disse Elena, guardandolo negli occhi. "Ma forse la vera evasione non è quella di fuggire fisicamente, ma di riuscire a trovare una via di fuga dentro di noi, nel nostro pensiero."

Pietro la guardò, sorpreso. "Forse hai ragione. Forse è proprio questo che mi spinge a continuare a lottare. Ma mi sembra che il mondo che ci circonda stia implodendo. Non vedo molte vie di fuga, a dire il vero."

"Non c'è mai una via di fuga facile," rispose Elena, sorridendo tristemente. "Ma forse possiamo imparare a sopportare, a resistere. Questo è ciò che mi tiene viva, in qualche modo. Ogni giorno trovo un motivo per non arrendermi."

Pietro si sedette più vicino a lei, sentendo la profondità di quelle parole. Non riusciva a ignorare la connessione che sentiva con Elena, come se, dopo tutto quello che aveva vissuto, fosse finalmente riuscito a trovare qualcuno che capiva le sue paure e le sue speranze. Non era solo una libreria, non era solo un incontro casuale. Era qualcosa che lo stava cambiando, qualcosa che lo spingeva a guardare oltre le apparenze e a confrontarsi con la realtà in modo diverso.

"Credo che, anche se ci fosse una via di fuga, non dovremmo mai dimenticare da dove veniamo," disse Pietro con una voce calma, ma carica di una tristezza che Elena non poteva ignorare. "Forse la vera sfida è affrontare il nostro destino, non scappare da esso."

Elena annuì. "A volte penso che la nostra generazione sia nata sotto il segno di una grande illusione. Credevamo che il mondo fosse destinato a cambiare, a diventare migliore, ma ora vediamo che le cose non sono mai davvero cambiate."

La conversazione si fece più profonda, e in quel momento, entrambi sembravano aver trovato un terreno comune. Non erano più solo due persone che parlavano di libri o di politica; erano diventati complici di un destino che sembrava non avere via d'uscita. Ma c'era un senso di speranza che si faceva strada tra le loro parole, come se, nonostante tutto, ci fosse ancora una possibilità di cambiamento.

Quando la libreria finalmente chiuse, entrambi si alzarono, e Pietro si sentì come se il peso che aveva portato con sé per tutta la serata fosse improvvisamente sparito. C'era una sensazione di leggerezza, ma anche di ansia, come se quella conversazione avesse aperto una porta verso qualcosa di inaspettato, qualcosa che poteva essere tanto pericoloso quanto liberatorio.

"Mi farebbe piacere rivederti," disse Pietro, mentre si avviava verso la porta. "Non so se ti interessano altre discussioni, ma credo che ci sia ancora tanto di cui parlare."

Elena lo guardò con un sorriso enigmatico. "Sarà un piacere, Pietro. Ci vediamo presto."

Pietro uscì dalla libreria con un senso di vuoto e di pienezza allo stesso tempo. Il suo passo era incerto, ma la mente era finalmente libera da tutte le costrizioni che lo avevano sempre tenuto prigioniero. Qualcosa era cambiato quella sera, e non c'era alcun modo di tornare indietro.

Un legame inaspettato

La libreria aveva appena iniziato a svuotarsi di persone quando la discussione si fece più accesa. Elena e Pietro erano rimasti a osservare il gruppo di intellettuali con crescente interesse. L'argomento era la letteratura, ma non quella che il regime fascista voleva imporre al popolo. No, stavano parlando di autori più complessi, di libri che sfidavano le convenzioni e che, per questo, venivano sistematicamente censurati o ignorati. Il dibattito si concentrò presto su Italo Svevo, uno degli autori più controversi dell'epoca, che, nonostante la sua scrittura raffinata, veniva considerato troppo "decadente" e poco adatto alla morale del regime.

"Lo trovo straordinariamente moderno," disse Pietro, senza alcuna esitazione, mentre lanciava uno sguardo provocatorio a chi lo stava ascoltando. "Svevo non ha paura di esplorare l'incertezza, di mettere in dubbio le convenzioni. La sua scrittura non è altro che una continua ricerca di significato in un mondo che, apparentemente, non ha più senso."

Elena ascoltò con attenzione, sentendo un'immediata sintonia nelle parole di Pietro. Non solo apprezzava la profondità della sua riflessione, ma anche la passione con cui le esprimeva. La sua voce era calma, ma ferma, e in quel momento Elena sentì come se quella conversazione fosse destinata a diventare qualcosa di più che una semplice discussione accademica.

"Concordo," rispose Elena, mentre si avvicinava al tavolo. "Penso che ciò che rende Svevo così interessante sia proprio il suo rifiuto di rispondere alle aspettative. Non si adatta mai completamente alle regole della narrativa tradizionale. C'è una certa ironia nei suoi personaggi, una riflessione sulle fragilità dell'essere umano che raramente si trova in autori più 'politicamente corretti'."

Un sorriso si fece strada sul volto di Pietro, un sorriso che sembrava più una reazione spontanea che un gesto voluto. Elena stava dicendo ciò che lui stesso pensava, e questo lo colpiva più di quanto avrebbe immaginato. La connessione tra i due sembrava crescere ogni volta che parlavano. Non erano più solo due persone che condividevano opinioni simili su un autore, ma due anime che, in qualche modo, si riconoscevano a vicenda.

"Interessante," disse Pietro, inclinando la testa con curiosità. "Mi sembra che tu abbia una comprensione davvero profonda di Svevo. Ma dimmi, Elena, ti interessa la letteratura solo per la sua capacità di sconvolgere le norme, o c'è qualcosa di più? Qualcosa di personale, forse?"

Elena si sentì un po' presa alla sprovvista da

quella domanda, ma non in modo spiacevole. In realtà, era proprio questa l'intensità di Pietro che la sorprendeva. Non stava semplicemente interrogandola sulla letteratura; stava cercando di capire qualcosa di più profondo su di lei, come se cercasse di leggere tra le righe della sua vita.

"Mi interessa perché credo che la letteratura, come la vita, non si limiti a seguire una linea retta," rispose Elena con un sorriso leggero. "Svevo, come molti altri autori che ammiro, ha una capacità unica di rivelare le contraddizioni che viviamo ogni giorno. La sua scrittura è come uno specchio, ma non un specchio che riflette una realtà semplice. È più come un prisma, che ci mostra molteplici angolazioni di una verità che non possiamo mai afferrare completamente. E questo mi affascina."

Pietro rimase in silenzio per un attimo, apparentemente sorpreso dalla risposta. Non si aspettava quella riflessione così profonda e, al contempo, così vicina ai suoi pensieri. Si rese conto che in Elena non c'era solo una mente acuta, ma anche un'anima sensibile che vedeva il mondo in modo sfaccettato e complesso. Era difficile non sentirsi immediatamente attratti da una persona che, in qualche modo, capiva il caos interiore che anche lui stava cercando di comprendere.

"Mi piace come pensi," disse finalmente Pietro, il suo tono un po' più morbido. "Hai ragione, la letteratura non dovrebbe mai essere solo una rappresentazione semplice della realtà. Dovrebbe, invece, mettere in discussione tutto ciò che pensiamo di sapere, spingendoci a guardare oltre ciò che ci è dato vedere."

Elena sorrise, divertita da quella conversazione che sembrava prendere una piega sempre più personale. "E tu, Pietro? Cosa ti spinge a leggere e scrivere? Cosa cerchi nei libri?"

Pietro sospirò, come se si fosse appena reso conto della domanda che gli era stata rivolta. Non gli capitava spesso di parlare di sé in questi termini, eppure quella domanda lo colpiva in modo particolare. Forse era la sincerità con cui Elena gliela aveva fatta, o forse era la connessione che stava nascendo tra loro. Qualunque fosse la ragione, Pietro si sentiva pronto a rispondere in modo più aperto di quanto avesse mai fatto prima.

"Non lo so esattamente," disse, fissando il tavolo con un'espressione pensierosa. "Penso che legga perché la lettura mi dà un senso di libertà che non riesco a trovare in nessun altro luogo. In un periodo come questo, dove il regime ti dice cosa pensare, cosa fare e cosa dire, i libri sono l'unico posto dove posso essere me stesso. Lì posso fare tutte le domande che voglio, posso immaginare mondi che non esistono, posso dare forma ai miei pensieri più selvaggi senza paura di essere giudicato."

Le parole di Pietro toccarono qualcosa di profondo dentro Elena. Era la stessa sensazione che provava ogni volta che si rifugiava nella sua libreria. I libri erano il suo rifugio, il suo spazio di libertà in un mondo che sembrava sempre più piccolo e chiuso. Non c'era nulla di più liberatorio che trovarsi circondati da parole scritte da altre persone che, come lei, avevano avuto il coraggio di mettere in discussione l'ordine delle cose.

"Capisco," rispose Elena con un sorriso. "Per me è lo stesso. E forse è proprio questo il motivo per cui ci troviamo qui, a parlare di Svevo e di altri autori proibiti. La libertà di pensiero, anche quando sembra impossibile."

Ci fu una pausa tra i due, come se entrambe le anime avessero bisogno di digerire quelle parole, di sentirne il peso e la verità. Poi, come se fosse un'istintiva conclusione a quella riflessione, Pietro disse:

"Elena, credo che tu e io abbiamo molto di cui parlare. Non credo di aver mai incontrato qualcuno che capisse la letteratura in modo così profondo e, allo stesso tempo, che condividesse le stesse inquietudini che ho io."

Elena sentì il suo cuore battere un po' più forte a quelle parole. Non voleva ammetterlo, ma anche lei provava una sorta di legame che andava oltre la conversazione intellettuale. C'era qualcosa nei suoi occhi, nella sua voce, che la faceva sentire meno sola in un mondo che sembrava non avere più posto per la verità e la bellezza.

"Mi piacerebbe parlare di più," rispose infine Elena, cercando di nascondere l'emozione che le aveva preso la gola. "Magari possiamo organizzare un incontro, solo tu ed io, senza gli altri."

Pietro sorrise, quel sorriso che sembrava segnare il momento in cui il loro legame, silenzioso ma forte, diventava qualcosa di ineluttabile. "Mi piacerebbe molto."

Pietro si alzò dalla sedia, un gesto che segnava il termine della discussione, ma non della connessione appena nata tra lui e Elena. Non era una conclusione, ma piuttosto un momento di transizione, come se entrambi sapessero che quella conversazione era solo l'inizio di qualcosa di più profondo. Elena, da parte sua, sentiva un senso di leggerezza che non riusciva a spiegare. Aveva incontrato molte persone nella sua vita, ma con Pietro era diverso. C'era un'intesa immediata che non si poteva ignorare, come se entrambi fossero stati destinati a trovarsi. Non era solo la passione per la letteratura a unirli, ma anche una sorta di malinconia condivisa, una sensazione di solitudine che li aveva portati a rifugiarsi nei libri e nelle parole.

"Allora, ci vediamo presto?" chiese Pietro, interrompendo i suoi pensieri. La sua voce era tranquilla, ma c'era una sottile speranza che risuonava nel tono.

"Mi farebbe piacere," rispose Elena, sorridendo. "A presto."

Pietro uscì dalla libreria, ma Elena non poté fare a meno di seguirlo con gli occhi, osservando il suo passo sicuro, ma al tempo stesso distratto, come se stesse cercando qualcosa, qualcosa che non riusciva ancora a trovare. Lo guardò allontanarsi per un momento, ma poi si voltò e rientrò nel negozio, chiudendo delicatamente la porta dietro di sé. Era tardi ormai, e la libreria stava per chiudere, ma Elena non aveva fretta di andare a casa. La sua mente era in tumulto, e sentiva una necessità impellente di riflettere su ciò che era appena successo. Le parole di Pietro, la sua passione, il suo coraggio di parlare apertamente delle sue convinzioni, l'avevano toccata più di quanto avesse immaginato. C'era qualcosa in lui che le parlava direttamente al cuore, come se lui fosse l'unica persona che, in quel momento, riusciva a comprenderla completamente.

La libreria era silenziosa ora, eppure Elena sentiva l'eco di quella conversazione nella sua mente, come se le parole continuassero a risuonare nell'aria. Si avvicinò alla vetrina che dava sulla strada deserta, guardando fuori senza vedere nulla di particolare. La notte veneziana, con le sue luci soffuse e le ombre allungate dei palazzi, sembrava più lontana e più vicina allo stesso tempo, come se avesse acquistato una nuova prospettiva grazie a Pietro.

Pensò alla sua vita, a come fosse sempre stata un po' come un libro che non riusciva a scrivere. La sua passione per la scrittura, la sua voglia di raccontare storie, di trovare una voce che potesse risuonare nel cuore degli altri, sembrava spesso essere stata messa in secondo piano. Ma ora, con Pietro, c'era qualcosa che si stava risvegliando, come se il suo mondo interiore avesse trovato un interlocutore, qualcuno che, come lei, cercava una via di fuga, una risposta alle domande che la vita le poneva. Non era solo una questione di letteratura; era una questione di vita, di resistenza. Pietro aveva parlato di libertà, di ribellione, e le sue parole l'avevano colpita profondamente. Ma c'era anche una componente personale, una connessione che andava oltre le idee. Pietro era, in qualche modo, la risposta a tante domande che Elena non aveva mai avuto il coraggio di porre.

Mentre pensava a questo, sentì una sorta di calore diffondersi nel suo cuore. Era strano, ma in quel momento si sentiva meno sola, come se qualcuno avesse finalmente compreso il suo spirito. Elena non sapeva cosa sarebbe successo tra lei e Pietro, ma sentiva che quella connessione, nata da una discussione intellettuale, avrebbe cambiato la sua vita in modo inaspettato. Era come un piccolo seme che cominciava a germogliare, ma che aveva il potenziale per crescere e trasformarsi in qualcosa di più grande, di più profondo.

Il giorno dopo, quando tornò al lavoro, Elena non riusciva a smettere di pensare a Pietro. Ogni volta che entrava nella libreria, ogni volta che sfiorava i libri sugli scaffali, sentiva la sua presenza nell'aria. Non era solo un pensiero fugace, ma una sensazione persistente, come se la sua figura fosse diventata parte del paesaggio, un elemento che non poteva più ignorare. Non aveva più la stessa facilità di concentrarsi sui suoi compiti quotidiani. Ogni cliente che entrava nel negozio sembrava irrilevante, come se l'unica persona che potesse davvero occupare la sua mente fosse Pietro. Ma al tempo stesso, Elena si sentiva più viva che mai. Il suo cuore batteva più forte, come se ogni momento, ogni dettaglio della sua giornata, fosse carico di un significato che prima le era sfuggito.

La sua riflessione su Pietro non si fermò al primo incontro. La loro discussione aveva spinto Elena a pensare alla sua stessa vita, ai suoi sogni e alle sue ambizioni. Pietro, con la sua passione e il suo spirito critico, l'aveva fatta riflettere su ciò che voleva davvero: non solo una carriera da scrittrice, ma una vita che avesse un senso, che avesse una direzione. E Pietro, con la sua presenza magnetica, sembrava essere l'incarnazione di quella direzione. Non sapeva dove li avrebbe portati il futuro, ma sentiva che quella connessione stava per trasformare la sua esistenza.

Con il passare dei giorni, la vita di Elena sembrò acquietarsi nella sua consueta routine. Tuttavia, ogni volta che entrava in libreria, non poteva fare a meno di sentire la stessa sensazione di attesa, come se qualcosa stesse per accadere. E, inevitabilmente, ciò che stava per accadere, si manifestò di nuovo in un incontro casuale, che non sembrava affatto casuale.

La lettera lasciata indietro

Era una sera tranquilla quando Elena scoprì la lettera di Pietro. Dopo l'intenso incontro al salone letterario, non si erano più visti, ma Elena non riusciva a smettere di pensare a lui. Ogni volta che si trovava a sistemare i libri sugli scaffali, o a ordinare la vetrina, il suo volto tornava alla mente. Non era mai stata una persona che si lasciava trasportare facilmente dalle emozioni, ma Pietro aveva qualcosa di magnetico, qualcosa che la rendeva incapace di ignorarlo. Era come se le sue parole, le sue riflessioni sulla libertà e sull'arte, avessero risvegliato in lei un desiderio nascosto di cambiare, di fare qualcosa di più grande con la sua vita.

Quella sera, mentre Elena si preparava a chiudere la libreria, trovò un piccolo pacchetto lasciato sul banco. Non era grande, ma abbastanza per incuriosirla. Con una leggera incertezza, lo aprì, rivelando una busta semplice, ma con un sigillo che non aveva mai visto prima. La mano che l'aveva scritta era elegante, ma ferma, e quando Elena vide il nome sul retro, il suo cuore fece un salto. Era la scrittura di Pietro. In quel momento, il suo respiro si fece più profondo, e il silenzio che avvolgeva la libreria sembrò amplificarsi. Un'ondata di emozioni la travolse, come un'onda che si infrange su una spiaggia solitaria.

Aprì lentamente la lettera, le mani leggermente tremanti. Le parole sembravano leggere, ma allo stesso tempo pesanti, come se ogni frase fosse un riflesso di pensieri più complessi. La scrittura era perfetta, eppure c'era una sottile tensione, una sensazione che l'autore stesse mettendo qualcosa di molto personale in quelle parole. Iniziò a leggere.

"Elena,

So che questa lettera ti sorprenderà, ma non posso fare a meno di scriverti. La nostra conversazione di ieri mi ha colpito in un modo che non riesco a spiegare facilmente. Mi sono reso conto che ci siamo capiti in modo che poche persone, nella mia vita, hanno mai fatto. Tu parli della libertà come se fosse qualcosa di cui si può parlare senza paura, come se fosse una possibilità reale, e questo mi ha fatto riflettere su quanto io stesso l'abbia data per scontata.

La verità è che sto partendo per Padova, e non so quando tornerò. Ho bisogno di allontanarmi, di cercare un po' di pace lontano da Venezia, lontano dalle mille voci che, in un modo o nell'altro, vogliono decidere per me cosa sia giusto o sbagliato. E, in fondo, non sono sicuro che voglia tornare. Non sono mai stato una persona che ama rimanere in un posto troppo a lungo, ma c'è qualcosa di diverso in questa città, qualcosa che mi costringe a riflettere sulla mia vita.

Mi chiedo se, quando tornerò, troverò ancora la tua libreria, se troverò ancora quella luce nei tuoi occhi quando parli dei tuoi autori preferiti, quella passione che ti fa sembrare così diversa dalle altre persone. Ti chiedo di non dimenticarmi, anche se il nostro incontro è stato breve. E, se dovessi decidere di scrivere qualcosa, spero che le tue parole possano essere libere come lo sono i tuoi pensieri.

Con affetto,
Pietro"

Elena rimase in silenzio per un lungo momento, il cuore che batteva forte nel petto. Le parole di Pietro avevano un peso che non riusciva a ignorare. Aveva pensato a lui più volte nelle settimane precedenti, ma mai in quel modo, mai con la consapevolezza che lui, a sua volta, stesse pensando a lei. Non era solo un incontro casuale, non era solo una discussione intellettuale. C'era qualcosa di più profondo, qualcosa che le parole non potevano esprimere completamente. Eppure, quella lettera sembrava averlo fatto. Ogni frase di Pietro la toccava nel profondo, come se fosse stata scritta con l'intenzione di colpirla proprio al cuore. La sua scrittura era un invito, un invito a ricordare, a non dimenticare che, nonostante la distanza, la connessione tra di loro era qualcosa che non poteva essere facilmente spezzato.

Il suo sguardo si fermò sulla fine della lettera.

"Non dimenticarmi," aveva scritto Pietro. Quelle parole risuonavano nella sua mente, mentre Elena si chiedeva se fosse giusto seguirle, se fosse giusto lasciare che quella connessione, appena sbocciata, crescesse o se dovesse lasciarla andare. La paura, però, la paralizzava. Non era mai stata una persona che ammetteva facilmente i propri sentimenti, e ancora meno lo era quando si trattava di qualcosa che poteva essere pericoloso. Non c'era solo la paura di essere ferita, ma anche la consapevolezza che in un momento come questo, una relazione come quella che Pietro sembrava suggerire, avrebbe potuto metterla in pericolo. Non solo per le sue idee, ma per chiunque fosse coinvolto.

Le parole di Pietro, per quanto sincere, portavano con sé anche un rischio. Elena lo sapeva bene. La sua famiglia, la sua vita, erano state costruite su un delicato equilibrio, e l'idea di rompere quel equilibrio la spaventava. Ma c'era anche una parte di lei che non riusciva a ignorare la sua attrazione per Pietro, la sua curiosità di esplorare qualcosa che, per la prima volta, sembrava così autentico, così vero. Non era solo il suo spirito di resistenza che l'affascinava, ma anche la sua ricerca di libertà, quella stessa libertà che Elena desiderava ardentemente. La lettera di Pietro, con la sua sincerità, aveva fatto emergere in lei un desiderio che non sapeva di avere, un desiderio di vivere senza le catene della paura, senza il peso di un'esistenza che sembrava sempre più costretta.

Sospirò profondamente, posando la lettera sulla scrivania. Il silenzio della libreria la avvolse di nuovo, ma stavolta non era un silenzio vuoto. C'era qualcosa di vivo nell'aria, qualcosa che pulsava e che la spingeva a fare una scelta. Elena si alzò lentamente, guardando la stanza che aveva sempre considerato la sua zona di conforto. Era stata la sua rifugio per così tanto tempo, ma ora sentiva che qualcosa stava cambiando, che quella libreria non poteva più essere il suo unico mondo. Pietro le aveva dato una nuova prospettiva, una nuova idea di libertà, e anche se la paura era ancora lì, era accompagnata da una strana sensazione di speranza, una speranza che non riusciva a ignorare.

Non sapeva cosa avrebbe fatto. Non sapeva se avrebbe risposto alla lettera di Pietro, se avrebbe cercato di vedere di nuovo quel volto che l'aveva tanto colpita. Ma una cosa era certa: la sua vita stava cambiando, e forse, in quel cambiamento, c'era un nuovo inizio, qualcosa che poteva essere più grande di lei, qualcosa che, finalmente, avrebbe potuto darle la libertà che tanto cercava.

Il silenzio nella libreria sembrava pesante, come se ogni angolo del negozio fosse immerso in una riflessione profonda. Elena sentiva la sua mente vagare tra mille pensieri, senza riuscire a concentrarsi su uno in particolare. Ogni volta che ripensava alla lettera di Pietro, ogni volta che ricordava la sua scrittura fluida e la sincerità delle sue parole, un brivido di inquietudine e desiderio la pervadeva. Non sapeva se fosse pronta per affrontare ciò che Pietro le stava chiedendo con quella lettera. Non sapeva nemmeno se volesse davvero seguirlo in questa nuova avventura, in un territorio sconosciuto, che poteva rivelarsi tanto pericoloso quanto stimolante.

La lettera rimase lì, sul suo tavolo, come un oggetto sacro e, allo stesso tempo, come una sfida. Elena si alzò dal banco e si avvicinò alla finestra. Guardò fuori, verso la laguna che scintillava sotto il cielo notturno. La brezza leggera sembrava sussurrare un invito, ma lei era troppo indecisa per afferrarlo. Le onde lambivano la riva, in un ritmo tranquillo e rassicurante, come se la natura stessa le stesse dicendo di non avere paura di ciò che il futuro le riservava. Ma la paura era lì, nell'aria, come una presenza invisibile che la teneva ancorata alla sua vita di sempre, una vita che, seppur confortevole, non le dava le risposte che cercava.

Un'altra parte di lei, però, non poteva fare a meno di desiderare la libertà di cui Pietro parlava. La sua vita sembrava così diversa dalla sua. Pietro non si accontentava di restare nella sicurezza di ciò che conosceva. Cercava di sfidare le convenzioni, di esplorare nuovi orizzonti, di vivere una vita che fosse al di là dei limiti imposti dalla società. Eppure, in quella ricerca di libertà, c'era anche una grande solitudine, una solitudine che Elena non poteva ignorare. Lei stessa si sentiva spesso sola, anche se circondata da amici, dalla famiglia, dalla routine quotidiana. La lettera di Pietro le parlava di quella solitudine, ma allo stesso tempo le dava la speranza che forse, insieme, avrebbero potuto trovare qualcosa di più profondo.

La sua mente corse di nuovo alla sera in cui si erano incontrati. La conversazione, il suo spirito di ribellione, il modo in cui Pietro parlava con passione delle sue idee, le avevano toccato in un modo che nessun'altra persona era riuscita a fare. Eppure, c'era un'altra parte di lui, una parte che non si vedeva subito, una parte che Elena intuiva dietro la sua facciata di uomo sicuro di sé. Pietro non era solo un uomo di parole, ma anche di sentimenti, di emozioni che non si lasciava rivelare facilmente. Eppure, proprio in quella lettera, Pietro aveva mostrato la sua vulnerabilità, la sua incertezza. Le sue parole non erano solo un invito alla libertà, ma anche una richiesta di connessione, una domanda silenziosa che Elena sentiva arrivare direttamente al suo cuore: "Mi ricorderai?"

In un angolo della sua mente, Elena si sentiva spinta a rispondere, a scrivere qualcosa di altrettanto sincero, a condividere con Pietro ciò che stava vivendo, ma un'altra parte di lei era frenata dalla paura. La sua vita a Venezia, la sua famiglia, il suo lavoro: tutto sembrava stabilito, sicuro. Pietro rappresentava il cambiamento, e il cambiamento non era mai stato facile. Elena si fermò, guardandosi intorno. La libreria era il suo rifugio, il suo mondo sicuro, ma quella lettera le aveva fatto capire che il suo mondo stava per cambiare. La sua vita avrebbe preso una direzione diversa, a meno che non decidesse di rimanere immobile, di non rispondere mai a quella lettera. Ma nel suo cuore sapeva che non avrebbe potuto fare quello. La sua passione per la letteratura, il suo desiderio di scrivere, di vivere una vita che avesse un significato, l'avrebbero sempre spinta verso l'ignoto.

Elena si abbassò di nuovo sulla sedia e riprese la lettera di Pietro. Le parole lo legavano a lei, ma allo stesso tempo, la tenevano ancorata al passato, al suo mondo di convenzioni. C'era una lotta silenziosa dentro di lei. Avrebbe dovuto rispondere? Avrebbe dovuto seguire il cuore, o restare nella sicurezza di una vita prevedibile, ma noiosa? Il tempo sembrava essersi fermato, ma alla fine, dopo un lungo silenzio, Elena decise di non rimandare più. Si alzò, prese una penna e cominciò a scrivere.

"Caro Pietro,

le tue parole mi hanno colpito più di quanto

avessi immaginato. La tua scrittura è stata come un vento che ha soffiato dentro il mio cuore, risvegliando qualcosa che non sapevo di avere. Mi hai fatto riflettere su ciò che voglio davvero dalla vita, sulla libertà di cui parlavi e sul coraggio di viverla. Non è facile per me esprimere tutto ciò che sento, ma penso che non posso ignorare ciò che il mio cuore mi sta dicendo. Non so cosa mi riserverà il futuro, ma sento che, in qualche modo, tu fai parte di esso.

Con affetto, Elena"

Quando la lettera fu finita, Elena si fermò per un momento, guardando le parole scritte sulla carta. Si sentiva vulnerabile, ma anche più leggera. Non sapeva cosa sarebbe successo dopo aver inviato quella lettera, ma una cosa era certa: non poteva più tornare indietro. La sua vita stava per cambiare, e anche se non sapeva dove l'avrebbe portata questa nuova strada, era pronta ad affrontarla.

Lido attraverso gli occhi di Elena

Il Lido di Venezia si estendeva davanti agli occhi di Elena come una distesa di bellezza senza tempo. Ogni angolo del suo mondo, ogni passo che faceva tra le vie tranquille, le dava una sensazione di familiarità, come se fosse il suo rifugio personale. Il mare scintillava sotto il sole, le onde accarezzavano la sabbia dorata, e l'aria salmastra portava con sé un profumo che, per Elena, era ormai indissolubilmente legato alla sua vita. Ogni giorno, quando chiudeva la libreria, passeggiava lungo la spiaggia, dove i venditori ambulanti si alternavano a chi cercava di godere un po' di pace, lontano dalla frenesia di Venezia. Quel posto, così vicino eppure così lontano dal caos della città, le dava un senso di tranquillità che non riusciva a trovare altrove.

Sulle sue labbra, spesso, c'era il sorriso di chi trova conforto nelle piccole cose della vita. Amava fermarsi al caffè all'angolo della piazza, dove gli anziani chiacchieravano tra di loro, mentre il tempo sembrava scorrere più lentamente. Le voci dei bambini che giocavano nel parco, il suono delle biciclette che si allontanavano lungo le stradine sterrate, tutto era parte di un quadro che, per Elena, era la sua realtà. Il Lido era casa sua, ma negli ultimi tempi, ogni suo angolo le sembrava più sfuggente, come se una nuova sensazione stesse germogliando dentro di lei.

Quella mattina, mentre passeggiava sulla spiaggia, Elena non riusciva a non pensare a Pietro. Le parole della sua lettera avevano risuonato nella sua mente per giorni. "Mi ricorderai?" Le parole erano semplici, ma avevano un peso che non riusciva a ignorare. Cosa significava davvero quella domanda? Cosa significava per lei, che si era sempre rifugiata nella solitudine, nei libri, nelle pagine di autori che mai avrebbero potuto farle provare quello che stava iniziando a sentire? Non era la paura di perdere il suo mondo a trattenerla, ma qualcosa di più profondo: il timore di un cambiamento che la spingesse oltre i limiti di ciò che conosceva, una vita che forse avrebbe potuto essere più grande di quella che aveva sempre immaginato.

Il mare, con il suo incessante movimento, sembrava un riflesso dei suoi pensieri. Il sole che illuminava le acque lo faceva brillare, ma anche quel riflesso sembrava ingannevole, come se la superficie del mare nascondesse qualcosa di più profondo, un segreto che solo chi fosse disposto a tuffarsi avrebbe potuto scoprire. Era lo stesso sentimento che provava quando pensava a Pietro. All'inizio, era solo curiosità, una semplice ammirazione per un uomo che parlava con passione della libertà e dell'arte. Ma ora, dopo aver letto la sua lettera, Elena non riusciva più a separare quel desiderio di libertà dal suo stesso cuore. Era come se Pietro avesse aperto una porta dentro di lei, una porta che non sapeva nemmeno di avere. Eppure, la paura era lì, a farle compagnia.

Mentre camminava lungo la riva, Elena cercava di raccogliere i pensieri che le affollavano la mente, ma la sua attenzione continuava a sfuggirle. Ogni tanto, si fermava a guardare l'orizzonte, dove il cielo incontrava il mare, e sentiva una sensazione di inadeguatezza. Non riusciva a dare una forma a ciò che provava. Il mondo che aveva sempre conosciuto le stava stretto, ma il suo cuore non sapeva come affrontare la novità che Pietro le aveva offerto. Avrebbe dovuto scrivergli? Avrebbe dovuto inseguire quella possibilità di cambiamento, di esplorare un mondo che andava oltre le pagine dei libri che amava tanto? Ogni passo che faceva sulla sabbia sembrava essere un passo più vicino a una decisione che ancora non riusciva a prendere.

Il Lido aveva sempre avuto il potere di calmarla, di farle sentire che tutto sarebbe andato bene, che ogni cosa avrebbe trovato il suo posto. Ma ora, camminando sotto il cielo azzurro, con il profumo salmastro che riempiva l'aria, Elena si sentiva distante da tutto. Non era più una semplice passeggiata lungo la spiaggia, ma un cammino verso l'ignoto, verso un futuro che le sembrava tanto affascinante quanto spaventoso. Ogni angolo del Lido, ogni albero nella piazza, ogni onda che si infrangeva sulla riva, sembrava raccontarle una storia che lei non riusciva ancora a comprendere.

Il suo pensiero tornò a Pietro. Non lo conosceva abbastanza per dire che sarebbe stato una parte fondamentale della sua vita, ma le parole che aveva scritto nella lettera, la sua passione, la sua ricerca di libertà, le avevano fatto capire che lui, come lei, cercava qualcosa di più. Non era solo una questione di amore o di attrazione, ma di un desiderio profondo di essere liberi, di vivere senza le catene delle convenzioni sociali che avevano sempre determinato il corso delle loro esistenze. Elena si fermò di nuovo, guardando il mare che si stendeva davanti a lei. La sua mente cercava di formulare una risposta, di capire se ciò che sentiva fosse giusto, se fosse il momento di lasciare il suo rifugio sicuro e affrontare l'incertezza che Pietro le aveva offerto.

In quel momento, qualcosa dentro di lei cambiò. Elena sentiva il bisogno di prendere una decisione. Il Lido, con la sua bellezza e la sua tranquillità, non era più sufficiente per lei. Aveva bisogno di qualcosa di più, qualcosa che non poteva trovare tra le pagine dei libri o nei discorsi che ascoltava in libreria. La vita le stava chiedendo di fare un passo fuori dalla sua zona di comfort, di affrontare il rischio di cambiare. La lettera di Pietro non era solo un invito a una relazione, ma un invito a cambiare, a vivere in modo più autentico, più vero.

Elena respirò profondamente, lasciando che il vento del mare le scompigliasse i capelli. Si rese conto che non poteva più tornare indietro. Il futuro non era scritto, e forse non lo sarebbe mai stato, ma quel futuro ora sembrava legato a Pietro, alla sua ricerca di libertà, alla sua visione di un mondo che Elena aveva solo cominciato a intravedere. La paura era ancora lì, ma qualcosa di più forte, un desiderio di vivere davvero, la spingeva a seguirlo. Non sapeva cosa avrebbe trovato, ma il Lido, con le sue acque calme e le sue piazze tranquille, non sarebbe stato mai più lo stesso per lei.

Il vento che accarezzava la pelle di Elena sembrava più forte ora, quasi come se stesse cercando di spingerla avanti, verso un destino che lei non aveva ancora accettato del tutto. Non era solo una questione di coraggio o di paura; era qualcosa di più profondo, qualcosa che riguardava la sua identità, il suo modo di vedere il mondo, il suo desiderio di essere più di quello che aveva sempre pensato di poter essere. Camminando lungo la riva, i suoi pensieri non si fermavano mai. Il mare, con la sua immensità, le dava la sensazione di poter contenere qualsiasi cosa. Ogni onda che si infrangeva sulla spiaggia sembrava portare via una parte di lei, ma allo stesso tempo, ogni onda la avvolgeva, come se le stesse dicendo che il cambiamento era inevitabile, ma che non c'era nulla di cui aver paura.

Ogni passo che faceva, ogni movimento del suo corpo sembrava essere più sicuro, come se il mare stesso stesse guidando i suoi pensieri. La sabbia sotto i suoi piedi era morbida, ma ogni passo lasciava un'impronta, una traccia che testimoniava il suo passaggio. Quella traccia, pensò Elena, era una metafora della sua vita.

Ogni decisione che prendeva, ogni momento che viveva, lasciava una traccia nel tempo, una traccia che, in fondo, era unica e irripetibile. E ora, con la lettera di Pietro ancora tra le mani, Elena sentiva che stava per fare qualcosa di significativo, qualcosa che non avrebbe mai potuto dimenticare.

Il Lido, con la sua bellezza silenziosa e il suo fascino discreto, le parlava di un'altra vita, una vita che si nascondeva dietro le parole dei libri che amava tanto. Ma ora sapeva che quei libri non sarebbero più bastati. La lettera di Pietro aveva sbloccato qualcosa dentro di lei. Non era solo il desiderio di un amore romantico o di una relazione che si sviluppava lentamente, ma il desiderio di qualcosa di più grande: la possibilità di vivere una vita che fosse veramente sua, lontano dai vincoli imposti dalla società, lontano dalle aspettative degli altri. Pietro, con le sue parole, le aveva dato il permesso di sognare un'altra vita, una vita che poteva essere diversa, che poteva essere audace e, soprattutto, libera.

La sua mente tornò ancora una volta a quella sera in cui si erano incontrati. L'energia che c'era tra di loro, quella connessione immediata che sembrava al di là delle parole, le tornò prepotentemente in mente. Il modo in cui si erano scambiati idee, il modo in cui lui le aveva parlato della sua visione del mondo, del suo rifiuto per la banalità della vita quotidiana, le aveva dato una sensazione di complicità che non si era mai sentita prima. Non era solo attrazione fisica, ma una connessione intellettuale ed emotiva che sembrava nascere dal nulla, come se fosse sempre stata destinata a essere.

Ma cosa significava davvero quella connessione? Era solo un incontro casuale, una scintilla destinata a spegnersi, oppure era qualcosa che sarebbe potuto diventare parte di qualcosa di più grande? Elena si sentiva sopraffatta dalle domande, ma allo stesso tempo, sentiva che non avrebbe mai più potuto vivere come prima. Pietro l'aveva spinta verso una nuova prospettiva, verso una vita che lei stessa non aveva mai immaginato di voler vivere. Eppure, c'era ancora una parte di lei che era esitante, che temeva di fare il passo definitivo, di abbandonare il suo mondo sicuro per l'ignoto.

Il Lido, che per anni le era sembrato il rifugio perfetto, ora le appariva sotto una luce diversa. Ogni angolo, ogni edificio, ogni vicolo sembravano rivelare un lato nascosto, un lato che Elena non aveva mai visto prima. Non era solo il mare che cambiava il suo modo di vedere le cose; era la consapevolezza che anche lei stava cambiando. Le sue passeggiate solitarie lungo la spiaggia non avevano più lo stesso significato. Ogni passo che faceva la portava più lontano da ciò che conosceva, più vicina a ciò che desiderava, ma che temeva di raggiungere.

Il suo cuore batteva più forte mentre pensava a Pietro, alla sua lettera, alla sua passione. Era strano come una sola persona potesse avere tanto potere su di lei. Come una sola lettera, con poche frasi, fosse riuscita a scuoterla così profondamente. Elena non sapeva cosa Pietro volesse davvero da lei, se stesse cercando una risposta immediata, se volesse davvero che lei lo seguisse, o se fosse solo una richiesta di coraggio, un invito a non aver paura di vivere una vita che fosse sua. Ma, qualunque fosse la verità, Elena si sentiva spinta a rispondere, a non lasciar scivolare via l'opportunità che le si era presentata.

Il Lido, con la sua bellezza senza tempo, non sarebbe mai cambiato, pensò Elena, ma lei sì. Era come se il suo mondo stesse diventando più ampio, come se le mura che per anni l'avevano protetta si stessero lentamente abbattendo, lasciando entrare un nuovo vento, un vento che parlava di cambiamento, di speranza, di libertà. Il futuro non era più qualcosa da temere, ma qualcosa da abbracciare, da vivere con tutta la passione che Pietro le aveva fatto riscoprire. Eppure, nonostante tutto, Elena non poteva fare a meno di chiedersi cosa avrebbe perso se avesse davvero deciso di seguire quella strada. La sua vita tranquilla, le sue abitudini, la sua sicurezza... tutto ciò che aveva conosciuto fino a quel momento sembrava improvvisamente lontano, come un sogno che stava svanendo.

Mentre la brezza marina accarezzava il suo viso, Elena si rese conto che il Lido, la sua isola, non era più solo il suo rifugio sicuro. Ora, era anche il simbolo di una scelta che doveva fare. Avrebbe seguito Pietro, o avrebbe continuato a vivere nella sicurezza di ciò che conosceva? La risposta sembrava lontana, ma Elena sapeva che il cammino che stava percorrendo la portava sempre più lontano da ciò che era stata, e sempre più vicina a ciò che desiderava diventare.

Il mare di fronte a lei, vasto e misterioso, sembrava essere un riflesso del suo cuore. Ogni onda che si infrangeva sulla riva sembrava portarle via un po' della sua incertezza, ma ogni onda che tornava a riva la riportava verso la consapevolezza che la sua vita stava cambiando, che non avrebbe mai più potuto essere la stessa. Eppure, in mezzo a tutta quella confusione, Elena sapeva che non c'era scelta migliore che quella di andare avanti. Non importava dove l'avrebbe portata quella strada, o quanto avrebbe dovuto lottare per adattarsi alla novità che Pietro rappresentava. In quel momento, l'unica cosa che contava era la sensazione di vivere una vita piena, autentica, finalmente sua.

CAPITOLO 2: LE PAROLE E IL SILENZIO
INIZIA UNA CORRISPONDENZA

Il suono della penna che scivolava sulla carta riempiva il silenzio della libreria di Elena. La sera era calata su Venezia, il cielo tingendosi di un rosso intenso che si rifletteva sul mare, mentre la luce calda delle candele illuminava la piccola stanza dove Elena si era ritirata dopo una lunga giornata di lavoro. Aveva aspettato con impazienza quel momento, quel tempo tutto suo, per mettere ordine nei suoi pensieri. E ora, finalmente, con la lettera di Pietro davanti a sé, sentiva che stava per cominciare qualcosa di nuovo, qualcosa che non aveva mai osato immaginare. La sua mano tremava leggermente mentre scriveva, ma non per la paura: era l'eccitazione di chi si appresta a vivere una nuova avventura.

La lettera di Pietro, con la sua calligrafia elegante, era arrivata qualche giorno prima, dopo che Elena aveva trascorso una notte insonne a riflettere sulla sua risposta. Pietro non le aveva dato solo parole d'amore, ma una richiesta di condivisione, di dialogo, come se stesse cercando di costruire una connessione più profonda, più intima, attraverso le parole. Le sue lettere, aveva detto, sarebbero state come una lunga conversazione, un flusso continuo di pensieri che si sarebbero intrecciati in un'unica trama.

Elena sorrise mentre leggeva di nuovo la sua ultima frase: "E ora, cara Elena, mi sembra che tu debba rispondere. Perché un dialogo a senso unico non ha mai la stessa bellezza di una vera conversazione." Le parole di Pietro, scritte con un tono allegro e scherzoso, le avevano fatto battere il cuore più forte. C'era una leggerezza nel suo modo di scrivere che la faceva sentire a suo agio, come se potessero discutere di qualsiasi cosa senza preoccuparsi troppo della gravità della situazione. Non c'era né formalità né timidezza tra loro, ma un gioco intellettuale che la stava coinvolgendo sempre di più.

"Caro Pietro," iniziò Elena, le dita che scivolavano sulla carta mentre pensava a come rispondere a quella proposta. Non voleva sembrare troppo impaziente, ma al tempo stesso non voleva che il silenzio tra loro si allungasse troppo. In fondo, non era solo una questione di parole, ma di sensazioni che stava cercando di esprimere. Come fare per trasmettere a Pietro tutto ciò che provava, tutto ciò che stava nascendo dentro di lei? Pensò per un momento, poi iniziò a scrivere: "Mi scuso per il silenzio, ma la quiete della mia libreria mi ha offerto il tempo per riflettere, e ora finalmente posso scriverti. Le tue parole mi hanno colpito, ma più di tutto è il tuo invito a scrivere che mi ha fatto capire che siamo appena all'inizio di qualcosa di speciale."

La sua mente corse velocemente, mentre le parole si intrecciavano nel tentativo di costruire una risposta che fosse altrettanto affascinante e piena di significato come quella che Pietro le aveva scritto. Non voleva sembrare banale, né troppo formale. La sua scrittura doveva rispecchiare il suo spirito: curiosa, ma anche pronta a svelare nuove sfumature della sua personalità.

"Ti confesso che non sono abituata a scrivere in modo così... giocoso, ma trovo che le parole possano essere più forti quando sono leggere. E, soprattutto, penso che possiamo divertirci a discutere di ciò che ci appassiona, senza preoccuparci troppo di essere troppo seri. Parliamo allora di libri, di autori che ci hanno segnato, di quelle letture che ci hanno fatto vedere il mondo in un'altra luce. Per quanto mi riguarda, non posso fare a meno di citare Svevo, naturalmente, ma anche tanti altri: Pirandello,

Pavese, e che dire di Calvino?" Elena si fermò per un attimo, le parole che cercava di scrivere sembravano essere più profonde, più intense di quanto avesse immaginato. Pietro, con la sua lettera, l'aveva spinta a riflettere, a rivelare parti di sé che non aveva mai osato condividere con nessuno. Forse era questa la bellezza della corrispondenza: la libertà di esplorare nuovi pensieri senza paura di essere giudicati.

Elena continuò a scrivere, sempre più presa dalla conversazione che stava costruendo tra le righe. "E tu, caro Pietro, che ne pensi della nostra letteratura italiana? Ti piacciono gli scrittori che ti ho nominato, o hai una passione segreta per qualche altro autore che io non conosco? Mi incuriosisce sempre scoprire cosa leggi, cosa ti ispira. Ti confesso che da quando ho ricevuto la tua lettera, ho iniziato a pensare a quanto i libri possano unire le persone, a quanto siano in grado di farci entrare in contatto, non solo con le storie che raccontano, ma anche con le emozioni che suscitano in chi le legge."

Le parole che scriveva sembravano sfuggire dalle sue mani, come se non fosse più Elena a controllarle, ma fosse un flusso che le veniva dall'interno, come se le stesse trasmettendo un'emozione che non riusciva più a trattenere. "Ti saluto per ora, con la promessa che ti risponderò presto. Sono curiosa di sapere cosa ne pensi di tutto ciò che ti ho scritto, e di sapere dove ci porterà questa conversazione." Elena mise giù la penna e guardò la lettera. Le sembrava di aver scritto molto di più di quanto avesse immaginato, ma quel momento le aveva dato una sensazione di libertà che non provava da tempo.

La mattina successiva, Elena chiuse la lettera e la sigillò, pronta per inviarla. Mentre guardava il cielo che iniziava a rischiararsi con l'alba, sentiva una piccola scintilla di emozione che cresceva dentro di sé. La corrispondenza con Pietro, con la sua leggerezza e profondità, l'aveva messa in movimento. Forse, pensava Elena, il gioco delle parole non era solo una questione di intelligenza, ma anche di emozioni condivise, di mondi che si incontrano e si intrecciano, di connessioni che nascono nei luoghi più inaspettati. Le parole erano cominciate come un gioco, ma si stavano trasformando in qualcosa di più importante.

La lettera fu spedita il giorno seguente, ma Elena non poté fare a meno di pensare a ciò che aveva scritto. Le sue parole, pur così leggere e disinvolte, portavano con sé un carico di emozioni che non riusciva a esprimere in modo esplicito. La sua mente continuava a vagare tra le righe di quella lettera, cercando di capire se avesse detto abbastanza, se Pietro avesse colto il senso di ciò che voleva comunicare. Le sue mani tremavano appena mentre pensava alla risposta che sarebbe arrivata, ma c'era qualcosa di eccitante nell'attesa. Forse era quella sensazione di scoperta che ogni nuova parola, ogni nuova lettera, portava con sé.

Nel frattempo, Pietro si trovava nella sua stanza di Padova, a leggere e rileggere la lettera di Elena. Non riusciva a smettere di sorridere, la sua scrittura così elegante, il suo modo di esprimere pensieri e sogni così raffinato e sincero, lo avevano affascinato. Quando aveva ricevuto la sua risposta, si era sentito come se avesse fatto un piccolo passo avanti in un gioco che lui stesso stava cercando di capire. Non era solo una questione di letteratura, di scambi intellettuali. C'era qualcosa di più profondo, qualcosa che lo coinvolgeva in modo inaspettato. Elena aveva risposto con una curiosità che lo incantava, ma anche con una delicatezza che non si aspettava. Si sentiva attratto da lei, non solo per la sua intelligenza, ma per quella grazia silenziosa che emanava dalle sue parole.

Eppure, c'era qualcosa che lo turbava. Quella corrispondenza, che sembrava così naturale all'inizio, stava prendendo una piega più seria, più profonda, e Pietro non sapeva se fosse pronto ad affrontare quel passo. Aveva vissuto troppo a lungo nel silenzio della sua rabbia, nella frustrazione per una vita che non riusciva a modellare a sua immagine. Elena rappresentava un mondo diverso, un mondo che sembrava così distante dalla sua realtà quotidiana. Non sapeva se fosse pronto ad affrontare quel mondo, a scoprire cosa c'era oltre le parole. Eppure, ogni volta che leggeva una sua lettera, ogni volta che pensava a lei, il suo cuore sembrava dirgli che forse era proprio quella la direzione che avrebbe dovuto prendere.

Sospirò e si alzò dalla scrivania, guardando fuori dalla finestra. La città di Padova era immersa nel silenzio del pomeriggio. La quiete del luogo, così diversa dal caos di Venezia, gli dava una sensazione di tranquillità che si mescolava a una certa inquietudine. Guardò di nuovo la lettera di Elena, le parole che le aveva scritto lo avevano fatto sorridere, ma c'era una domanda che non riusciva a togliersi dalla testa: cosa stava cercando in questa corrispondenza? Era solo un gioco letterario, una serie di parole che si intrecciavano senza un vero scopo, o stava cercando qualcosa di più? C'era forse una possibilità che quelle parole si trasformassero in qualcosa di reale, qualcosa di concreto? Non lo sapeva, ma il pensiero di Elena, con la sua freschezza e il suo spirito, lo faceva sentire vivo in un modo che non provava da tempo.

Quando finalmente si decise a scrivere, Pietro si sentì ispirato da una nuova energia. Non avrebbe cercato di fare il poeta, né di impressionare Elena con una risposta troppo ricercata. Voleva che la sua lettera fosse sincera, senza filtri. Si sedette alla scrivania e iniziò a scrivere:

"Cara Elena, il tuo invito a parlare di libri e autori mi ha fatto sorridere. È raro incontrare qualcuno con cui poter condividere così liberamente la propria passione per la lettura, senza il timore di essere giudicati. Eppure, ti confesso che, più ti leggo, più mi accorgo che c'è qualcosa di più nelle tue parole, qualcosa che va al di là dei libri, qualcosa che mi spinge a riflettere su ciò che realmente ci accomuna."

Fece una pausa, come se fosse alla ricerca delle parole giuste. La corrispondenza tra loro stava cambiando il suo modo di pensare. Non erano più solo parole sulla pagina, ma segni che tracciavano una connessione, una sorta di intesa che cresceva ad ogni nuova lettera.

"Svevo, Pavese, Calvino... sono tutti autori che ammiro, ma non posso fare a meno di pensare che il vero legame tra le persone non si trova solo nelle pagine di un libro. La vita, come la letteratura, è fatta di silenzi e di parole. E forse, ciò che ci unisce, è proprio la capacità di comprendere anche il silenzio dell'altro, di leggere ciò che non viene detto, di ascoltare ciò che si nasconde dietro ogni parola."

Pietro sorrise mentre scriveva queste ultime righe. Sentiva che c'era qualcosa di nuovo e speciale in quella comunicazione. Non sapeva dove sarebbe andato a finire, ma la curiosità di scoprire Elena, di conoscere le sue risposte, lo rendeva sempre più impaziente.

"Non voglio che tu pensi che io stia cercando di nascondere qualcosa dietro le parole che ti scrivo, ma ti confesso che c'è una parte di me che è difficile da raccontare. Non è facile mettere a nudo se stessi, nemmeno in una lettera. Ma se riusciremo a farlo, penso che potremo scoprire qualcosa di incredibile l'uno sull'altro. A presto, Pietro."

Con un sospiro, Pietro ripose la penna e chiuse la lettera. Non sapeva cosa avrebbe pensato Elena di quella risposta, ma sentiva che era il momento giusto per aprire un po' di più il suo cuore. Non avrebbe più nascosto nulla. Le parole tra loro avevano creato una connessione che si stava rafforzando ad ogni scambio. E ora, c'era solo una cosa che Pietro desiderava: scoprire cosa avrebbe scritto Elena nella sua prossima lettera.

Echi di Guerra

La lettera che Pietro scrisse a Elena arrivò in un pomeriggio grigio e freddo, quando Venezia sembrava avvolta in una nebbia densa, quasi come se la città stessa fosse stanca delle continue ombre che si allungavano su di essa. Elena non sapeva esattamente perché, ma sentiva che quella lettera non sarebbe stata come le altre. Quando la aprì, un'inquietudine la pervase subito, come se le parole stesse avessero un peso maggiore del solito, come se la penna di Pietro avesse cercato di raccontarle qualcosa di diverso, qualcosa che non poteva essere ignorato.

"Cara Elena," iniziava la lettera, la calligrafia di Pietro fluida e incerta in alcuni punti, come se la scrittura stessa fosse stata una lotta.

"Non posso più nascondere ciò che sta accadendo intorno a me, anche se non so se è giusto farlo. La situazione in Italia sta cambiando con una velocità inquietante. Mussolini sta stringendo sempre di più il suo controllo, e la paura cresce ogni giorno. Non parlo solo delle sue politiche, ma della sensazione che qualcosa di oscuro stia per accadere. Le strade sono invase dalle bandiere fasciste, e le voci che circolano sono sempre più minacciose. Non so per quanto ancora potrò stare in questo paese senza essere risucchiato da ciò che si sta preparando. La mia famiglia è sempre stata divisa su queste questioni, ma la divisione sembra ormai insostenibile. Mio padre, come sai, è un fervente sostenitore del regime, e io... io non riesco a seguirlo in questo."

Le parole di Pietro colpirono Elena come un pugno allo stomaco. Non si aspettava di leggere qualcosa di simile, eppure, in fondo, sapeva che la situazione in Italia stava peggiorando, che l'ombra della guerra era sempre più vicina. La sua Venezia, così affascinante e intoccabile nella sua bellezza, non sembrava essere immune alla morsa del fascismo che stava serpeggiando in tutta la penisola. Le sue stesse strade, i suoi monumenti, sembravano ora diversi, come se ogni angolo della città fosse stato segnato da un cambiamento che non si poteva più ignorare.

La lettera proseguiva: "Non ti sto raccontando tutto questo per farti preoccupare, cara Elena. Voglio solo che tu sappia quanto sia difficile vedere il nostro paese trasformarsi sotto i nostri occhi, e quanto sia complicato per me decidere da che parte stare. Ho paura di quello che il futuro ci riserva, ma non posso fare a meno di sentire che devo fare qualcosa, anche se non so cosa. Se non altro, volevo dirti che non sono indifferente a ciò che sta accadendo. Ogni giorno sembra che il cielo si faccia più scuro, e non solo per la nebbia che avvolge Venezia."

Elena si fermò un attimo, le parole di Pietro che le ronzavano nella mente. L'angoscia che le sue lettere contenevano non era solo la sua. Anche lei, ogni giorno, si sentiva più in balia degli eventi. Venezia, la sua città, non sembrava più la stessa. Le piazze, un tempo animate da turisti e da cittadini che passeggiavano senza fretta, sembravano ora vuote, o per lo meno, piene di un silenzio che non apparteneva a quella città. I fasci di luce che illuminavano la laguna al tramonto sembravano aver perso il loro splendore, e il mare, una volta simbolo di libertà e di indipendenza, ora appariva come un confine lontano e inaccessibile.

Elena non poteva fare a meno di notare i piccoli cambiamenti intorno a lei. La libreria dove lavorava, un tempo un rifugio di pensieri e idee, ora sembrava più che mai un luogo isolato. La gente si avvicinava meno, sembrava che temessero di essere visti lì, come se leggere e discutere fossero attività pericolose. Le discussioni che si tenevano nel piccolo salotto della libreria, un tempo vivaci e piene di spirito, erano diventate rare. I pochi che si fermavano sembravano più preoccupati di osservare chi li stava ascoltando che di esprimere opinioni personali. Anche i clienti che entravano, comprando libri con la stessa routine, sembravano portare con sé una sensazione di paura silenziosa, come se ogni azione dovesse essere compiuta con cautela.

La lettera di Pietro l'aveva scossa, eppure sentiva che c'era qualcosa di più che doveva dire, qualcosa che non poteva restare in silenzio, nemmeno di fronte alla crescente oscurità. La sua risposta era urgente, ma al tempo stesso delicata, perché Elena non voleva che le sue parole sembrassero troppo forti, troppo dirette. Sapeva che Pietro era in balia dei suoi stessi pensieri, della sua divisione tra ciò che sentiva e ciò che doveva dire.

Poco dopo, Elena si mise a scrivere. Il suo cuore batteva più forte del solito, mentre le parole si formavano nella sua mente, prima che la penna le seguisse sulla carta.

"Caro Pietro, ti confesso che le tue parole mi

hanno scossa più di quanto avrei voluto. Non mi aspettavo di leggere ciò che mi hai scritto, ma non sono sorpresa. Venezia sta cambiando, come tutta Italia. Ogni giorno vedo più bandiere che ondeggiano nei venti, eppure non sono bandiere di speranza, ma di paura. Qui le persone parlano meno, come se temessero che una parola sbagliata possa portarli via, come se ogni opinione diversa fosse un crimine da punire."

Elena fece una pausa, le mani che tremavano leggermente mentre cercava di raccogliere i suoi pensieri. Non poteva negare la realtà dei fatti, ma non voleva nemmeno abbandonarsi alla rassegnazione. Sapeva che, da qualche parte, doveva esserci una via d'uscita, un modo per combattere contro la paura, contro la sensazione che la libertà stesse svanendo.

"La libreria dove lavoro non è più la stessa. È come se ogni libro che vendo, ogni parola che pronuncio, portasse con sé il peso di un regime che ci sorveglia. Le persone si avvicinano meno, si guardano intorno prima di entrare, come se dovessero giustificare la propria presenza. Eppure, ogni volta che scrivo una lettera come questa, ogni volta che provo a dire ciò che penso, sento che c'è ancora speranza, Pietro. Non voglio che tu pensi che mi arrendo. La tua paura è la mia paura, ma dobbiamo continuare a scrivere, a parlare, a resistere, anche quando il mondo sembra inesorabilmente andare in direzione opposta."

Concludendo la lettera, Elena sentì un senso

di liberazione. Non era solo un messaggio per Pietro, ma un piccolo atto di resistenza, un modo per non lasciarsi travolgere dalla paura che sembrava invadere ogni angolo della sua vita.

"Mi piacerebbe che tu mi scrivessi più spesso, Pietro. So che ci sono cose che non possiamo dirci apertamente, ma nelle parole che ci scambiamo possiamo trovare un modo per far sentire la nostra voce, anche nei silenzi di questo tempo difficile."

Elena sigillò la lettera e la guardò un'ultima volta prima di inviarla. La sensazione di incertezza e paura che aveva provato leggendo le parole di Pietro non se ne era andata del tutto, ma sentiva che c'era una forza in lei che non avrebbe mai smesso di cercare la luce anche nei momenti più bui. La guerra era ormai nell'aria, ma lei sapeva che, attraverso la scrittura, avrebbe potuto continuare a lottare.

Elena non sapeva se la sua risposta a Pietro sarebbe stata sufficiente per dissipare il peso della paura che sembrava pesare su di lui, ma sentiva che le parole avrebbero sempre avuto un potere che le azioni non possedevano. Mentre le lettere tra di loro proseguivano, la sua mente continuava a vagare sulle riflessioni che le aveva suscitato la lettera di Pietro. La situazione stava cambiando troppo rapidamente, e lei non sapeva fino a che punto la sua vita, quella di tutti, sarebbe stata plasmata dalle ombre che avanzavano. Ogni angolo della sua Venezia, un tempo senza tempo, sembrava ora rinchiuso in un presente che non riusciva più a sfuggire alla morsa della guerra che sembrava avvicinarsi a passo di gigante.

Le lettere di Pietro, anche se non sempre dettagliate, raccontavano di un paese che stava lentamente perdendo la sua anima, e con essa, la sua identità. La propaganda fascista aveva preso piede ovunque, e le strade che una volta le erano familiari erano ora invase dai ritratti di Mussolini, dalle parate, dai slogan che rendevano l'atmosfera soffocante. Venezia, che aveva sempre amato per la sua bellezza senza pari e la sua libertà nascosta, ora sembrava ingabbiata, imprigionata nella retorica che invadeva ogni angolo della sua quotidianità. Anche i luoghi più amati, come la sua libreria, non erano più i rifugi sicuri che Elena ricordava. La cultura stessa sembrava minacciata, assediata dal regime che cercava di controllare ogni forma di espressione. Gli autori che Elena amava e che Pietro conosceva bene, come Svevo, non erano più solo nomi di letterati, ma simboli di una resistenza silenziosa contro l'oppressione. Ma in quella resistenza, si sentiva sempre più sola.

Un giorno, mentre camminava lungo le calli di Venezia, Elena si rese conto di quanto stava cambiando il suo stesso modo di vivere. Non solo la città era diversa, ma lei stessa lo era, trasformata in una persona che cercava disperatamente di mantenere un filo di normalità in un mondo che sembrava perderla. Passeggiava tra i canali e le piazze vuote, riflettendo su quanto avesse inciso in lei la paura che stava crescendo nei suoi scritti e nelle parole di Pietro. Quando si trovava davanti a una delle librerie più antiche di Venezia, la sua mente correva sempre agli incontri di lettura e alle conversazioni che avevano avuto luogo lì, prima che tutto fosse diventato complicato, prima che la politica avesse invaso ogni angolo della sua vita quotidiana. Ma ora, anche quel piccolo angolo di mondo che amava sembrava stanco, rassegnato. Non poteva negare che la paura avesse trovato un posto dentro di lei.

Mentre ripensava alle lettere di Pietro, Elena sentì un'inquietudine crescente. Le notizie che arrivavano da Padova, dove Pietro si trovava, erano sempre più preoccupanti. Gli scontri tra i gruppi fascisti e le forze di resistenza cominciavano a intensificarsi, e Pietro, pur cercando di mantenere un'apparente distanza dalla lotta aperta, si sentiva sempre più coinvolto. Le sue lettere riflettevano la confusione e la frustrazione di un giovane che non riusciva a trovare la sua strada in un paese che sembrava stargli sfuggendo. Le sue parole, sempre più rare e pesanti, erano cariche di preoccupazione, ma anche di una forza che Elena non aveva mai percepito prima.

"Non so per quanto ancora riuscirò a stare lontano da tutto questo, Elena," scrisse Pietro in una delle sue lettere. "Padova è sotto una costante sorveglianza, e ogni giorno è un giorno in più che temo di non poter tornare indietro. Ho visto cose che non avrei mai voluto vedere, eppure mi rendo conto che non posso ignorarle. La resistenza sta crescendo, ma i fascisti non sono ciechi, e la mia famiglia non capisce la mia rabbia. Mio padre mi accusa di essere un traditore, ma io non posso fare a meno di credere che ci sia un futuro diverso per questo paese, un futuro che non possiamo costruire senza lottare."

Elena rileggendo quelle parole si sentì più distante da lui, ma anche incredibilmente vicina. La lotta che Pietro stava affrontando non era solo la sua, ma un conflitto che stava prendendo forma anche dentro di lei. Lei, che aveva sempre cercato di trovare rifugio tra i libri e le parole, si trovava ora a confrontarsi con una realtà che non poteva più essere ignorata. Non si trattava solo di sopravvivere, ma di trovare un modo per agire, anche se le sue azioni sembravano insignificanti di fronte alla potenza del regime.

Ogni lettera di Pietro che riceveva, ogni nuova comunicazione che lui le mandava, non faceva che aumentare il peso del silenzio che la circondava. Elena sapeva che la vita, così come la conosceva, stava per cambiare per sempre. I giorni che passavano senza che lei avesse sentito la sua voce o avesse ricevuto notizie più chiare su come stesse affrontando la crescente minaccia fascista, rendevano il suo cuore pesante. Pietro era la sua connessione con il mondo esterno, con la resistenza, con una speranza che sembrava sempre più lontana, ma che non voleva lasciar andare. Le sue lettere erano la sua unica ancora, ma sapeva che qualcosa di più grande stava per succedere. La guerra non era solo nell'aria, ma nella vita stessa di chiunque avesse osato opporsi alla tirannia.

Mentre il tempo passava, Elena iniziava a riflettere anche su se stessa. Doveva agire, doveva fare qualcosa. Ma cosa? La sua vita in libreria non era più una vita di tranquillità. Il suo mondo era diventato incerto, segnato da un crescente senso di paura e preoccupazione. Tuttavia, non poteva permettere che la sua passività fosse l'unica risposta a tutto quello che stava accadendo intorno a lei. Pietro stava lottando con la sua coscienza e con il suo posto nel mondo, e anche Elena doveva farlo. Le parole che aveva scritto erano ormai il suo modo di resistere, e forse sarebbe stato proprio attraverso quelle parole che avrebbe trovato una risposta.

Le lettere non erano solo un mezzo per comunicare, ma una forma di speranza in un mondo che sembrava perderla ogni giorno di più. La guerra che si avvicinava non avrebbe solo cambiato l'Italia, ma anche loro due, eppure, nel silenzio delle loro lettere, c'era ancora una forma di lotta, una speranza che non sarebbe stata facilmente schiacciata.

Segreti e Confessioni

La lettera che Pietro le aveva inviato quella mattina cambiò tutto. Elena aveva imparato a conoscere la sua scrittura, a decifrarla come se fosse un linguaggio segreto tra di loro, fatto di sottintesi, frasi mai dette, e quel tipo di sincerità che nasceva solo nelle parole scritte con l'anima. Ma quella volta, le sue parole non suonavano come al solito. C'era un peso, una sorta di urgenza che non poteva più essere ignorata. Elena aveva letto le prime righe più volte, senza riuscire a credere a ciò che stava leggendo.

> "Cara Elena," iniziava Pietro, "ho qualcosa da dirti, qualcosa che non posso più nascondere. Le cose che ti scrivo non sono facili né da scrivere né da leggere, ma credo che tu abbia il diritto di sapere."

In quel momento, Elena si fermò. La sua mano tremava lievemente mentre teneva la lettera tra le dita. Un'ombra, una sensazione di pericolo, la avvolse. Pietro non era mai stato qualcuno che si arrendeva facilmente, né che si lasciava sopraffare dalla paura. Ma qualcosa in quelle parole stava cambiando l'atmosfera della loro comunicazione. Pietro stava diventando più vulnerabile, ma anche più distante. Si sentiva come se stesse andando incontro a una battaglia che non avrebbe potuto vincere da solo. Eppure, quella stessa battaglia lo stava avvicinando a lei, a Elena, come mai prima.

La lettera continuava: "Sono coinvolto in incontri segreti con alcuni uomini e donne che, come me, credono che questo regime stia distruggendo il nostro paese. Ogni incontro è rischioso, e ogni parola che scambio con loro potrebbe essere l'ultima. Non posso dire molto, ma spero che tu capisca. Quello che faccio non è per odio, ma per amore: per amore della libertà, per amore del nostro futuro."

Elena fece una pausa. Le sue mani tremavano, ma non era solo paura. C'era anche qualcosa di più profondo, di più personale. Il cuore le batteva forte, non solo per il timore che Pietro stesse mettendo a rischio la propria vita, ma anche perché le sue parole toccavano una parte di lei che non aveva mai voluto affrontare. La resistenza. La lotta contro il fascismo. Il rischio. Elena aveva sempre vissuto in una dimensione più protetta, più lontana dalla violenza e dal conflitto. La libreria, i libri, le parole: questi erano il suo rifugio, la sua battaglia silenziosa contro il regime che minacciava di soffocare ogni libertà di pensiero. Ma ora Pietro, con la sua confessione, stava tirandola dentro a qualcosa di più grande, a qualcosa che non poteva più ignorare. E in quella consapevolezza, c'era paura, ma anche una sorta di ammirazione che le scopriva un lato di sé che non pensava di possedere.

"Non ti chiedo di capirmi subito," continuava Pietro, "ma ti chiedo solo di non giudicarmi. Non posso più vivere sapendo che ciò che è giusto venga ignorato. Le persone che incontro sono disposte a dare la propria vita per la causa, e io sono uno di loro. Non posso più stare fermo a guardare, non posso più chiudere gli occhi davanti alla realtà. Ma il rischio è enorme. Ogni giorno potremmo essere scoperti. Ogni passo che facciamo è più pericoloso dell'ultimo."

Elena si sentì stordita dalle parole di Pietro. Quella confessione, quel gesto di apertura, non erano solo una dichiarazione di coraggio, ma anche di solitudine. Pietro stava mettendo in gioco la sua vita, e per un momento, Elena si sentì completamente impotente. Cosa poteva fare? Come poteva rispondere a una confessione così intima, così carica di significato? Si accorse che, in qualche modo, le parole di Pietro stavano cambiando la sua visione del mondo, facendola entrare in un contesto che non aveva mai esplorato, ma che ora la coinvolgeva più profondamente di quanto avrebbe mai pensato.

Quella notte, Elena non riuscì a dormire. Le parole di Pietro rimbalzavano nella sua mente, mescolandosi con i suoni della città, con il rumore dei canali che scivolavano silenziosi sotto il cielo stellato di Venezia. La sua libreria, che un tempo le era sembrata un rifugio sicuro, ora le appariva come un luogo limitato, quasi insignificante di fronte alla vastità del mondo che Pietro le stava mostrando attraverso le sue lettere. Ma allo stesso tempo, c'era una sorta di incertezza che la frenava, una sensazione di timore che non riusciva a sbarazzarsi. La lotta di Pietro, la sua scelta di schierarsi contro il regime, era qualcosa che Elena non si sarebbe mai aspettata di affrontare. Si rese conto che, nonostante fosse affascinata dalla sua determinazione, il pensiero che anche lei potesse essere coinvolta in una simile resistenza la spaventava. La paura di perderlo, la paura di essere coinvolta in qualcosa di più grande di lei, la paralizzava. Eppure, non riusciva a smettere di pensare che Pietro stesse facendo qualcosa di giusto, qualcosa che merita rispetto e, forse, anche ammirazione.

Il giorno successivo, Elena decise di rispondere. La sua lettera, tuttavia, non sarebbe stata facile. Non avrebbe potuto semplicemente ignorare quello che Pietro aveva scritto, né rispondere con superficialità. Le parole che avrebbe scelto avrebbero dovuto essere misurate, rispettose ma anche sincere. Così si mise al lavoro, scrivendo con calma e precisione, cercando di trovare un equilibrio tra ciò che sentiva e ciò che voleva dire.

"Caro Pietro," iniziò, "le tue parole mi hanno colpito profondamente, e anche se non posso dire di capire pienamente ciò che stai vivendo, credo che tu abbia ragione. Non possiamo più ignorare la realtà che ci circonda. Ma ti chiedo: fino a che punto possiamo arrivare senza perdere noi stessi? La tua lotta è anche la mia, ma sono preoccupata. Non voglio che tu rischi tutto, e non so se sarei capace di farlo, io, al tuo posto."

Elena sospirò mentre scriveva, consapevole che quelle parole avrebbero probabilmente cambiato la natura della loro corrispondenza. Ma ciò che stava scrivendo era sincero, ed era tutto ciò che poteva offrire. La sua risposta non era un rifiuto, ma una riflessione. La riflessione di una donna che si trovava a un bivio, tra il suo amore per Pietro e la paura che il suo coinvolgimento in quella lotta potesse significare la fine di tutto.

Elena si fermò per un momento, guardando la lettera che aveva appena scritto. Le parole sembravano leggere, ma il loro significato era profondo. La tensione che aveva sentito nel cuore era stata tradotta in frasi che non volevano essere solo un semplice conforto, ma una riflessione su ciò che significava veramente la lotta contro il fascismo. Pietro aveva aperto un mondo che Elena non aveva mai considerato, ma ora era impossibile ignorarlo. Le sue mani tremavano mentre riprendeva la penna per continuare la lettera, cercando di esprimere tutto ciò che sentiva in quel momento.

"Non ti nascondo che la paura mi accompagna," continuò a scrivere, "ma non è paura di te

o di ciò che stai facendo. È paura di ciò
che potrebbe succedere se davvero tutto questo
andasse avanti. Se davvero questa resistenza
dovesse crescere, se davvero il nostro paese
dovesse cadere sotto il peso di una guerra che sta
già facendo sentire i suoi effetti, come possiamo
noi, che siamo così piccoli e isolati, sperare di
cambiare qualcosa? Non lo so, Pietro. E temo che
tu, in tutta la tua convinzione, stia rischiando
troppo."

Ogni parola che scriveva sembrava alleggerire un
po' il peso che aveva sul cuore, ma non riusciva a
evitare la sensazione che stesse dicendo qualcosa
di sbagliato, qualcosa che avrebbe potuto
cambiare per sempre il corso della loro relazione.
Elena si sentiva lacerata tra due mondi: quello
della sua vita quotidiana, fatta di libri, di incontri
tranquilli e di un futuro che sembrava sempre a
portata di mano, e quello di Pietro, che si stava
immergendo in un mondo di pericolo, coraggio
e sacrificio. Entrambi volevano la libertà, ma
la libertà di Elena era diversa. Non era una
libertà che richiedeva sangue, né un sacrificio
immediato. La sua libertà era fatta di parole, di
pensieri, di gesti sottili che non minacciavano
la sicurezza di nessuno. Ma ora, vedendo Pietro
così, in prima linea in una guerra che minacciava
tutto ciò che conoscevano, Elena capiva che forse
anche la sua libertà, quella che tanto amava,
avrebbe dovuto essere messa in discussione.

Il pensiero la tormentava, ma decise di non fermarsi. Non avrebbe potuto scrivere una lettera di sola paura, senza dare anche un senso di speranza, sebbene il suo cuore fosse pesante. Poteva capire la passione di Pietro, anche se non condivideva il suo modo di affrontarla. Lottare contro un regime che opprimeva ogni tipo di libertà intellettuale e politica non era solo un atto di coraggio, ma anche una necessità che sentiva profonda. Ma come avrebbe potuto partecipare? Elena non aveva le risposte, ma sapeva che il momento in cui avrebbe dovuto trovarle si avvicinava sempre di più.

"Ti scrivo queste parole non per giudicarti, ma per cercare di capire meglio dove ci stiamo dirigendo. Non voglio che tu pensi che ti stia allontanando da me, ma c'è una parte di me che ha paura, e non posso ignorarla. Ti chiedo solo di non lasciare che questo ti cambi in modo irreversibile. Non posso fare altro che sperare che tu riesca a vedere oltre tutto ciò, che tu possa trovare una via che non ci porti a un punto di non ritorno. La nostra lotta non è solo quella contro un regime, ma anche contro la paura che ci divora dentro."

La lettera di Elena si concluse con una frase che sentiva nel profondo: "Non dimenticarti di me, Pietro. Anche se la strada che hai scelto ti porta lontano, sappi che il mio pensiero sarà sempre con te. Ma cerca di non lasciare che la paura ci separi."

Con un sospiro, Elena ripiegò la lettera con cura. Le sue mani erano ancora fredde, ma sentiva che le parole che aveva scritto avevano avuto il potere di liberarla da un peso che si era accumulato nel cuore. Non sapeva cosa avrebbe risposto Pietro, né quale direzione avrebbe preso la loro relazione, ma sapeva che non poteva più ignorare quello che stava accadendo. Pietro stava lottando per una causa più grande di lui, ma Elena si chiedeva se fosse possibile che anche il suo amore per lui potesse essere parte di quella lotta. Non avrebbe mai voluto che le loro strade si separassero, ma sentiva che la loro connessione stava diventando qualcosa di più di un semplice affetto. Era qualcosa che stava mettendo alla prova le sue convinzioni, la sua fede nel futuro, e le sue paure più profonde. Il silenzio tra loro, che fino a quel momento era stato solo una parte del gioco del loro scambio, ora era carico di significati più complessi.

Mentre sigillava la lettera, Elena si sentiva come se stesse facendo il primo passo verso un cammino che non avrebbe potuto più fermarsi. La corrispondenza tra lei e Pietro, quella che era iniziata come un gioco di parole e di ironia, si stava trasformando in qualcosa di serio, di imperdonabile. Ora non si trattava più solo di scoprire l'anima dell'altro, ma di capire come le loro vite, le loro scelte e i loro sogni potessero essere legati indissolubilmente. Elena sentiva che il destino aveva messo Pietro sulla sua strada per un motivo, ma ora, più che mai, temeva che quell'incontro potesse significare anche una separazione, una rottura irreversibile. La strada che Pietro aveva scelto di percorrere non era solo pericolosa, ma minacciava di cambiare tutto, non solo per lui, ma anche per lei. Eppure, nonostante tutto, Elena non riusciva a immaginare una vita senza lui. La consapevolezza che avrebbero dovuto affrontare scelte impossibili era il segreto che entrambi custodivano nelle loro lettere, ma anche nelle loro anime, che ora erano più legate che mai.

Pietro tornò a Venezia all'inizio di marzo, con l'aria fresca di primavera che sembrava promettere cambiamenti, ma portava con sé anche l'incertezza che aleggiava da tempo sulle strade della città. Elena lo vide arrivare con una valigia semplice, senza segni di un viaggio troppo lungo, ma con un'espressione che parlava di fatiche invisibili. I suoi occhi non erano più quelli del ragazzo che aveva incontrato in un caldo pomeriggio d'estate, ma riflettevano ora una consapevolezza matura, quella di chi stava vivendo eventi che avrebbero potuto cambiare il corso della storia.

Non si erano visti da mesi, ma il loro legame, sebbene fatto di parole scritte e lette, era cresciuto in modo invisibile, silenzioso, tra le pieghe di lettere e sogni di un futuro che sembrava sempre più lontano. Elena lo accolse al bookshop con il cuore che batteva forte, ma senza mostrare alcuna emozione evidente. Non voleva sembrare troppo impaziente, ma non riusciva a nascondere quella sensazione che la sua vita, quella di tutti, stesse per subire una trasformazione che non poteva prevedere.

"Elena," disse Pietro con un sorriso, "che bello rivederti."

Il suo sorriso era il solito, ma c'era qualcosa di diverso. Un sorriso che non era solo gioia di ritrovarla, ma anche un modo di sfidare il mondo che li stava osservando. Pietro aveva sempre avuto un carisma particolare, una sorta di luce che lo rendeva magnetico, ma ora, con la realtà della guerra e delle sue scelte che lo accompagnavano, Elena non riusciva a evitare di chiedersi quanto quella luce fosse destinata a spegnersi.

"Benvenuto, Pietro. È passato così tanto tempo," rispose Elena, il tono della sua voce tradendo una lieve emozione che non cercava di nascondere. Si avvicinò per salutarlo, un abbraccio che voleva essere rapido, ma che si prolungò per un attimo. Sembrava che anche lui stesse cercando di catturare quel respiro che aveva perduto durante il suo viaggio.

Si sedettero insieme in un angolo del bookshop,

un posto familiare per entrambi, dove ogni libro sembrava essere una parte della loro storia condivisa. Le parole erano scarse inizialmente, come se entrambi sentissero il bisogno di ritrovarsi senza fretta, senza parole vuote. Pietro iniziò a parlare del viaggio, delle città che aveva attraversato, delle persone che aveva incontrato, ma presto il discorso cadde su temi più gravi.

"È strano essere di nuovo qui," disse Pietro, guardando fuori dalla finestra del bookshop, dove la luce del tramonto stava lentamente tingendo il cielo di sfumature arancioni e rosate. "Venezia sembra la stessa, eppure è cambiata. Non si sente più quella serenità che un tempo la definiva. Ogni angolo è pregno di una tensione che non riesco più a ignorare. Siamo sul filo del rasoio, Elena."

Elena lo guardò intensamente. Sapeva di cosa stesse parlando, ma non voleva ammetterlo. La città, che amava con tutta se stessa, stava lentamente cambiando, e lei lo sentiva. Le voci sussurravano in ogni angolo, le facce erano più serie, i sorrisi meno spontanei. C'era paura nell'aria, e la paura rendeva tutto più complicato.

"Cosa pensi che succederà?" chiese Elena, cercando di mantenere la calma nel tono della sua voce. "L'Italia non può continuare così, ma cosa possiamo fare? Cos'è che possiamo fare noi?"

Pietro la guardò, i suoi occhi brillavano di una luce intensa, ma era anche chiaro che portava dentro di sé un peso che non riusciva a scrollarsi di dosso.

"Non lo so," rispose lui. "Ma dobbiamo continuare a lottare. Non possiamo arrenderci, non possiamo lasciarli vincere. Se ci pieghiamo ora, perderemo tutto ciò per cui abbiamo combattuto. Non solo la guerra, ma anche la nostra identità. La cultura, la libertà di pensare, di vivere come vogliamo. Non possiamo lasciarci privare di tutto questo."

Le sue parole colpirono Elena come una freccia. La passione con cui parlava, l'intensità della sua voce, tutto in lui sembrava più deciso che mai. Pietro non stava solo parlando di una causa, ma di una visione. Una visione di un'Italia libera da ogni oppressione, da ogni menzogna. Elena, sebbene sentisse la stessa rabbia e lo stesso desiderio di libertà, non riusciva a comprendere appieno il rischio che Pietro stava correndo. Era il rischio di mettere in gioco non solo la sua vita, ma anche quella di chi gli stava accanto. E lei si chiedeva se fosse davvero il momento giusto per continuare a credere in quel sogno.

"E tu, Pietro? Cosa hai deciso di fare?" chiese Elena, la sua voce ora più incerta.

"Sto combattendo in ogni modo possibile," rispose Pietro, ma la sua voce si fece più bassa, come se temesse di rivelare troppo. "Non posso dirti tutto, ma posso dirti che sono pronto. Anche se significa rischiare tutto."

Elena sentiva il peso delle sue parole. Quella lotta non era solo un gioco, ma qualcosa che avrebbe cambiato il corso della storia. Pietro non stava semplicemente sognando una vita migliore, stava combattendo per essa. E la consapevolezza di questo la turbò profondamente.

La conversazione continuò a crescere di intensità, eppure non riuscivano a trovare risposte alle domande che entrambi si ponevano. Le parole si susseguivano, ora più lente, ora più rapide, mentre il cielo di Venezia si tingeva di un rosso profondo. Elena si accorse che non avevano smesso di parlare, ma ormai il tempo sembrava sfuggire via, e loro due erano come sospesi tra il passato e il futuro, in un'eterna attesa.

Alla fine, Pietro si alzò, come se avesse preso una decisione. Senza dire nulla, la prese per mano, e la condusse fuori dal bookshop. La luce del tramonto era ormai quasi scomparsa, ma il cielo di Venezia si stava trasformando in una distesa di colori che non avevano mai visto prima. Camminarono senza parole, attraversando le calli di Venezia, finché non arrivarono in un piccolo campo vicino al Canal Grande, dove la vista sul ponte di Rialto era mozzafiato. Là, sotto il cielo che lentamente si oscurava, Pietro fermò Elena e si voltò verso di lei.

"Elena," disse con voce tremante, "ti prego, capiscimi. Questo è il mio cammino, e forse è l'unico che posso seguire. Ma non voglio perderti. Non voglio che questa distanza ci separi."

In quel momento, senza un'altra parola, si avvicinò e la baciò. Il suo bacio non era solo un gesto di passione, ma un atto di connessione, di promessa. Elena rispose con la stessa intensità, come se il mondo intorno a loro si fosse fermato, lasciandoli soli in quel momento sospeso.

Il bacio durò solo un istante, ma sembrò un'eternità. Quando si separarono, entrambi rimasero in silenzio, senza dire nulla. Non avevano bisogno di parole.

Il futuro era incerto, ma in quel momento, Venezia, la città che amavano entrambi, sembrava essere il loro unico rifugio. Il loro amore, pur tra mille contraddizioni, stava crescendo, e insieme a lui, cresceva anche la consapevolezza che niente sarebbe stato più lo stesso.

Il silenzio che seguì il loro bacio era dolce e carico di significato. Non c'era fretta, non c'erano parole da dire, solo l'inconfondibile sensazione di un incontro che aveva superato la barriera delle parole e che ora stava toccando qualcosa di più profondo, più eterno. La Venezia che li circondava sembrava ancor più misteriosa, avvolta in quella luce che precede la notte, come se ogni angolo della città avesse assistito a un miracolo silenzioso.

Elena si sentiva stranamente leggera, come se quella dichiarazione d'amore, in quel preciso istante, l'avesse liberata da tutto il peso che si era accumulato nel corso dei mesi. Non importava che il futuro fosse incerto, che il mondo stesse cambiando intorno a loro in modi che nemmeno immaginavano. In quel momento, sentiva che Pietro era la sua ancora, la sua verità in un mondo che sembrava averne perduto il senso.

Pietro, dal canto suo, non aveva più bisogno di cercare le parole per spiegare ciò che provava. Le sue azioni avevano parlato al posto suo. Con un semplice bacio, aveva rotto le catene di un'epoca che sembrava condannare ogni tipo di libertà. E anche se sapeva che la loro storia avrebbe affrontato sfide immani, non si sentiva più solo. Elena era lì, al suo fianco, e in quel gesto, nella sua risposta, c'era una promessa implicita, un patto che nessun fascismo avrebbe mai potuto spezzare.

Si staccarono lentamente, ma nessuno dei due fece il primo passo per tornare indietro. Rimasero fermi, semplicemente guardandosi, cercando di decifrare ciò che le parole non erano riuscite a dire. Poi, come se nulla fosse cambiato, ma allo stesso tempo tutto fosse cambiato, Pietro parlò di nuovo.

"Non so come andrà a finire," disse con voce bassa, "ma sono sicuro di una cosa: quello che c'è tra di noi è reale. Non possiamo ignorarlo, Elena."

Lei annuì, anche se le sue parole restarono ferme sulla punta della lingua. Non sapeva se doveva dirgli che anche lei lo sentiva, che il suo cuore batteva per lui con una forza che non poteva negare. Ma invece di parlare, si limitò a sorridere, a guardarlo negli occhi con una tenerezza che non aveva mai sperimentato prima.

"Che cosa accadrà ora?" chiese Elena, la sua voce finalmente rotta da una domanda che lei stessa non aveva il coraggio di porre.

Pietro sospirò. "Non lo so. La situazione è troppo complessa, e io sono coinvolto in cose più grandi di noi. Ma prometto che farò tutto il possibile per proteggerci, per proteggerci entrambi. E se c'è una possibilità di cambiare le cose, non mi tirerò indietro."

Elena lo osservò, cercando nei suoi occhi quella convinzione che sentiva nelle sue parole. C'era una forza in lui che non aveva mai visto, una determinazione che la rendeva tanto orgogliosa quanto spaventata. Pietro era un uomo che non avrebbe mai potuto rimanere fermo, che non avrebbe mai potuto ignorare la sofferenza degli altri, nemmeno quando tutto sembrava perduto.

"Promettimi una cosa," disse Elena con fermezza. "Promettimi che non ti metterai mai in pericolo senza pensarci prima."

Pietro la guardò, e per un istante sembrò che un'ombra di tristezza attraversasse il suo viso. "Non posso prometterti questo, Elena. Non posso vivere la mia vita solo pensando al pericolo. Ma ti prometto che farò tutto il possibile per rendere questo nostro tempo insieme più che una semplice parentesi. Che non sarà vano."

Il suo sguardo diventò intenso, e per un attimo, Elena sentì il peso di quelle parole più di ogni altra cosa. Non erano promesse vane, non erano speranze effimere. Erano dichiarazioni che venivano dal cuore, e anche se sapeva che non poteva prevedere tutto, sapeva anche che quella notte, sotto il cielo di Venezia, aveva trovato qualcosa di reale.

E così, rimasero insieme in quel campo, lontano dal caos della città, dove il rumore delle voci sembrava lontano, come se la guerra, il fascismo e le sue macchinazioni non esistessero più. C'erano solo loro due, e il loro amore che, nonostante tutte le difficoltà, continuava a crescere. Non sapevano cosa il futuro avrebbe portato, ma avevano scelto di essere insieme, in quel momento, e niente e nessuno avrebbe potuto cambiarlo.

Il cielo si fece scuro, e la luna cominciò a salire, gettando una luce argentea su Venezia. Pietro la guardò di nuovo, e con un sorriso appena accennato le prese la mano.

"Voglio che tu sappia una cosa, Elena," disse, la voce ferma ma affettuosa. "Non importa cosa accadrà. Tu sei la persona che mi ha dato speranza. E in un mondo che sta perdendo la sua, non potrei chiedere di più."

Elena si sentì sopraffatta dalla dolcezza di quelle parole. Le sue mani si strinsero intorno a quelle di Pietro, come per non lasciarlo andare, come per dirgli che anche lei provava lo stesso. Non sapeva cosa sarebbe successo domani, né cosa la guerra avrebbe portato con sé. Ma in quel momento, con Pietro al suo fianco, sapeva che niente sarebbe stato più lo stesso.

La notizia che Pietro stava per partire tornò a risuonare nella mente di Elena, come un'eco che non riusciva a svanire. Era difficile accettare la realtà di quella separazione, di quel distacco che non faceva altro che aumentare il peso della sua solitudine. Non era la prima volta che Pietro le parlava del suo coinvolgimento nella resistenza, ma ora, più che mai, sentiva che la distanza tra loro non fosse solo fisica, ma anche emotiva. La sua partenza non sarebbe stata solo un allontanamento temporaneo. Sarebbe stato un abisso tra la vita che lei conosceva e quella che lui aveva scelto, una vita di lotta, di pericolo e di sacrificio. Una vita che la separava dal suo mondo di parole, di libri e di sogni, che sembravano sempre più lontani.

"Non posso fare a meno di ciò in cui credo," aveva detto lui l'ultima volta che ne avevano parlato. Ma quelle parole, pur essendo sincere, non riuscivano a consolarla. Elena guardò la lettera che aveva ricevuto da lui qualche giorno prima, quella che spiegava la sua partenza imminente. La sua calligrafia, che una volta le sembrava così familiare e rassicurante, ora sembrava lontana, come un segno di una vita che non le apparteneva più.

"Mi dispiace, Elena," aveva scritto Pietro, "ma la resistenza ha bisogno di me. Non posso fare a meno di lottare contro ciò che sta accadendo. La tua sicurezza e la mia sono la cosa più importante, e non voglio mettere in pericolo né te né me. Spero che tu capisca. La lotta per la libertà è la mia unica via."

Elena si sentiva sopraffatta, il suo cuore diviso tra il rispetto per le sue convinzioni e il desiderio egoista di non perderlo. Non riusciva a immaginare la sua vita senza Pietro, senza la sua presenza calda e rassicurante. Ma allo stesso tempo, sentiva la forza delle sue parole, il bisogno di fare qualcosa, di resistere, di non arrendersi. Era un uomo che, come tanti, aveva visto la bellezza del mondo spezzarsi sotto il peso dell'oppressione, e ora stava cercando di ridare a quella bellezza la sua dignità. Come avrebbe potuto impedirgli di seguire quella strada?

"Come posso rimanere ferma, quando vedo il

mondo crollare intorno a noi?" si chiedeva Elena, guardando la lettera ancora una volta. Pietro non era solo un uomo che amava. Era anche un simbolo di speranza, di coraggio, di lotta per la libertà. Eppure, quella lotta avrebbe separato le loro strade.

"Non so cosa accadrà, Elena," le aveva detto, "ma promettimi che non perderai la speranza. Che, anche quando sarà buio, tu non smetterai di credere che possiamo cambiare le cose."

Le parole di Pietro continuavano a martellare nella sua mente. Lei avrebbe dovuto essere forte, avrebbe dovuto sostenere lui, sostenere la sua causa. Ma il dolore della separazione, la paura che tutto ciò che avevano costruito potesse svanire, la rendevano vulnerabile. Come avrebbe potuto continuare senza di lui al suo fianco?

In quel momento, Elena capì che non c'era altra via che accettare quella realtà. Pietro non sarebbe rimasto. La sua missione lo chiamava, e lei, con il cuore pesante, non avrebbe potuto fermarlo. "La lotta è la sua via," si ripeté, cercando di trovare pace nelle sue parole. Ma la pace non veniva. Il peso della solitudine la schiacciava, e per quanto cercasse di concentrarsi sul suo lavoro, sulla libreria, sulle sue lettere, sentiva che una parte di lei se ne stava andando, con Pietro, lontano dalla sua vita quotidiana.

La resistenza a cui Pietro apparteneva non

era una scelta facile. Non c'era nulla di romantico in essa, nessuna promessa di gloria o riconoscimento. Era una scelta di sacrificio, di lotta quotidiana, di paura costante. Elena lo sapeva. Eppure, nonostante la consapevolezza del pericolo che Pietro correva, una parte di lei non poteva fare a meno di sperare che, in qualche modo, le cose sarebbero cambiate. Che, forse, Pietro sarebbe tornato. Che la guerra sarebbe finita presto. Che lei non sarebbe rimasta da sola.

Ma la realtà era ben diversa. Ogni giorno che passava senza una notizia di lui la faceva sentire più distante, più impotente. La libreria sembrava improvvisamente vuota, come se le pareti stesse si fossero svuotate di ogni significato. Ogni libro che prendeva in mano, ogni pagina che sfogliava, sembrava portarla ancora più lontano dalla sua realtà. Sognava, a volte, di lasciare tutto, di partire anche lei, di raggiungere Pietro, di affrontare insieme le difficoltà del mondo. Ma sapeva che non avrebbe potuto farlo. La sua vita era a Venezia, la sua famiglia, i suoi sogni. La sua lotta era diversa, ma ugualmente necessaria.

La notte, quando si ritirava nella sua stanza, Elena si ritrovava spesso a pensare a Pietro, a immaginare la sua vita senza di lei. Lo vedeva in qualche angolo di Padova, in qualche rifugio segreto, mentre combatteva per la libertà. Si chiedeva se stesse pensando anche a lei, se le lettere che si scambiavano riuscivano a fargli sentire la sua presenza, anche se lontana. Ogni parola che scriveva a Pietro sembrava diventare più preziosa, più carica di emozioni, perché era l'unica cosa che le permetteva di restare con lui, anche se separata da mille chilometri di distanza.

Elena si alzò dalla sua sedia e si avvicinò alla finestra. La luce morbida del mattino si diffondeva sulla laguna, e le barche scivolavano lentamente sull'acqua calma. Venezia sembrava tanto bella quanto distante, come un mondo che stava cambiando sotto il suo stesso sguardo. Ogni angolo della città che conosceva, ogni pietra che calcava nei suoi passi, sembrava ora pieno di domande. Ma la risposta che cercava non sarebbe arrivata da nessuna parte. La sua mente tornava sempre a Pietro, alla sua assenza. Come poteva continuare senza di lui? Come poteva vivere in una città che, nonostante la sua bellezza, non smetteva di essere oppressa dalla pesantezza della guerra e dalla minaccia del fascismo?

Le lettere che si scambiavano erano ormai diventate l'unico filo di connessione tra loro. Ogni volta che riceveva una sua lettera, Elena cercava di percepire qualcosa di più di quanto fosse scritto, cercava di leggere tra le righe, di sentire la sua voce attraverso le parole. Ma quel legame che un tempo era stato fatto di sguardi, di tocchi furtivi, di promesse sussurrate al chiaro di luna, ora sembrava essere ridotto a un semplice scambio di frasi, a una comunicazione che non riusciva a colmare il vuoto che si stava creando.

Pietro le parlava della sua lotta, delle sue azioni nella resistenza, delle riunioni segrete e dei pericoli a cui era esposto ogni giorno. Ogni volta che leggeva quelle parole, Elena sentiva il cuore battere più forte, ma anche un senso di paura e impotenza che cresceva. Come poteva non temere per lui? Ogni volta che lo pensava in quelle situazioni, con la vita appesa a un filo, con la minaccia sempre in agguato, Elena si sentiva ancora più piccola, più fragile.

Sospirò e guardò fuori. La vista del mare che baciava la costa le dava un senso di tranquillità, ma non riusciva a liberarsi da quel senso di inquietudine. A volte pensava che il mare fosse una metafora della sua vita: calmo all'esterno, ma turbato e profondo all'interno, pieno di emozioni e paure che non riusciva a controllare. "E cosa posso fare io?" si chiese, con una punta di frustrazione. La guerra non le permetteva di restare indifferente, ma cosa poteva fare per cambiarla? Le sue mani erano legate dalla sua vita a Venezia, dal suo lavoro nella libreria, dalle aspettative della sua famiglia. Pietro, invece, stava combattendo in prima linea, stava facendo qualcosa che aveva un significato, che portava speranza. E lei?

Le lettere continuavano a fluire tra di loro, un flusso di parole che cercavano di colmare il vuoto tra di loro. Pietro le scriveva di lotte, di alleanze, di rischi e di speranze, ma nelle sue parole Elena cercava sempre un segno di speranza per il loro futuro, qualcosa che le dicesse che, nonostante tutto, un giorno si sarebbero ritrovati. Ma ogni parola che scriveva a Pietro, ogni messaggio che cercava di inviare, sembrava non riuscire a trasmettere appieno quello che sentiva nel profondo del cuore. La sua vita in quel momento era divisa tra l'amore per lui e il dovere che lui sentiva di seguire.

Un giorno, mentre stava leggendo una lettera di Pietro, Elena si fermò su una frase che la colpì particolarmente. "Non posso fare a meno di lottare, Elena," scriveva lui. "Ma non voglio perderti. Voglio che tu sappia che, quando tutto sarà finito, spero di tornare e di poter vivere quella vita che abbiamo sempre sognato, insieme. Ma ora non posso fermarmi. La guerra mi chiama."

Le parole di Pietro avevano una forza che Elena non poteva ignorare. C'era passione in ogni singola lettera, ma anche dolore. Il dolore di una separazione inevitabile, il dolore di un futuro incerto, e la consapevolezza che, per quanto si amassero, la loro vita insieme dipendeva da qualcosa di più grande di loro, qualcosa di oscuro e minaccioso che li costringeva a separarsi. Elena non sapeva se avrebbe mai visto Pietro tornare. Non sapeva nemmeno se un giorno sarebbe riuscita a guardarlo negli occhi senza paura per la sua vita, per il destino che stava scegliendo.

Ma c'era una parte di lei che non poteva arrendersi. Ogni lettera che Pietro le scriveva era una testimonianza del suo impegno, della sua forza, e questo la spronava a non lasciarsi sopraffare dalla paura. Se lui riusciva a continuare, se riusciva a lottare per la libertà, allora anche lei doveva trovare la forza di resistere, di credere che, nonostante tutto, un giorno le cose sarebbero cambiate. Doveva sperare. Doveva resistere.

Elena si alzò dalla finestra, cercando di scrollarsi di dosso la sensazione di impotenza che le stava stringendo il cuore. La sua vita non poteva rimanere ferma. Doveva continuare a vivere, a lottare nel suo piccolo mondo, a resistere come Pietro stava facendo nel suo. Aveva deciso che non sarebbe stata la paura a definire la sua vita, non sarebbe stato il silenzio della separazione a fermarla. Doveva andare avanti, anche se il futuro sembrava incerto, anche se la sua strada non era chiara. La sua resistenza, seppur diversa, sarebbe stata altrettanto importante.

Si sedette di nuovo alla sua scrivania e prese in mano la penna. Non sapeva cosa avrebbe scritto in quella lettera, ma sapeva che non poteva smettere di sperare. Doveva continuare a scrivere a Pietro, doveva continuare a credere in un futuro che, forse, un giorno, sarebbe arrivato.

Elena si sedette alla scrivania, la penna tra le dita, e guardò la pagina bianca davanti a sé. Il silenzio della sua stanza sembrava avvolgerla, ma dentro di lei c'era un frastuono di pensieri che non riusciva a fermare. Non era mai stata una scrittrice prolifico, ma da quando le lettere di Pietro erano arrivate nella sua vita, qualcosa era cambiato. Non era solo l'amore che provava per lui a spingerla, ma una forza più profonda, una necessità di dare un senso a tutto ciò che stava accadendo intorno a lei. La guerra, la separazione, il dolore, tutto sembrava avere una forma che lei non riusciva a comprendere fino in fondo. Eppure, in qualche modo, scrivere sembrava offrirle una via di fuga, un rifugio dove potesse esprimere ciò che non riusciva a dire a voce.

Le lettere di Pietro erano diventate una sorta di filo conduttore che attraversava la sua vita. Ogni volta che le leggeva, si trovava a fare i conti con la propria impotenza, con la paura di perderlo, ma anche con una forza che non aveva mai pensato di possedere. Pietro, attraverso le sue parole, le dava la possibilità di vedere la luce anche nei momenti più oscuri. Lei, però, non poteva fare altro che aspettare, continuare a vivere nel suo piccolo angolo di Venezia, cercando di non farsi sopraffare dalle paure.

Eppure, quando Elena si mise a scrivere, qualcosa di magico accadde. Le parole scivolavano sulla pagina con una fluidità che non aveva mai provato prima. Le lettere diventavano più di un semplice scambio tra lei e Pietro: erano la chiave per qualcosa di più grande. Una storia che parlava di loro, della loro distanza, dei loro sogni, della loro lotta contro il regime che minacciava di distruggere tutto ciò che amavano. La scrittura diventava la sua salvezza, il luogo dove poteva rifugiarsi, ma anche il modo per dar vita a ciò che non riusciva a dire.

Quando iniziò a scrivere, Elena non aveva idea di cosa stesse creando. Le parole venivano da sole, fluivano senza sforzo, come se un'altra parte di lei stesse prendendo il controllo. Ogni lettera che riceveva da Pietro la ispirava a scrivere più a lungo, a descrivere non solo le sue emozioni, ma anche i paesaggi di Venezia, la bellezza del Lido, la città che sembrava vivere a metà, sospesa tra passato e futuro. Non era solo una questione di amore, ma di sopravvivenza, di resistenza. La sua vita stava diventando una lotta tra l'amore per Pietro e il dolore della sua assenza. E la scrittura, in qualche modo, le dava il modo di affrontare tutto questo.

Un pomeriggio, mentre camminava lungo la riva del Lido, Elena si fermò a guardare il mare che luccicava sotto il sole. Le onde erano calme, ma il vento che soffiava faceva frusciare le foglie degli alberi, come un sussurro che le raccontava di tempi lontani. Venezia, con le sue piazze silenziose e i suoi canali vuoti, sembrava lontana da tutto ciò che stava accadendo nel resto del mondo. Eppure, era proprio qui che il cambiamento stava avvenendo, anche se Elena non riusciva a vederlo in modo chiaro. La guerra stava bussando alla porta, eppure lei, nonostante il dolore e la paura, sentiva che c'era una possibilità di redenzione, una possibilità di trovare la bellezza anche nelle cose più oscure.

La scrittura divenne così il suo rifugio, ma anche la sua sfida. Ogni giorno, quando prendeva la penna in mano, sentiva che stava facendo qualcosa di importante, qualcosa che avrebbe dato un senso alla sua vita e al suo amore. La storia che stava cercando di raccontare non era solo la sua, ma quella di una generazione intera che stava affrontando l'oscurità del fascismo, che stava cercando una via di uscita in un mondo che sembrava impazzire.

Nel buio della sua stanza, con la luce soffusa che filtrava dalle tende, Elena si lasciava trasportare dai suoi pensieri. Le parole che scriveva non erano solo il riflesso del suo cuore, ma anche una testimonianza di ciò che stava accadendo nel mondo. Le sue storie parlavano di uomini e donne che lottavano, che speravano, che cercavano un senso in mezzo alla confusione. Eppure, ogni volta che scriveva, sentiva che non era mai abbastanza. Le parole non riuscivano a colmare il vuoto che sentiva dentro, ma le davano un piccolo sollievo, come un respiro profondo che la faceva sentire viva.

Il suo pensiero andò a Pietro. Le lettere che lui le inviava parlavano della sua vita nella resistenza, della sua lotta contro il regime, ma Elena sapeva che anche lui stava soffrendo. La sua assenza era una ferita che non poteva essere curata, ma le sue parole continuavano a guidarla, a darle un senso in un mondo che sembrava senza speranza. Ogni lettera che lei scriveva a Pietro diventava una piccola parte di una storia più grande, un atto di resistenza contro il silenzio che stava cercando di sopraffarla. Eppure, quando metteva la penna sulla carta, sapeva che stava facendo qualcosa di importante, qualcosa che avrebbe continuato a vivere anche dopo di lei.

Scrivere divenne così la sua unica via di fuga, il suo unico mezzo per non essere sopraffatta dalla paura. Le parole, anche se non riuscivano a cambiare la realtà, le permettevano di dare un senso a ciò che stava accadendo, di trasformare il dolore in qualcosa di bello, di significativo. Ogni giorno, mentre scriveva, Elena si sentiva più forte. Sentiva che stava facendo qualcosa che aveva valore, che avrebbe avuto un impatto su chiunque avesse letto la sua storia.

Le lettere di Pietro, che inizialmente erano solo un modo per comunicare, ora erano diventate il cuore pulsante del suo romanzo. La storia di Elena e Pietro, del loro amore e della loro lotta contro il fascismo, si stava lentamente dipanando davanti a lei. La scrittura non era più solo un rifugio, ma una chiamata. Una chiamata a resistere, a non dimenticare, a non arrendersi. La guerra, la paura, la separazione, tutto sembrava trovare un posto in quella storia, come se ogni parola che scriveva fosse un modo per combattere contro l'invisibile nemico che stava cercando di spegnere la speranza.

In quella stanza, immersa nella luce calda del tramonto che filtrava dalle finestre, Elena scriveva come se la sua vita dipendesse da quello che stava creando. Ogni parola che usciva dalla sua penna non era solo il riflesso di una passione segreta, ma il tentativo di rendere immortale qualcosa che, altrimenti, sarebbe stato dimenticato: la forza di resistere, l'importanza di credere in qualcosa più grande della paura.

Il suo romanzo, che stava lentamente prendendo forma tra le pagine, non era solo una lettera d'amore a Pietro, ma anche una lettera di speranza a sé stessa. Elena non poteva ignorare che la situazione a Venezia e in tutta Italia stava peggiorando. L'eco della guerra si faceva sempre più presente, e la dittatura di Mussolini sembrava impossibile da fermare. Eppure, mentre scriveva, sentiva di possedere un piccolo potere: quello di creare un rifugio nella sua immaginazione, di vivere storie di resistenza, di coraggio e di amore.

Nonostante tutto, le parole avevano il potere di darle conforto, di trasformare la sua paura in una sorta di forza.

Ogni giorno, tra le lettere di Pietro, si nascondeva una nuova sfumatura della sua vita che la incantava e la spaventava allo stesso tempo. Pietro parlava delle sue difficoltà a Padova, delle riunioni segrete, delle persone che incontrava nel movimento di resistenza. C'era sempre un senso di urgenza nelle sue parole, una consapevolezza che il tempo stava per scadere. Elena sapeva che ogni parola che leggeva poteva essere l'ultima, eppure ogni volta che apriva una lettera, sentiva di avvicinarsi a lui, anche se la distanza tra di loro rimaneva incolmabile.

Le parole di Pietro la spingevano a guardare il mondo con occhi nuovi, a riflettere su cosa significasse veramente essere liberi, su cosa fosse il coraggio. La sua lotta contro il fascismo, anche se lontana, la riguardava direttamente. La sua scelta di restare a Venezia, di non andare via e di continuare la sua vita in un angolo tranquillo della città, stava diventando insostenibile. Come poteva Elena continuare a vivere nel silenzio, quando il mondo intorno a lei stava crollando? Scrivere divenne una forma di resistenza, una protesta contro l'immobilismo, contro la paura che la paralizzava ogni volta che pensava alla sua vita futura. Le parole di Pietro, benché scritte da lontano, erano l'unica cosa che le permetteva di andare avanti.

Era la bellezza della scrittura che la faceva sentire più viva, più consapevole della sua esistenza in un mondo che stava cambiando. Ogni capitolo che completava, ogni nuova pagina che riempiva, sembrava un piccolo atto di ribellione contro le circostanze che la volevano indifesa e impotente. La guerra stava rubando tutto, ma Elena non poteva permettere che anche il suo amore per la scrittura venisse sopraffatto. Le parole dovevano continuare a scorrere, per ricordare a sé stessa che la bellezza, la speranza e l'amore erano ancora possibili, anche in tempi oscuri.

A volte, quando scriveva, Elena si perdeva completamente nel mondo che stava creando. Immaginava sé stessa e Pietro come protagonisti di una storia che trascendeva la guerra, che esisteva al di là della paura e della morte. In quel rifugio che aveva creato, entrambi erano liberi, anche se solo per un breve momento. Il mondo che lei e Pietro avevano costruito nella loro corrispondenza era un luogo dove le parole avevano il potere di guarire, di resistere, di sopravvivere. Era un luogo dove non c'erano confini, dove la distanza non esisteva, dove l'amore non era mai stato più forte.

Ogni lettera che lei scriveva a Pietro diventava parte di un puzzle che non sapeva ancora completare, ma che la spingeva sempre di più a mettere insieme i pezzi. Si trattava di più di una storia d'amore. Si trattava di un atto di sopravvivenza, di una lotta per mantenere viva la speranza di un futuro migliore. La guerra, la politica, la violenza: tutto sembrava volerli separare. Eppure, ogni volta che le parole di Pietro le giungevano, come un faro in mezzo alla tempesta, Elena si ricordava che la loro connessione, il loro amore, il loro sogno di libertà, non erano mai stati veramente in pericolo. La scrittura, come una poesia in divenire, doveva essere il loro atto di resistenza.

Le lettere si facevano sempre più lunghe, sempre più profonde. Elena si accorse che stava iniziando a usare la sua scrittura per esplorare non solo la sua relazione con Pietro, ma anche il suo rapporto con il mondo. La letteratura le dava la possibilità di essere più di ciò che era: una semplice ragazza che viveva su un'isola del Lido, che parlava di sogni e di letture. La scrittura la stava trasformando in una testimone di un'epoca, una voce che poteva raccontare ciò che stava accadendo, persino se non riusciva a fermarlo. Scrivere divenne la sua salvezza, il suo modo di combattere la guerra, un modo per restare presente in un mondo che cercava di cancellare la sua voce.

Ogni volta che Elena metteva la penna sulla carta, sentiva di fare un passo verso la sua libertà. La sua scrittura si stava trasformando in un mondo tutto suo, un mondo dove poteva essere ciò che voleva, dove poteva esplorare ogni aspetto della sua anima, ogni sfumatura delle sue emozioni. E così, mentre le parole fluttuavano sulla carta, Elena trovò un modo per dare senso alla sua esistenza, per comprendere il significato di ciò che stava accadendo. La guerra, l'amore, la paura, tutto si mescolava nella sua mente, ma con la scrittura, riusciva a darle ordine, a darle forma.

Non sarebbe stata la fine del mondo. Non sarebbe stato il fascismo a fermarla. Non sarebbe stato l'odio a prevalere. Le parole di Elena, scritte nel silenzio della sua stanza, parlavano di una resistenza che non avrebbe mai cessato di esistere. Eppure, ogni volta che metteva la penna sulla carta, sapeva che stava scrivendo non solo per sé, ma per tutti coloro che avrebbero letto la sua storia. Era il suo atto di sopravvivenza, il suo modo per testimoniare che la bellezza non muore mai.

CHAPTER 3: LA GUERRA ARRIVA

L a città di Venezia non era più quella che Elena conosceva. Le calli, un tempo animate dal suono dei passi leggeri dei turisti e dalla risata dei bambini che giocavano nei campi, ora sembravano ovattate, sospese in un silenzio inquietante. Le gondole scivolavano sull'acqua come ombre, le finestre chiuse tra le mura di palazzi secolari, mentre sopra di esse sventolavano bandiere che non appartenevano più alla sua città. Il vento che attraversava Piazza San Marco non portava più il profumo della salsedine e dei fiori, ma un odore greve di paura che si mescolava all'aria umida.

Era come se Venezia, la sua Venezia, stesse lentamente scomparendo, soffocata dalla presenza di forze che non aveva mai visto prima. Gli eserciti tedeschi avevano preso il controllo della città, e con loro era arrivata una nuova realtà che nessuno avrebbe mai immaginato. Elena passeggiava tra le calli con il cuore pesante, avvolta da una nebbia che non era solo fisica, ma anche mentale. La guerra, inaspettata e silenziosa, aveva fatto il suo ingresso a Venezia come un mostro che lentamente si stava impossessando di ogni angolo, di ogni respiro. Il fascismo non era mai stato tanto evidente come ora, eppure la presenza tedesca sembrava più minacciosa, come una malattia che non lasciava scampo.

Le strade che Elena percorreva ogni giorno, quelle stesse strade che conosceva come il palmo della sua mano, ora sembravano estranee, desolate. Le voci che un tempo riempivano le piazze erano state sostituite dal rumore dei passi pesanti degli occupanti, dal suono metallico delle loro attrezzature, dai comandi urlati in una lingua che non riusciva a comprendere. La gente, che un tempo camminava con passo allegro, ora si muoveva come se avesse il peso del mondo sulle spalle. Le saracinesche dei negozi erano abbassate, i volti delle persone erano tesi, nascosti dietro a sguardi furtivi e paura. Il cambiamento era palpabile, come se l'aria stessa fosse diventata più densa, più difficile da respirare.

Elena sentiva che le cose non sarebbero più state le stesse. La città che amava, quella che respirava arte e storia ad ogni angolo, era stata conquistata dalla paura. Il Lido, che fino a poco tempo prima era stato un rifugio per chi cercava la tranquillità lontano dalla frenesia di Venezia, ora si presentava come un'isola sospesa in un limbo. Le spiagge non erano più luoghi di svago, ma si erano trasformate in spazi vuoti, dove la gente si rifugiava, non per godersi la bellezza del mare, ma per sfuggire alla visibilità, per non attirare l'attenzione delle truppe che pattugliavano le zone circostanti.

Le lettere di Pietro, che continuavano a giungere a Elena, erano piene di un altro tipo di angoscia. Lontano da Venezia, a Padova, la sua vita si stava facendo sempre più complicata. La sua partecipazione alla resistenza lo aveva messo in contatto con persone che non avrebbe mai pensato di incontrare. Ogni parola che scriveva rifletteva il suo crescente senso di frustrazione, ma anche di determinazione. Pietro si trovava a vivere in un mondo che cambiava rapidamente, dove ogni passo poteva essere l'ultimo, eppure nonostante tutto, trovava il modo di combattere, di resistere. I suoi racconti di riunioni segrete, di azioni clandestine, lo rendevano sempre più lontano da lei, ma allo stesso tempo la facevano sentire più vicina. Elena leggeva le sue lettere come se fossero un legame, un filo invisibile che la teneva ancorata alla vita, alla speranza, anche quando la città sembrava spegnersi lentamente.

Elena non poteva fare a meno di sentirsi

impotente. La guerra non era solo un fatto lontano, che riguardava altre persone, altre terre. Ora era qui, dentro casa sua, tra le strade che percorreva, nei sorrisi sforzati delle persone che incontrava ogni giorno. Il fascismo, che aveva preso piede in Italia, non sembrava mai aver avuto l'intensità e la brutalità di quella che ora stava sperimentando sotto l'occupazione tedesca. I soldati che pattugliavano la città sembravano sempre più numerosi, e le bandiere con la svastica svettavano alte, come una minaccia che non poteva essere ignorata.

La paura di essere scoperti, di essere denunciati, si insinuava in ogni angolo della sua vita. Ogni gesto, ogni parola, sembrava poter essere frainteso. Elena non riusciva più a riconoscere la città che amava. Venezia, che un tempo era una città di libertà, di arte, di cultura, ora sembrava una prigione dorata, dove ogni angolo nascondeva una minaccia. La sua stessa casa non era più sicura, e l'incertezza regnava sovrana.

Le conversazioni con le persone che conosceva, compresa la sua famiglia, erano diventate sempre più rare. C'erano momenti in cui tutti sembravano parlare sottovoce, come se il rischio di attirare l'attenzione fosse ormai ovunque. La sua libreria, il suo rifugio, si era trasformata in un luogo di tacito rispetto, dove le parole non potevano più essere libere. Ogni libro che Elena toccava sembrava carico di un significato diverso, come se le parole stampate su quelle pagine stessero lentamente cambiando. La guerra stava invadendo ogni aspetto della sua vita, e anche la letteratura, che un tempo aveva rappresentato un atto di fuga, ora sembrava essere diventata il rifugio di un'esistenza sospesa.

Nonostante la paura e l'incertezza, c'era qualcosa che ancora le dava speranza: le parole di Pietro. Ogni lettera che arrivava portava con sé un po' di coraggio, una scintilla di vita che Elena non sapeva come spiegare. Quando Pietro parlava della sua lotta, del suo impegno nella resistenza, Elena sentiva che, anche se fisicamente lontani, erano uniti in un modo che andava oltre la guerra. La sua figura le appariva ancora come un faro, una luce nel buio. Ma la paura che lui potesse essere coinvolto in qualcosa che non avrebbe mai potuto comprendere, che potesse sparire per sempre, la tormentava continuamente.

Elena non riusciva a liberarsi dalla sensazione di impotenza che la assaliva ogni volta che rifletteva su ciò che stava accadendo attorno a lei. La guerra aveva cambiato tutto, aveva preso la sua città e la sua vita e le aveva trasformate in qualcosa di irriconoscibile. Ogni angolo di Venezia, ogni dettaglio che un tempo sembrava familiare e rassicurante, ora portava con sé una sensazione di minaccia, come se il mondo intero fosse diventato estraneo.

Passeggiava per le calli, cercando di raccogliere i suoi pensieri, ma il paesaggio urbano le sembrava ormai confuso. I colori che un tempo riempivano le sue giornate, i cieli azzurri e i riflessi dorati sull'acqua, erano stati sostituiti da un grigio uniforme, da un senso di stasi che le toglieva il fiato. La gente, ormai, non parlava più come prima. I visi erano tesi, gli sguardi sospettosi. Si nascondevano dietro le finestre chiuse, nelle ombre delle strade poco illuminate. Elena non riusciva a evitare la sensazione che tutti stessero vivendo con un unico, grande respiro trattenuto, come se la città stessa fosse in attesa di qualcosa, in attesa che qualcosa accadesse.

Le lettere che riceveva da Pietro erano sempre più cariche di preoccupazione, ma anche di una speranza che lei non riusciva a comprendere del tutto. La sua vita a Padova era diventata un continuo impegno nella resistenza, un susseguirsi di azioni clandestine e incontri segreti. Nonostante tutto, Pietro sembrava determinato a lottare, a fare la sua parte, a non arrendersi. Ogni lettera che arrivava, però, lasciava a Elena una sensazione di smarrimento. Pietro le parlava delle difficoltà che affrontava, dei rischi, dei sacrifici. Eppure, nonostante la paura che traspariva dalle sue parole, c'era sempre quella stessa tenacia, quella stessa volontà di andare avanti.

Ma Elena non riusciva a immaginare come avrebbe potuto vivere in un mondo così diverso. Ogni giorno, la paura cresceva dentro di lei, come un peso che non riusciva a scacciare. Le lettere di Pietro erano il suo unico contatto con una realtà che sembrava lontana, ma che allo stesso tempo la faceva sentire più vicina. Si chiedeva cosa stesse facendo lui, se fosse al sicuro, se stesse combattendo per qualcosa che avrebbe davvero portato a un cambiamento. A volte, quando leggeva le sue parole, Elena si sentiva pervasa da un senso di ammirazione per la sua forza, ma al tempo stesso da una rabbia impotente per non poter fare nulla, per essere intrappolata in una città che stava lentamente soccombendo sotto il peso della guerra.

Ogni lettera che Pietro le inviava sembrava una dichiarazione d'amore, ma anche un grido di aiuto. Elena non poteva fare a meno di chiedersi se la sua vita fosse destinata a diventare solo un ricordo, un riflesso di un passato che sarebbe andato perduto con la guerra. Le sue giornate trascorrevano in un lento susseguirsi di attese, ma non riusciva a scrollarsi di dosso il pensiero che nulla sarebbe stato più lo stesso.

La libreria era diventata un rifugio per lei, ma anche un luogo dove la solitudine si faceva più pesante. Non c'erano più gli incontri casuali con i clienti, non c'erano più le discussioni animate su libri e autori. Tutto sembrava sospeso in un limbo, in attesa che qualcosa accadesse. Elena si rifugiava nei suoi pensieri, cercando di trovare un modo per superare l'ansia che la paralizzava. La guerra stava rovinando la sua città, ma più di tutto stava rovinando la sua vita, il suo futuro. Eppure, quando leggeva le lettere di Pietro, sentiva una scintilla di speranza, qualcosa che la faceva ancora credere che la vita, anche in mezzo alla tragedia, avesse un senso.

La resistenza, che Pietro viveva ogni giorno con il coraggio che lei non riusciva a comprendere, rappresentava per lei una scelta impossibile. Non sarebbe mai stata capace di fare ciò che lui stava facendo, ma ammirava la sua determinazione. Ogni lettera, ogni parola che lui le inviava, sembrava un invito a non arrendersi, a non perdere la speranza, anche quando il mondo attorno a loro sembrava crollare.

Nonostante la paura, nonostante le ombre che si allungavano su Venezia, Elena sapeva che doveva fare qualcosa. Doveva trovare una via per esprimere tutto ciò che stava vivendo, per dare voce a quella sofferenza che non riusciva più a sopportare. In qualche modo, doveva continuare a scrivere. Scrivere non solo per sé stessa, ma anche per tutti coloro che avevano bisogno di parole di speranza, di una visione di un futuro che non fosse oscurato dalla guerra.

Le lettere di Pietro non erano solo un

filo di contatto tra di loro, ma anche una fonte di ispirazione. Elena sentiva che le sue parole dovevano diventare il punto di partenza per qualcosa di più grande, per una storia che avrebbe raccontato la verità sulla guerra, sull'amore e sulla lotta per la libertà. Se non potesse combattere fisicamente, allora avrebbe combattuto con la forza delle parole.

Le settimane passavano, eppure il paesaggio di Venezia sembrava rimanere immutato, anche se, dentro di lei, tutto stava cambiando. La città aveva perso la sua bellezza, ma quella bellezza era ancora viva nei suoi ricordi, nelle parole che scriveva e nelle lettere che riceveva. La guerra non era riuscita a distruggere quella forza, e neppure l'amore che lei provava per Pietro, che, nonostante la distanza e la paura, continuava a vivere attraverso le parole che si scambiavano.

Elena si trovava alla finestra della libreria, con lo sguardo fisso sulla piazza sottostante. La città che un tempo amava sembrava ormai irreale, come se non appartenesse più a lei. Venezia, la sua Venezia, era diventata un luogo di sospetto e paura, un palcoscenico su cui ogni movimento poteva essere osservato. Il rumore dei passi sulle pietre levigate delle calli, un tempo familiare e rassicurante, ora risuonava come un monito, come se qualcuno stesse sempre guardando, aspettando di scoprire se stavi sbagliando, se stavi osando fare qualcosa di sbagliato. Ogni giorno il peso della guerra sembrava più pesante e più vicino, come un'ombra che seguiva ogni passo, ogni respiro.

Le lettere che riceveva da Pietro erano diventate sempre più rare, ma altrettanto piene di significato. Ogni parola scritta da lui sembrava una promessa, una speranza, ma anche un messaggio di allerta. Elena non poteva fare a meno di chiedersi come sarebbe stato il loro futuro, se ce ne sarebbe stato uno. La sua vita a Venezia sembrava sospesa, come se il tempo stesse rallentando, come se ogni momento fosse carico di un significato che non riusciva a comprendere appieno.

Pietro le aveva scritto di un contatto importante che stava cercando di farle incontrare, una persona che avrebbe potuto aiutare a fare qualcosa di concreto nella lotta contro il fascismo. Le sue parole erano chiare, ma anche piene di preoccupazione. "Non è sicuro, Elena. Ma devi essere forte. La resistenza ha bisogno di luoghi sicuri, e la libreria potrebbe essere uno di quelli."

Elena si sentiva sopraffatta. Come poteva, lei che era sempre stata una scrittrice, un'amante dei libri e delle parole, diventare una parte di qualcosa di così pericoloso, così lontano dalla sua vita quotidiana? Come poteva trasformare la sua libreria, il suo rifugio, in un luogo di clandestinità, in un centro di comunicazione per chi combatteva contro il regime? Ma Pietro le aveva chiesto di farlo, e le sue parole avevano un peso che non poteva ignorare.

La libreria era tutto per lei. Era il luogo in cui aveva sempre trovato conforto, la sua casa, il suo rifugio dalle difficoltà del mondo. Ora, però, si stava trasformando in qualcosa di diverso, qualcosa che non riusciva ancora a comprendere appieno. Si chiedeva se fosse pronta ad affrontare quella nuova realtà, se avesse avuto il coraggio di fare ciò che Pietro le chiedeva. Ma il pensiero che lui, a Padova, stesse lottando ogni giorno contro un regime che li opprimeva entrambi, le dava una forza che non sapeva di avere.

Quando il contatto si presentò un pomeriggio nuvoloso, Elena era pronta, ma anche terribilmente nervosa. Si era preparata, come se fosse una riunione formale, anche se sapeva che niente in quella situazione sarebbe stato formale. La porta della libreria si aprì con un lieve cigolio e una figura alta, con un cappotto scuro e un volto che sembrava portare il peso di molte notti insonni, entrò senza dire una parola. Elena lo osservò con attenzione, cercando di capire se fosse davvero il contatto di cui parlava Pietro, ma anche se fosse qualcuno di cui potersi fidare. Non c'era tempo per le esitazioni. Il mondo attorno a lei era cambiato, e la libreria doveva diventare una parte di quella trasformazione.

"Buonasera," disse Elena, cercando di mantenere

la calma nella voce. Il suo cuore batteva forte, come se la libreria stessa stesse respirando con lei, consapevole della gravità di quel momento.

L'uomo la guardò un attimo prima di rispondere. "Buonasera. Pietro mi ha parlato di te. Dobbiamo parlare."

Il suo tono era basso, ma non c'era nessuna minaccia, solo una calma che Elena non riusciva a interpretare del tutto. L'uomo si avvicinò alla scrivania dove Elena aveva sistemato alcuni libri, creando una sorta di barriera tra loro due. Elena si sentiva disarmata, eppure la sua mente correva, cercando di capire cosa fare, cosa dire. Ogni movimento sembrava più pesante di quanto fosse mai stato.

"Pietro mi ha detto che la libreria è un posto sicuro," disse l'uomo, fissando gli scaffali pieni di volumi. "Un posto dove le parole possono viaggiare senza essere fermate."

Elena annuì lentamente. "Sì, è un posto tranquillo. Un rifugio per chi cerca un angolo di pace."

"Ecco perché abbiamo bisogno di te," rispose l'uomo, le sue parole nette e precise. "Abbiamo bisogno che tu faccia di questo posto un punto di incontro, un luogo dove i messaggi possano circolare senza essere intercettati. Ogni libro, ogni angolo, deve essere un messaggio silenzioso. Ogni parola che entra qui può portare vita o morte, ma dobbiamo fare in modo che queste parole arrivino dove devono."

Il senso di impotenza che Elena aveva provato fino a quel momento divenne ancora più forte. Non era una guerriera, non era una resistenza armata. Non aveva mai pensato che sarebbe stata coinvolta in qualcosa di così grande, di così pericoloso. Ma la voce di Pietro, che risuonava nella sua mente, le dava la forza di non tirarsi indietro. Pietro credeva in lei, le aveva dato la responsabilità di far parte di quella lotta. Non poteva deluderlo.

"Capisco," disse Elena, la voce che tremava leggermente. "Cosa devo fare?"

L'uomo le spiegò rapidamente quello che sarebbe stato il suo ruolo. Avrebbe dovuto ricevere piccoli pacchi, lasciati in alcuni angoli nascosti della libreria, a cui avrebbe dovuto prestare attenzione solo in determinati momenti. Ogni pacco avrebbe contenuto messaggi segreti, informazioni che avrebbero dovuto essere trasmesse in modo sicuro a chi ne aveva bisogno. La libreria, un tempo solo un luogo di lettura e di cultura, sarebbe diventata ora un punto di passaggio per chi lottava contro l'occupazione tedesca.

Elena sentiva il peso di quella responsabilità, ma c'era anche una sorta di sollevamento. Non sarebbe stata solo una spettatrice della guerra che stava travolgendo la sua città. Non sarebbe rimasta inerme, come tanti altri. Avrebbe potuto fare la sua parte. Ogni libro che si trovava sugli scaffali della libreria, ogni parola che scriveva, sarebbe diventata una pietra miliare nella costruzione di un futuro migliore.

L'uomo si avvicinò al bancone, tirò fuori un piccolo pacchetto e lo posò delicatamente accanto a Elena. "Questo è il primo. Presta attenzione. Ogni errore potrebbe essere fatale. Sei pronta?"

Elena guardò il pacchetto, e sentì una scarica di adrenalina che le attraversava il corpo. Non c'era più tempo per riflettere, non c'era più tempo per tornare indietro. In quel momento, la sua libreria non era più solo un rifugio per i libri, ma una parte viva e pulsante della resistenza.

"Lo farò," rispose, la voce più ferma di quanto si fosse mai sentita.

Elena prese il pacchetto con mani tremanti ma determinate, sentendo la pesantezza di quello che stava per fare. In quel momento, la libreria non era più solo un luogo dove si rifugiava tra pagine e parole, ma il centro di una rete che rischiava di essere spezzata a ogni movimento sbagliato. Il pacchetto sembrava leggero, ma il suo significato, la sua importanza, era enorme. Ogni parola al suo interno, ogni singolo messaggio, avrebbe potuto determinare il futuro di qualcuno, forse anche il suo.

L'uomo la guardò con attenzione, come se volesse accertarsi che avesse capito davvero cosa comportava il suo nuovo ruolo. "Ogni momento che trascorrerai in questa libreria d'ora in poi sarà diverso," disse con una calma quasi inquietante. "Le parole saranno armi. I libri saranno più che semplici letture. Presta attenzione a chi entra, a chi esce, a ogni dettaglio. Ogni sospetto può costare caro."

Elena annuì, cercando di mantenere la calma mentre il cuore le martellava nel petto. La responsabilità che si stava assumendo era enorme, eppure, in qualche modo, si sentiva più vicina a Pietro, più legata a quella causa. Non era più solo una spettatrice, ma una parte di un movimento che sfidava apertamente il regime, che resisteva anche quando la paura sembrava soffocare ogni speranza.

L'uomo si preparò a uscire, ma prima di farlo si fermò un attimo, guardando Elena negli occhi. "Ricorda, se qualcuno ti chiede del pacchetto, non sapere nulla. Non fare domande. Le risposte che avrai saranno solo quelle che decidi di dare. Se vuoi essere utile alla causa, devi restare in silenzio, e nel silenzio, avere la forza di fare ciò che è necessario."

"Capisco," rispose Elena, la sua voce ora più sicura. Nonostante il tremore che ancora sentiva dentro di sé, una parte di lei sapeva che non avrebbe potuto più tornare indietro. La guerra era entrata nella sua vita in un modo che non avrebbe mai immaginato, e ora non aveva altra scelta che affrontarla con coraggio.

Il contatto di Pietro lasciò la libreria, sparendo nella stessa nuvola di incertezza che aveva portato con sé. Elena rimase per un attimo in silenzio, guardando il pacchetto che aveva davanti. Non c'erano parole per descrivere il turbamento che sentiva, ma sapeva che quello era solo l'inizio. Le ore che seguivano avrebbero determinato se sarebbe riuscita a essere all'altezza del compito che le era stato affidato. Se le sue scelte, anche quelle più silenziose, avrebbero potuto contribuire, anche in minima parte, a qualcosa di più grande, qualcosa che sfidava l'oscurità della guerra e della tirannia.

Elena si mise a camminare lentamente verso la finestra. Guardò fuori, come se il mondo che aveva visto da lì prima, fatto di sogni e di speranze, fosse ormai distante, irraggiungibile. Ma non poteva fermarsi. Non poteva arrendersi. La sua libreria, che era sempre stata un rifugio per chi cercava la pace nelle pagine dei libri, doveva diventare ora qualcosa di diverso. Doveva diventare un faro di speranza in un mare di oscurità. Ogni libro doveva diventare una possibile fuga, ogni parola una via per cambiare il destino di chi combatteva per la libertà. E, in quel preciso momento, Elena capì che lei non sarebbe mai stata più la stessa. La guerra non poteva essere ignorata, non poteva essere lasciata fuori dalla porta. Era già dentro di lei, e lei non aveva altra scelta che affrontarla.

Con un sospiro, prese il pacchetto e lo nascose tra gli altri libri, nel punto più nascosto della libreria. Nessuno avrebbe mai sospettato che lì, tra le pagine di storie d'amore e di avventura, si nascondesse qualcosa che avrebbe potuto cambiare la vita di chiunque l'avesse ricevuto. Elena chiuse gli occhi per un attimo, come per cercare di prendere fiato, ma il respiro le si fermò nel petto. Ogni cosa, da quel momento in poi, avrebbe avuto un peso. La sua libreria non sarebbe stata più solo un luogo di tranquillità, ma anche un punto di passaggio per chi cercava la libertà, per chi sfidava il regime, per chi resisteva.

Le ore passarono, ma il pensiero del pacchetto non la lasciava mai. Ogni scricchiolio della porta, ogni passo nel vicolo fuori dalla libreria, la facevano sussultare. Il mondo che la circondava era cambiato in modo irreversibile. Non c'era più tempo per rimpianti. Elena sapeva che, come i suoi libri, anche le sue azioni avrebbero avuto un impatto che non si poteva più ignorare. Non era più solo una scrittrice. Era una custode della resistenza.

La notte calò sulla città, ma per Elena non

c'era riposo. Ogni rumore, ogni ombra, sembrava essere amplificato dalla paura. Eppure, tra le pieghe della paura, qualcosa di nuovo si stava facendo strada: la determinazione. Pietro l'aveva messa in questo percorso, l'aveva invitata a essere parte di qualcosa che poteva fare la differenza. E, nonostante le incertezze, Elena non avrebbe più guardato indietro. La libreria era la sua casa, ma ora era anche il centro di qualcosa che andava oltre ogni immaginazione.

Elena si guardò allo specchio, cercando di mettere a posto i capelli con mani che tremavano appena. Ogni singola mossa sembrava un atto di disobbedienza, eppure non poteva fare a meno di sentirsi come se stesse sfidando il destino stesso. Quella sera, come tante altre ormai, avrebbe incontrato Pietro in segreto, in un angolo nascosto della città, lontano da occhi indiscreti. La guerra aveva trasformato ogni momento, ogni incontro, in un atto di ribellione. Eppure, in mezzo a quella ribellione, c'era anche un amore che cresceva, che si faceva strada tra le crepe della paura e dell'incertezza.

Lentamente, indossò il suo cappotto più scuro, sperando che l'ombra della notte la celasse abbastanza da non attirare l'attenzione. Il cuore le batteva forte, ma non era solo il timore di essere scoperta a farle paura. Era la consapevolezza che ogni incontro con Pietro sembrava diventare sempre più intenso, sempre più necessario, eppure anche più pericoloso. Ogni parola scambiata, ogni sorriso rubato, sembrava condurla in una spirale da cui non avrebbe potuto più uscire senza essere cambiata per sempre.

Lasciò la libreria, con la sensazione che l'aria stessa avesse un sapore diverso. La città, una volta così familiare e piena di vita, sembrava ora svuotata della sua anima. Le strade erano silenziose, eppure il rumore dei soldati tedeschi che pattugliavano il centro sembrava essere ovunque. Elena camminava con passo rapido, senza voltarsi mai indietro. Non doveva lasciarsi distrarre. Pietro l'aspettava.

Arrivò al punto di incontro, un piccolo cortile nascosto tra due palazzi, dove il buio sembrava avvolgere tutto, proteggendo i segreti di chi si trovava al suo interno. Pietro la stava già aspettando, la sua figura scura in piedi contro il muro, gli occhi che brillavano nella notte. Quando la vide, un sorriso lieve si disegnò sulle sue labbra, ma Elena notò subito la tensione nei suoi occhi. La guerra, la resistenza, la costrizione di una vita vissuta nel segreto, tutto quello pesava su di lui, come su di lei.

Si avvicinò a lui, e quando le loro mani si toccarono, un brivido percorse la sua pelle. Era sempre più difficile rimanere lucidi, anche nei momenti più brevi, nei più semplici. Pietro la guardò intensamente, come se cercasse di leggere ogni pensiero che attraversava la sua mente.

"Sei bellissima," sussurrò, ma le sue parole non avevano nulla di banale. Erano cariche di un sentimento che si faceva strada tra il dolore e la passione, un sentimento che sfidava il mondo che li circondava.

Elena sorrise, ma il sorriso non raggiunse gli occhi. "Anche tu," rispose, ma la sua voce tradiva l'incertezza che provava. "Questa guerra… è tutto così incerto. Non so cosa fare, Pietro."

Pietro la guardò per un attimo in silenzio, poi si avvicinò, prendendola delicatamente per i fianchi. "Lo so, Elena," disse con voce bassa. "Ma dobbiamo andare avanti, non possiamo arrenderci. Non possiamo permettere che la paura ci fermi."

"Ma la paura è ovunque," rispose lei, il suo sguardo perso nel buio della notte. "Anche qui, con te, sento che è vicina. Ogni passo che facciamo potrebbe essere l'ultimo."

"Lo so," disse Pietro, e la sua mano le accarezzò il viso con dolcezza. "Ma ogni momento che trascorriamo insieme mi ricorda perché lottiamo. La libertà, l'amore, il sogno di un futuro senza questa paura. È per questo che dobbiamo vivere, Elena. Non importa quanto breve sia il nostro tempo insieme, dobbiamo viverlo."

Elena sentì le parole di Pietro come un balsamo sulle ferite che la guerra le stava infliggendo. In quel momento, la sua mente si fermò, lasciando che il cuore parlasse. Senza un'altra parola, si avvicinò a lui, le labbra che si incontrarono con una passione che sembrava sconfiggere per un attimo tutto ciò che li circondava. Non c'era più guerra, non c'era più paura, solo il desiderio di sentirsi vivi, di appartenere a qualcosa che fosse più grande di loro, qualcosa che non potesse essere distrutto.

Il bacio era intenso, ma anche pieno di malinconia. Ogni gesto, ogni tocco, sembrava una promessa di amore eterno, ma anche una consapevolezza che nulla sarebbe stato mai più lo stesso. La guerra, con la sua brutalità, li aveva cambiati, li aveva resi più forti, ma anche più vulnerabili. Eppure, in quel momento, Elena si sentiva come se potesse sfidare il mondo intero, come se la loro connessione fosse l'unica cosa che contasse davvero.

Pietro si staccò lentamente da lei, il suo sguardo che cercava di catturare ogni dettaglio del suo volto, come se volesse imprimere quel momento nella sua memoria. "Dobbiamo andare," disse, la sua voce tesa. "Non possiamo restare qui troppo a lungo."

Elena annuì, ma non voleva separarsi da lui. Il pensiero di tornare alla solitudine della libreria, al silenzio che l'aspettava, la tormentava.

Tuttavia, sapeva che il dovere e la resistenza non avevano tempo per l'amore. Non c'era spazio per il desiderio quando la vita stessa era messa in gioco ogni giorno. Ma, nonostante tutto, in fondo al cuore, sapeva che il loro amore sarebbe stato il faro che li avrebbe guidati, la luce in mezzo all'oscurità che li circondava.

Pietro la guardò ancora una volta, con un'espressione che mischiava determinazione e tristezza. "Ti scriverò," disse infine, come se volesse darle una promessa, anche se sapeva che le parole non sarebbero mai riuscite a descrivere appieno ciò che provavano l'uno per l'altra. "Non smettere mai di credere, Elena. La guerra finirà. E quando finirà, saremo liberi."

Le parole di Pietro le risuonarono nella mente mentre si allontanavano nel buio della notte, separandosi come due ombre in fuga da un destino che sembrava sfuggire loro. Ma, in quel momento, Elena sapeva che l'amore che condividevano avrebbe resistito a tutto, anche alla guerra.

Elena camminò accanto a Pietro, il silenzio che li avvolgeva non pesava, ma dava loro il tempo di riflettere su quanto accaduto. Ogni passo sembrava pesante, come se la città stessa stesse trattenendo il fiato, in attesa di qualcosa di incerto, di qualcosa che avrebbe cambiato tutto. Nonostante il buio della notte, la mente di Elena era chiara, ma inquieta. Ogni incontro con Pietro, ogni parola scambiata, sembrava portare una consapevolezza crescente di quanto fosse fragile quel loro mondo, quanto ogni azione fosse un atto di coraggio, ma anche di rischio. Il loro amore era la cosa più vera che avessero, ma anche la più pericolosa.

Pietro si fermò per un momento, prendendo il suo viso tra le mani con un gesto delicato ma deciso. "Non voglio che tu abbia paura," disse, i suoi occhi intensi, fissi nei suoi. "Lo farò, lo dobbiamo fare, ma non voglio che tu sia mai più in pericolo a causa di me."

Elena lo guardò intensamente. C'era una tristezza profonda nel suo sguardo, come se sapesse che non c'era alcuna via di uscita dalla guerra che li stava inghiottendo, che ogni momento di felicità sarebbe stato rubato loro dalle circostanze. "Non posso vivere con l'idea che potresti essere in pericolo, Pietro," rispose a sua volta, la voce carica di emozione. "Eppure... non posso neanche immaginare di vivere senza di te. Cosa dobbiamo fare?"

Pietro la guardò per un lungo momento, poi prese una decisione. "Non possiamo fermarci. Non ora. Non fino a quando questa guerra non finirà. La resistenza è la nostra lotta, Elena. E anche se il rischio è enorme, non possiamo arrenderci. Non possiamo lasciare che l'amore per un altro ci paralizzi. L'amore stesso deve essere la nostra forza."

Le parole di Pietro colpirono Elena come una rivelazione, un'idea che fino a quel momento aveva rifiutato di considerare completamente. La guerra non avrebbe mai smesso di minacciare tutto ciò che amavano, eppure proprio quell'amore doveva essere il loro scudo, il loro motore. Si rese conto che l'amore che condividevano, quell'amore che sembrava sfidare ogni convenzione, non solo li univa, ma li rendeva più forti. Non avevano scelta se non quella di continuare a lottare per ciò che era giusto, per un futuro che non conoscevano, ma che speravano sarebbe arrivato.

Pietro riprese il cammino, ma questa volta con una determinazione che Elena percepì chiaramente. La sua ombra sembrava proiettarsi in modo più deciso sulle mura che li circondavano, come se fosse pronto a fronteggiare la guerra con ogni fibra del suo essere. Elena lo seguì, ma dentro di sé c'era una nuova consapevolezza. Forse non c'era un'altra strada da percorrere. Forse l'amore non sarebbe mai stato una fuga dalla guerra, ma una motivazione per continuare a vivere, per continuare a lottare.

Arrivarono al punto dove le loro strade si separavano, l'angolo nascosto sotto il portico che li aveva visti incontrarsi per così tante volte. Pietro si voltò verso di lei, il volto serio ma ancora illuminato dalla luce fioca di una lampada che pendeva sopra la porta.

"Devo andare, Elena. Non ci vedremo per un po'," disse con voce bassa, quasi un sussurro. "Ma tu non dimenticare mai quello che siamo, e non dimenticare mai che il nostro amore non finirà con questa guerra. La guerra finirà, Elena. E quando finirà, saremo liberi."

Le parole di Pietro le risuonarono nell'anima mentre lo guardava allontanarsi. Ogni passo che compiva sembrava separarlo sempre di più da lei, ma in realtà sembrava che li avvicinasse a un destino comune, uno che avrebbe segnato per sempre le loro vite.

Elena rimase immobile, il cuore che batteva forte nel petto, sentendo la solitudine avvolgerla di nuovo. Il silenzio della notte, che per un attimo le era parso familiare, ora sembrava opprimente. Eppure, dentro di lei, sapeva che non avrebbe mai smesso di sperare. Nonostante tutto. Nonostante la guerra che li separava, nonostante la paura che la sua stessa esistenza minacciava, c'era ancora una luce dentro di lei, una luce che le diceva che, in un futuro lontano, avrebbero trovato un modo per vivere, per amarsi senza paura. Ma quel futuro sembrava lontano, come una stella che brilla lontano nel cielo, troppo distante per essere raggiunta.

Eppure, se c'era una cosa che quella guerra le stava insegnando, era che la speranza non moriva mai, nemmeno nei momenti più bui. E il suo amore per Pietro, che sembrava una fiammella fragile nel vento gelido della guerra, sarebbe stato il suo faro, la sua guida. Anche se la strada davanti a lei era oscura, sapeva che non l'avrebbe mai percorsa da sola.

Con un respiro profondo, si voltò e cominciò a camminare verso la sua casa, ogni passo un atto di resistenza, ogni battito del suo cuore una promessa di amore eterno.

Pietro aveva scritto di fretta, come se il tempo fosse il suo nemico. Elena riconobbe subito la differenza nel tono della lettera, qualcosa di più pesante, più grave rispetto ai soliti scambi che avevano caratterizzato la loro corrispondenza fino a quel momento. Le sue parole, purtroppo, non erano più leggere né piene di speranza. Erano piene di tormento, di un dolore che lei non avrebbe mai voluto conoscere, ma che ora doveva affrontare con lui.

"Cara Elena,

sono le prime parole che scrivo da quando il fallimento ci ha colpiti come un pugno allo stomaco. La missione a cui avevamo tanto sperato di dare un senso non è andata come speravamo. Siamo stati traditi. Un compagno di resistenza, uno che conoscevamo da anni, è stato preso. La nostra rete, fragile eppure tenace, è stata compromessa. Il dolore che sento non è solo per quello che è successo a lui, ma anche per quello che avremmo potuto fare di più, per le incertezze che ora ci circondano. Abbiamo perso qualcosa di più di un membro della nostra causa, abbiamo perso un pezzo della nostra fiducia. E tutto ciò mi pesa come un macigno. Non so se riuscirò mai a perdonarmi."

Le parole gli rimasero sospese nella mente mentre Elena leggeva, come se avessero una vita propria, che si espandeva oltre il foglio, penetrando dentro di lei. Nonostante la distanza che li separava, sentiva la sua sofferenza come se fosse la propria. La realtà della guerra aveva fatto irruzione nella loro esistenza e ora, con un'esattezza dolorosa, Pietro non poteva più nascondersi dietro le sue lettere, non poteva più dissimulare la verità. Ogni parola, ogni frase era un grido muto di frustrazione e di paura, ma anche di determinazione, che lei conosceva troppo bene.

"Non posso smettere di pensare a quello che sarebbe successo se avessimo potuto fare di più, Elena. Se solo avessimo avuto più tempo, se solo la sua cattura fosse stata evitata... Ma il tempo, come la speranza, non aspetta nessuno. E ora ci troviamo di fronte a una realtà che non possiamo ignorare. La guerra è vicina, è qui tra noi, in ogni ombra, in ogni angolo buio delle nostre vite. La resistenza è tutto ciò che abbiamo, eppure sento il peso della sua impotenza crescere giorno dopo giorno. Non so se riusciremo a vincere. Non so se

riuscirò a continuare a lottare con la stessa forza
di prima. Ma devo, perché non c'è altro da fare."

Elena si fermò un momento, riponendo la lettera
sul tavolo accanto a sé. Le parole di Pietro, cariche
di rabbia e di dolore, l'avevano travolta come
un'onda, lasciandola senza fiato. Ma in mezzo
alla tristezza, al senso di colpa che vibrava in
ogni parola, c'era anche la determinazione di un
uomo che non si sarebbe arreso, che avrebbe
continuato a combattere nonostante tutto. La
sua forza, la sua resistenza, la sua dedizione a
un ideale che sembrava sempre più lontano, la
toccavano nel profondo. Era questo che amava
di lui, la sua forza di volontà, il suo spirito
indomabile. Ma quella forza, a volte, sembrava
distruggerlo dall'interno, facendolo diventare
una persona che Elena faticava a riconoscere. La
guerra stava cambiando tutto, stava cambiando
anche Pietro.

Un senso di impotenza la sopraffece. Cosa
avrebbe potuto fare lei? Come avrebbe potuto
aiutarlo? La risposta non c'era, o almeno non
c'era una risposta che potesse risolvere la
brutalità della situazione. Il pensiero di Pietro,
di come fosse coinvolto sempre più in missioni
pericolose, le faceva paura. Ogni volta che
partiva, non sapeva se sarebbe tornato, non
sapeva se sarebbe stato l'ultimo addio.

Nonostante questa consapevolezza, Elena non
poteva fare a meno di amarlo, e quell'amore

diventava ogni giorno più difficile da sostenere. Non solo per la distanza che li separava, ma per la consapevolezza che la guerra aveva portato con sé una ferita troppo grande, una ferita che sarebbe rimasta per sempre.

"Pietro, non posso fare altro che sperare che tu torni sano e salvo," scrisse Elena, decidendo che, sebbene la guerra li stesse separando, le sue parole dovevano arrivare a lui come un filo sottile di speranza. "Non so come affrontare tutto questo, non so come affrontare il pensiero che potrei perdere te. Ma una cosa è certa: ti voglio qui. Ti voglio al mio fianco, in questo mondo che sta crollando intorno a noi."

Mentre firmava la lettera, Elena sentì una stretta al cuore. La paura che la guerra avesse irrimediabilmente cambiato loro, che li avesse separati più di quanto avessero mai potuto immaginare, cresceva ogni giorno di più. Eppure, nonostante tutto, c'era una speranza che non riusciva a spegnere. Forse non c'era una risposta definitiva, forse non c'era un modo giusto per fermare la guerra, ma c'era ancora un legame, un amore che non avrebbe mai ceduto, nonostante le difficoltà.

Con un respiro profondo, ripose la lettera nella busta e si preparò a inviarla. Sapeva che Pietro avrebbe letto le sue parole, sapeva che lui avrebbe trovato forza anche in esse, ma c'era anche la consapevolezza che forse, nonostante tutto, le loro vite erano ormai irreparabilmente segnate dalla guerra.

Elena si alzò dal tavolo, guardando per un attimo la busta con il nome di Pietro scritto a mano sulla parte anteriore. Le sue mani tremavano leggermente, ma non per paura. Era un tremore che veniva dall'amore, dalla preoccupazione, dal desiderio di proteggere qualcosa che ormai era minacciato da ogni lato. La guerra aveva preso una forma sempre più concreta e ineluttabile, e ogni giorno si portava via qualcosa di prezioso. Non solo le vite, ma anche le speranze, i sogni, i legami che sembravano indistruttibili. Elena sentiva che stava perdendo qualcosa di se stessa, una parte di lei che non avrebbe mai potuto recuperare.

"Come posso aiutarti, Pietro?" si chiese mentre si avvicinava alla finestra. Dalla sua posizione, poteva vedere il lento scorrere del canale, l'acqua che rifletteva la luce del tramonto, ma quel paesaggio non la rassicurava più. Ogni angolo di Venezia sembrava ormai essere intriso di una tensione palpabile, come se la città stessa fosse in attesa di qualcosa che non poteva più fermarsi. La pace, che un tempo sembrava naturale, era ora un ricordo lontano.

Il rumore dei passi lungo il pavimento in legno la fece voltare. Si rese conto che non poteva restare in quella stanza, in quella casa, a vivere nel silenzio. Ma ogni volta che provava ad allontanarsi, qualcosa la tratteneva, come una mano invisibile che la teneva prigioniera nei suoi pensieri. Nonostante la distanza fisica, nonostante la separazione imposta dalla guerra, ogni suo pensiero era rivolto a Pietro. Come un filo invisibile, lo pensava ogni giorno, ogni ora, in ogni momento in cui il mondo intorno a lei sembrava andare avanti mentre lei restava sospesa in un limbo di attesa.

Il corriere sarebbe passato presto, e la lettera avrebbe preso il suo volo verso Padova, verso il cuore di Pietro, dove sperava che le sue parole avrebbero portato un po' di luce in mezzo alle tenebre. Ma mentre pensava a lui, il senso di impotenza cresceva in lei come una marea che non poteva fermare. Cosa sarebbe accaduto se la missione fosse fallita? E se qualcosa fosse andato storto? Elena non voleva nemmeno immaginarlo, ma le immagini delle sue paure si facevano strada nella sua mente.

Con un respiro profondo, riprese il cammino verso la porta e, dopo aver messo la lettera nella busta, si preparò a scendere in strada. La luce del giorno ormai stava svanendo, lasciando spazio all'oscurità che si faceva sempre più opprimente. La città, una volta così familiare, ora sembrava diversa, come se ogni passo che faceva la conducesse più lontano dal suo passato, dal suo futuro, e da ogni cosa che amava.

Mentre camminava lungo i vicoli di Venezia,

Elena sentiva la presenza di Pietro, non solo nei suoi pensieri, ma anche nel suo cuore. Era come se lui fosse sempre con lei, come se il suo amore fosse diventato un faro che illuminava la strada buia che ora aveva davanti. Eppure, quella luce sembrava sempre più distante, più fragile, come una fiamma che stava lentamente spegnendosi.

La guerra aveva cambiato tutto, aveva cambiato Pietro e lei, ma non riusciva a capire se quel cambiamento fosse definitivo. Cosa sarebbe rimasto di loro dopo che tutto questo sarebbe finito? E se non fosse mai finito? C'era la possibilità di ricostruire ciò che la guerra aveva distrutto? Elena non aveva risposte, e le domande si moltiplicavano, come fantasmi che la inseguivano senza sosta.

Arrivò alla posta e lasciò la lettera. Poi, senza voltarsi, si allontanò rapidamente, come se fosse stata sollevata da un peso che aveva portato per troppo tempo. Non c'era niente di più da fare, pensò. La lettera era partita, ed era tutto ciò che poteva offrire a Pietro in quel momento. La paura che lo stesse perdendo si faceva sempre più forte, ma Elena cercò di non pensare a quella possibilità. Non ora. Non mentre la guerra aveva già rubato così tanto.

Quando arrivò a casa, il silenzio la accolse di nuovo, ma non era lo stesso silenzio che aveva conosciuto prima. Non era il silenzio di un tempo sereno, ma quello di una presenza che si avvicinava minacciosa. Elena si fermò davanti alla finestra, guardando la città che ora sembrava più grande e più distante che mai. Ogni angolo, ogni canale, ogni pietra sembrava appartenere a un'altra vita, a un altro tempo. Eppure, qualcosa dentro di lei continuava a resistere. Come una fiamma che non voleva spegnersi, un'energia che la spingeva a non arrendersi.

Anche se non poteva prevedere il futuro, anche se non poteva sapere se Pietro sarebbe tornato da quella missione, Elena sapeva che il suo amore per lui sarebbe rimasto. Sarebbe sopravvissuto alla guerra, al dolore, e anche alla separazione. E in quel pensiero, trovò un po' di pace. Non molta, ma abbastanza per affrontare il nuovo giorno.

Elena si svegliò quella mattina con il cuore più pesante del solito. Non per la paura che ormai le aveva fatto compagnia da troppo tempo, ma per un nuovo senso di responsabilità che l'aveva colpita come un fulmine. I giorni passavano inesorabili, la guerra era ormai nel cuore della sua vita quotidiana, e ogni angolo della città che amava sembrava imprigionato da un'ombra che non poteva allontanare. Venezia, così cara e preziosa per lei, era diventata un luogo di sorveglianza e segreti. Il sorriso di una volta era diventato raro, un ricordo che la faceva sentire distante da sé stessa.

Si alzò dal letto, si vestì con cura, ma senza pensieri di bellezza o di vanità. Ogni gesto era ormai segnato dal dovere, come se la sua stessa esistenza fosse diventata un atto di resistenza contro tutto ciò che stava accadendo intorno a lei. Pietro, ormai lontano, continuava a scriverle, ma le lettere non erano più lo stesso rifugio. Ogni parola, ogni frase, sembrava portare con sé una carica di tristezza e preoccupazione che le spezzava il cuore. Non era più la giovane donna che sognava di diventare una scrittrice, di inseguire le sue ambizioni e il suo amore per la letteratura. Ora era diventata una guerriera silenziosa, una testimone della sofferenza che la circondava.

Dopo una colazione frugale, Elena prese la sua borsa e si incamminò verso la libreria. La sua libreria. Le sue mani si stringevano attorno alla borsa come se temesse che qualcuno potesse strappargliela via, come se il semplice fatto di possederla la rendesse vulnerabile. Ma non si fermò. Doveva andare avanti. Era sempre stata una donna di parola, ma ora le sue azioni parlavano più delle sue intenzioni. La sua vita aveva preso una piega che non aveva mai immaginato, ma non si sarebbe arresa. Non avrebbe permesso che la paura le prendesse il controllo. La guerra aveva preso tutto, ma non l'avrebbe presa lei.

La libreria era come sempre, ma Elena percepiva ogni cosa con una lucidità che non aveva mai avuto. I libri sugli scaffali, le copertine impolverate, le pagine ingiallite dal tempo, erano diventati i suoi compagni di un'esistenza che si stava facendo sempre più difficile. Era lì che Pietro le aveva chiesto di aiutare la resistenza. Era lì che lei aveva ascoltato le sue parole, non solo quelle scritte, ma quelle non dette, quelle che leggevano tra le righe delle sue lettere. Era lì che la sua vita aveva preso una nuova direzione. E oggi, ancora una volta, sarebbe stato lì che avrebbe dovuto affrontare la sua paura.

La porta della libreria si aprì, e un uomo vestito di scuro entrò. Il volto nascosto sotto un cappello, l'aria cauta, gli occhi veloci, ma non tanto da nascondere il segno della stanchezza. Elena lo riconobbe subito. Era Marco, un altro membro della resistenza. Il suo arrivo non era previsto, ma non ci volle molto perché Elena capisse che quel visitatore aveva qualcosa di urgente da dirle. "C'è un messaggio per il nostro contatto a Padova", disse Marco, abbassando la voce. "Devi portarlo tu. Devi farlo adesso."

Elena sentì un brivido correre lungo la schiena. Il messaggio, il compito che le stava venendo affidato, non era da poco. Non era una semplice lettera da passare, un messaggio neutro. Era una missione, qualcosa che, se scoperto, avrebbe potuto costarle la vita. Eppure, non esitò. Non c'era tempo da perdere. La resistenza stava cercando di restare un passo avanti ai nazisti, e ogni singolo atto di coraggio contava. La città era più sorvegliata che mai, e ogni angolo sembrava nascondere una trappola. Elena sapeva che doveva agire, e doveva farlo ora.

Si avvicinò a Marco e prese la lettera dalle sue mani, sentendo il peso di quella piccola busta. Il cuore le batteva forte, ma il pensiero di Pietro, il suo amore per lui e per la libertà, le diede la forza di non vacillare. Marco le diede un rapido sguardo. "Vedi di non essere vista. I soldati tedeschi stanno facendo delle perquisizioni in tutta la città. Non possiamo permetterci che tu venga fermata."

Elena annuì senza dire una parola. Sapeva quello che doveva fare. Con un ultimo sguardo a Marco, che scomparve tra le ombre, Elena uscì dalla libreria. La strada davanti a lei sembrava la stessa di sempre, ma i suoi occhi ora cercavano dettagli che non aveva mai notato prima. Un uomo in giacca e cravatta, un altro che portava una borsa di pelle, una donna che camminava velocemente con il viso nascosto sotto un velo. Venezia, la sua Venezia, non era più la città che conosceva. Ogni passo che compiva, ogni respiro che prendeva, la avvicinava a un rischio sempre più grande. Ma non si fermò.

Attraversò la piazza, camminando con passo deciso, ma mantenendo uno sguardo che tradiva la sua apprensione. Ogni suono, ogni passo che si avvicinava, la faceva rabbrividire. Eppure, nulla la fermava. Dovette attraversare il ponte per arrivare alla stazione dei treni, e la folla che si accalcava lì sembrava la più innocente delle maschere. Ma dietro ogni volto si nascondeva una possibilità di tradimento. Ognuno, in quel momento, poteva essere un nemico. Elena sapeva che la sua missione era rischiosa, ma non poteva tirarsi indietro. La resistenza non aveva spazio per chi esitava.

Quando arrivò alla stazione, il cuore le batteva così forte che temeva che tutti potessero sentirlo. Si avvicinò al gruppo di uomini che si trovavano all'angolo, il volto nascosto tra la folla, il passo rapido ma senza farsi notare. Il contatto era vicino, ma il soldato tedesco che stava ispezionando i passanti sembrava averla individuata. Elena trattenne il fiato, facendo finta di non averlo visto. Il soldato si fermò un attimo davanti a lei, guardandola con attenzione. Il mondo sembrò fermarsi per un istante. Poi, con un gesto brusco, il soldato si allontanò, lasciandola passare senza fare domande. Elena non fece in tempo a rilassarsi, ma non si fermò. Si girò rapidamente e consegnò la lettera al contatto, un uomo che non conosceva bene, ma che le aveva dato fiducia. Il suo cuore era ancora in tumulto, ma si sentiva incredibilmente sollevata.

Mentre si allontanava, il pensiero di Pietro riemerse nella sua mente. Non era più solo una missione. Non era più solo una questione di dovere. Era la sua lotta. La sua resistenza. E lei, nonostante la paura che le stringeva il cuore, sapeva che non sarebbe mai tornata indietro. La sua vita era cambiata per sempre. Eppure, il coraggio che aveva trovato in sé stessa, il coraggio che aveva saputo mettere in atto in quel momento di estrema paura, le dava la forza di credere che, anche in tempi così oscuri, l'amore e la libertà erano ancora qualcosa per cui combattere.

Elena si incamminò di nuovo per le strade di Venezia, il passo più leggero, ma il cuore ancora segnato da quell'adrenalina che le aveva attraversato il corpo appena pochi minuti prima. La missione era stata un successo, ma la consapevolezza dei pericoli che correva ogni giorno la faceva riflettere continuamente. Aveva rischiato la vita per una causa che non era solo la sua, ma che ormai sentiva profondamente dentro di sé. Non era più la giovane donna che sognava tra le pagine di un libro, ma una protagonista di una storia che non aveva mai immaginato di vivere.

La via che la conduceva verso casa sembrava ancora la stessa, ma Elena sentiva ogni passo come un peso che l'accompagnava. La città che aveva amato fin da bambina le appariva ora diversa, come se la guerra l'avesse trasformata in un luogo dove i sogni e le speranze dovevano fare i conti con la cruda realtà. Ogni volta che incrociava uno sguardo, temeva di leggere nei volti degli altri una triste rassegnazione. La gente di Venezia era cambiata, come lei. Non c'era più tempo per la leggerezza della giovinezza. Ogni giorno che passava, la guerra ridefiniva tutto, trasformando ogni gesto quotidiano in una prova di resistenza.

Quando tornò a casa, la libreria l'attendeva come sempre. I libri, con le loro copertine sbiadite, sembravano essere gli unici a non cambiare mai. Ma ora, più che mai, le sembravano dei testimoni muti di un mondo che stava cambiando. Ogni pagina che sfogliava sembrava lontana da lei, come se appartenesse a un altro tempo, a un'altra vita. Eppure, la lettera che aveva appena consegnato le dava una sensazione di compimento. Si sentiva più forte, come se, per un momento, la paura avesse perso il suo potere su di lei.

Si sedette dietro al bancone, sfogliando una vecchia rivista che le era rimasta, ma senza prestarle troppa attenzione. Il pensiero di Pietro non la abbandonava mai. Le sue lettere erano diventate il suo unico legame con la normalità. Il suo amore per lui era una forza che la spingeva a fare cose che non avrebbe mai immaginato di fare. E nonostante la paura che la attanagliava, Elena si sentiva più determinata che mai a non farsi abbattere. Se poteva, almeno, fare qualcosa di significativo, allora il suo sacrificio avrebbe avuto un senso.

Le ore passarono velocemente, ma Elena non riusciva a concentrarsi. Il pensiero che Pietro fosse lontano e impegnato nella sua lotta contro il regime la turbava più di quanto volesse ammettere. Non avrebbe mai voluto che lui fosse coinvolto in un conflitto così violento, ma allo stesso tempo sapeva che non avrebbe mai potuto fermarlo. Pietro era un uomo di azione, un uomo che non avrebbe mai accettato di restare in silenzio mentre il mondo intorno a lui crollava. Lei lo amava per questo, per il suo coraggio, ma allo stesso tempo non riusciva a non temere per lui. Ogni giorno che passava senza ricevere sue notizie era un peso che le schiacciava il cuore.

Fu allora che la porta della libreria si aprì di nuovo. Il cuore di Elena saltò un battito, ma quando alzò lo sguardo, vide un volto che non conosceva. Un uomo distinto, dai capelli grigi e dallo sguardo serio, entrò con passo deciso. Non sembrava un cliente, e Elena si alzò immediatamente, sentendo un'immediata sensazione di inquietudine. L'uomo la fissò per un momento, poi disse con voce bassa e misurata: "Lei è Elena, giusto?"

Elena annuì, cercando di nascondere la sua apprensione. "Posso aiutarla?" chiese, cercando di mantenere la calma.

L'uomo si avvicinò al bancone e appoggiò un

foglio. "Questa è per lei," disse, mettendo la busta bianca sopra il legno. Non c'era nome, né indirizzo. Solo un piccolo sigillo che la rese immediatamente nervosa. La scrittura era familiare, ma non riusciva a identificarla.

"Chi... chi l'ha mandata?" chiese, la voce tremante. Il pensiero che qualcuno potesse essere a conoscenza della sua missione la fece rabbrividire.

L'uomo non rispose immediatamente. Si guardò intorno con attenzione, come se stesse cercando di capire se fossero osservati. Poi, con un cenno impercettibile, si avvicinò e le sussurrò: "Non ci sono molti di noi che resistono. Abbiamo bisogno di più persone come lei. Non è sola in questo, Elena."

Con un rapido gesto, l'uomo si girò e si allontanò senza dire altro. Elena rimase immobile, fissando la busta. La sua mente corse veloce, ma il cuore le si fermò. Una parte di lei sapeva cosa c'era dentro quella busta. Eppure, non osava aprirla. La paura di scoprire la verità la paralizzava. Si avvicinò lentamente al banco e sollevò il foglio, il sigillo che lo chiudeva sembrava ora più pesante di quanto non fosse mai stato.

Con un respiro profondo, Elena aprì la busta e vi trovò una lettera, scritta con una calligrafia familiare. Le sue mani tremavano mentre leggeva le parole. "Elena," iniziava il messaggio,

"Sei stata coraggiosa, ma la tua lotta non è finita. È arrivato il momento di fare di più. La resistenza ha bisogno di te. Non possiamo più nasconderci. È tempo di agire." Quello che seguiva erano istruzioni dettagliate per il prossimo incontro. Il destino che la attendeva si faceva sempre più chiaro.

Elena chiuse la lettera e lasciò che il silenzio la avvolgesse. Aveva fatto un passo avanti, ma la sua vita non sarebbe mai più stata la stessa. Ogni gesto, ogni parola, ogni movimento che compiva ora era un atto di resistenza. E, con un nuovo senso di determinazione, Elena si preparò ad affrontare il suo destino.

Elena si trovava nel cuore della notte, con il pensiero fisso su Pietro, che ormai era distante, immerso nella lotta contro un nemico che sembrava crescere in potenza e determinazione ogni giorno. La guerra aveva messo radici nella sua vita, ma ora anche la resistenza, la speranza in un futuro migliore, sembrava essere minacciata. I suoi pensieri erano confusi, e il silenzio della libreria, così familiare, ora le pesava come una condanna. Mentre guardava il cielo scuro che si intravedeva dalla finestra, la paura che qualcosa di irreparabile stesse accadendo nella sua vita e in quella di Pietro la pervadeva con forza.

I sussurri erano cominciati a circolare da qualche giorno, leggeri come una brezza che non si fa notare subito, ma che porta con sé un presagio di tempesta. C'era un traditore all'interno della resistenza, qualcuno che stava vendendo le informazioni a chi cercava di spegnere ogni forma di dissenso. La sensazione che tutto fosse in pericolo, che la causa per cui lottavano potesse essere compromessa, stava lentamente distruggendo quella fragile speranza che Elena aveva cercato di mantenere viva dentro di sé.

Ogni volto che incontrava, ogni parola che ascoltava, sembravano nascondere un segreto che non riusciva a decifrare. Il pericolo, più che la guerra stessa, stava ora dentro le mura che li circondavano. La paura non era più solo per le pallottole che volavano nell'aria o per i soldati che pattugliavano le strade; la paura era quella di non sapere più di chi fidarsi, quella di vedere l'amico diventare nemico, quella di sentirsi tradita da chi avrebbe dovuto essere il suo alleato. Elena non riusciva a scacciare quel pensiero. C'era qualcosa di più oscuro in gioco, qualcosa che minacciava di spezzare non solo il filo della resistenza, ma anche quello fragile della sua stessa speranza.

Quella notte, la scrivania di legno sotto le sue mani sembrava troppo solida per darle conforto. Il quaderno, con le sue pagine bianche, era come una distesa di terreno che aspettasse di essere arata, ma Elena non riusciva a scrivere. Le parole le sembravano insufficienti, incapaci di esprimere la confusione che le si agitava dentro. La sola cosa che riusciva a fare era pensare a Pietro, immaginando dove fosse, cosa stesse facendo, e come, se fosse mai successo qualcosa di irreparabile, nulla sarebbe più stato lo stesso. Non solo per lui, ma per tutti quelli che si stavano battendo, giorno dopo giorno, nella speranza di vedere un'Italia libera, ma anche per lei. Cosa sarebbe accaduto se avessero scoperto dove si trovava, se qualcuno avesse rivelato la sua posizione? Sarebbe stata coinvolta in un gioco che non avrebbe mai voluto giocare. Eppure, era lì, ogni giorno più vicina al pericolo, a quella realtà che non poteva ignorare.

Decise, quindi, di scrivere. Le lettere erano diventate il suo rifugio, il suo modo di rimanere legata a Pietro, anche quando la distanza tra loro sembrava insormontabile. Ma questa volta non avrebbe scritto solo delle sue giornate, delle sue riflessioni letterarie. Questa volta avrebbe parlato direttamente a lui, cercando di esprimere ciò che sentiva, con un'urgenza che non aveva mai conosciuto prima.

Si mise a scrivere con mani tremanti, ma con una determinazione che non aveva mai conosciuto prima. Il foglio bianco la sfidava, ma Elena sapeva che doveva affrontarlo. Doveva dirgli tutto quello che le passava per la testa, tutto quello che la tormentava. "Mio caro Pietro," cominciò a scrivere, "Ogni giorno mi sveglio con un pensiero fisso: staremo ancora insieme quando tutto questo sarà finito? O il nostro futuro sarà stato consumato dalla guerra, dalla paura, dalla disillusione? Mi sveglio con il suono dei passi dei soldati in lontananza e, per un attimo, temo che anche tu, in qualche angolo lontano, possa essere catturato, tradito. Non so più di chi fidarmi, Pietro. La resistenza è in pericolo. C'è chi sta vendendo il nostro destino a chi vuole vederci tutti cadere. Il pericolo è dentro le nostre stesse fila, eppure, non posso fare a meno di sperare che tu sia al sicuro, lontano da questa rete di inganni."

Mentre scriveva, i suoi pensieri si facevano più confusi, ma la sua mano non si fermava. Le parole venivano da sole, come se il cuore stesso le stesse dettando. La sensazione di impotenza la pervadeva, ma anche quella di dover dire la sua, di non poter lasciare che il silenzio fosse il padrone di tutto. "So che ti mancano le parole di conforto, eppure, io non posso darti altro che queste. La guerra ci ha cambiati, ma non posso permettere che ci divida. Non posso, Pietro. Non posso immaginare un mondo senza di te, senza le tue lettere, senza il pensiero di te che mi dà la forza di andare avanti. Siamo in una battaglia che ci ha resi più forti, ma anche più fragili. Per favore, cerca di rimanere al sicuro. Mi fido di te, come mi fido di nessun altro. Non voglio perdere quello che siamo, anche se il mondo sembra volerci strappare via tutto."

Il cuore di Elena batteva forte mentre rileggeva le parole che aveva appena scritto. Ogni frase sembrava un grido, ogni parola una supplica. Non c'era altro modo per esprimere la paura che la consumava, la speranza che non volesse mai morire. Ma, allo stesso tempo, sentiva che quella lettera era un legame che la univa a Pietro, qualcosa di intimo, qualcosa che solo lui avrebbe potuto comprendere. Non c'era spazio per il dubbio, per la paura. Solo per il desiderio di proteggere, di non lasciare che le circostanze li separassero.

"Con affetto e speranza," concluse, "Elena."

Mentre piegava il foglio e lo metteva in una busta, Elena si fermò un attimo, guardando il fuoco che crepitava nel camino. La lettera era un messaggio di speranza, ma anche di paura. La paura di non sapere se quella sarebbe stata l'ultima volta che avrebbe scritto a lui, la paura che l'ombra del tradimento si allungasse su tutto ciò che avevano costruito insieme. Ma, nonostante tutto, sapeva che il cuore non poteva arrendersi, e che, in qualche modo, doveva rimanere fedele a ciò che avevano iniziato. La guerra avrebbe potuto prendere molto da lei, ma non avrebbe preso la sua capacità di amare, di lottare, di sperare.

Con un sospiro, si alzò e si avvicinò alla finestra.

La luna piena illuminava la città di Venezia, che sembrava sospesa in un limbo, tra il passato e il futuro, tra la vita e la morte. Elena guardava la città con gli occhi pieni di dolore, ma anche di determinazione. Non si sarebbe arresa, non avrebbe permesso che il mondo si facesse buio e silenzioso. Non quando c'era ancora una possibilità di cambiare le cose, non quando c'era ancora qualcuno da amare e da salvare.

Elena si sentiva come se stesse vivendo in un mondo che stava crollando sotto il peso della paura, ma in fondo al cuore, sapeva che doveva continuare. Non solo per sé stessa, ma anche per Pietro, per tutto ciò che avevano costruito insieme e per quel legame che sembrava sfidare le circostanze. La lettera che aveva scritto, piena di ansia e di speranza, era la sua ultima ancora di salvezza. Era come se l'atto di scrivere fosse l'unica cosa che le restasse di normale in una realtà che ormai le sfuggiva di mano.

Con la busta in mano, decise di inviarla immediatamente. Avrebbe trovato il modo di farla arrivare a Pietro, non importa quanto fosse pericoloso. Ogni momento lontano da lui sembrava un'eternità, eppure, in quella notte così carica di ombre, Elena sapeva che non c'era altra scelta. Non doveva pensare alla paura. Doveva pensare alla speranza, alla possibilità che tutto questo sarebbe finito, che la guerra avrebbe finalmente trovato una fine e che, con essa, sarebbero potuti tornare a vivere senza più catene.

La libreria, che una volta le aveva offerto rifugio e pace, ora le appariva come un angolo di fronte al mondo in guerra. Ogni scaffale, ogni libro, sembrava trasmettere un senso di incompleta protezione. La città fuori era cambiata: meno persone passeggiavano lungo i canali, il suono delle barche che scivolavano sull'acqua era più sommesso, quasi come se Venezia stessa trattenesse il fiato. Elena camminò per la libreria, le dita che sfioravano i dorsi dei libri, cercando una sorta di conforto in quei volumi che avevano accompagnato la sua vita. Tra tutte le parole che aveva letto, quelle che più la aiutavano ora erano quelle scritte da autori che avevano vissuto in tempi di grande difficoltà, che avevano trovato la forza di resistere.

Pietro, nelle sue lettere, le aveva parlato spesso della necessità di mantenere viva la speranza, di non arrendersi mai, di essere un faro anche quando tutto sembrava oscurarsi. Elena aveva imparato, attraverso le sue parole, che la resistenza non significava solo lottare contro un nemico fisico, ma anche contro il peso di una realtà che cercava di schiacciare ogni sogno. Aveva capito che la lotta per la libertà era un atto di coraggio che non si esauriva nel solo combattimento, ma che viveva anche nelle azioni più piccole, nei gesti quotidiani, nei pensieri nascosti. La resistenza di Elena era diventata la sua capacità di mantenere vivi i suoi sentimenti, di nutrire un amore che non doveva mai spegnersi, di scrivere lettere come quella che aveva appena inviato a Pietro.

Il silenzio che seguì la sua decisione di inviare la lettera fu opprimente, ma Elena si sforzò di non farsi sopraffare. Aveva fatto tutto ciò che poteva fare in quel momento, e ora toccava a Pietro rispondere, o meglio, alla guerra di decidere quando sarebbe stato possibile vedere l'uno o l'altra ancora. La sua mente, però, non poteva fare a meno di tornare indietro, a quella sensazione di paura che le era cresciuta dentro negli ultimi giorni. La parola tradimento, che prima sembrava così lontana, ora le risuonava nella testa con una forza che non riusciva a scacciare. Le storie che aveva sentito raccontare sulla resistenza tradita, sugli informatori che avevano messo a rischio la vita di chi combatteva, la facevano tremare. Non riusciva a immaginare un futuro senza Pietro, senza la sua forza e il suo spirito.

In quel momento, il telefono squillò improvvisamente, facendola sobbalzare. Il suono le arrivò come un'eco distante, ma immediatamente, il suo cuore accelerò. Era come se ogni rumore in quella libreria fosse amplificato dalla paura. Si diresse rapidamente verso il telefono, il cuore in gola. Quando alzò la cornetta, la voce che sentì dall'altro lato non apparteneva a Pietro, ma a un altro uomo, uno che conosceva bene. Marco, un vecchio amico di Pietro e un membro della resistenza. La sua voce, grave e seria, non lasciava spazio a esitazioni. "Elena, dobbiamo parlare subito. C'è qualcosa di molto importante di cui devi essere a conoscenza."

Elena trattenne il respiro. Aveva capito che qualcosa non andava, ma non riusciva a immaginare cosa. La paura che la assalì in quel momento la fece vacillare, ma cercò di non darlo a vedere. "Cosa succede?" chiese, cercando di mantenere la calma.

Marco sospirò dall'altro lato della linea. "Non è il momento di parlare al telefono. Ma ti consiglio di prepararti. C'è un traditore dentro la resistenza. Abbiamo motivo di credere che Pietro sia stato preso di mira. Devi stare attenta, Elena. Qualcosa si sta muovendo. Non possiamo permettere che venga scoperto quello che stiamo facendo."

Il cuore le si strinse. La lettera che aveva appena scritto a Pietro, la sua dichiarazione di speranza e di paura, sembrava ora una testimonianza di una realtà che stava cambiando troppo rapidamente. Il traditore. L'incubo che le si era insinuato nella mente era diventato realtà.

"Cosa devo fare?" chiese, cercando di mascherare la sua preoccupazione con una voce più ferma di quanto si sentisse.

"Non possiamo fare altro che restare attenti. Non lasciare nulla al caso. E cerca di essere prudente. Anche se dovesse sembrare che non stia accadendo nulla, il pericolo è sempre dietro l'angolo."

Quando la conversazione finì, Elena restò in piedi, la cornetta ancora appoggiata all'orecchio, incapace di staccarsi. La resistenza, che sembrava essere la sua salvezza, ora sembrava una trappola. La sensazione di impotenza cresceva, eppure, una parte di lei non voleva credere che il mondo che aveva imparato ad amare potesse essere così facilmente distrutto. Il pensiero di Pietro, là fuori, in un mondo che stava cambiando rapidamente, la colpì con forza. Doveva fare qualcosa. Doveva restare forte, eppure il peso della realtà stava cominciando a schiacciarla.

Elena si svegliò quella mattina con il suono dei bombardamenti in lontananza, una presenza che ormai faceva parte della sua vita quotidiana. Ma quel suono, che una volta l'aveva colta di sorpresa, ora le causava solo un brivido lungo la schiena, una consapevolezza dolorosa che la guerra non si stava limitando a sconvolgere le vite degli uomini in prima linea, ma stava distruggendo anche quelle di chi cercava di vivere una vita normale. Venezia, la città che un tempo amava, che un tempo respirava una bellezza senza pari, sembrava ora intrappolata in un incubo senza fine, e Elena ne sentiva il peso sulla pelle.

La sua giornata era cominciata come le altre, con la solita routine di preparare la libreria e fare i conti con la solitudine che si era insinuata tra le pareti del negozio. La libreria, che fino a poco tempo prima era stata un luogo di rifugio, ora sembrava più un rifugio illusorio. La paura aleggiava nell'aria, nei libri che ora sembravano raccontare storie di un tempo lontano, quando le persone potevano vivere senza paura. Eppure, in quel mondo distrutto, Elena cercava ancora qualcosa di buono da aggrapparsi, qualcosa che non fosse contaminato dalla violenza che stava scorrendo per le strade della città. In quei giorni, la sua speranza era diventata una risorsa scarsa, qualcosa che doveva essere custodito gelosamente.

Ma quel mattino, mentre stava sistemando alcuni libri sulla scrivania, il rumore dei bombardamenti si fece più forte, più vicino, e questa volta Elena non poté ignorarlo. Il suono vibrava nell'aria, accompagnato dal frastuono di qualcosa che cadeva, e immediatamente il suo cuore cominciò a battere più forte. Sembrava che il cielo stesso stesse collassando, come se ogni pezzo di questa città che amava stesse per essere inghiottito dalla furia della guerra.

Senonché, quel giorno, il peggio sarebbe arrivato

da dove meno se lo aspettava. Poco dopo, una nuvola di polvere e fumo si sollevò dietro l'angolo della libreria. Il rumore degli aerei era diventato insopportabile, e il cielo si tingeva di grigio e arancione, come se il sole fosse stato inghiottito da un incendio che non avrebbe mai smesso di bruciare. Elena si precipitò alla finestra, cercando di vedere cosa stava accadendo, ma il fumo la accecava. Quando la polvere cominciò a depositarsi, un silenzio opprimente calò su tutto, e fu allora che il primo urlo la colpì come un pugno allo stomaco.

Il rumore proveniva dal vicinato, dalla casa accanto alla sua, dove viveva la famiglia di Giulia, una donna che Elena aveva conosciuto da giovane e con cui aveva condiviso tante conversazioni sul futuro. Giulia era una di quelle persone che, nonostante le difficoltà, riuscivano a mantenere una certa calma, una certa serenità. Ogni volta che Elena parlava con lei, si sentiva più leggera, come se ci fosse ancora speranza nel mondo, nonostante tutto. Ma quella mattina, quella speranza sembrava svanita. L'eco dell'esplosione aveva fatto tremare le pareti della libreria, e la realtà di quello che stava accadendo si stava facendo più chiara e dolorosa.

Elena corse verso la porta, il cuore che le martellava nel petto. Non aveva tempo per pensare. Doveva andare, doveva vedere cosa fosse successo. Corse fuori dalla libreria, le gambe che sembravano non rispondere più, ma il pensiero di Giulia, di quel dolore improvviso che aveva travolto la sua casa, la spingeva ad andare avanti. Quando arrivò davanti alla casa, il panorama era desolante. La facciata era stata parzialmente distrutta, e tra le macerie si potevano vedere ombre di persone che correvano, cercando di aiutare, di salvare chiunque fosse rimasto intrappolato.

La paura l'aveva paralizzata, ma Elena non riusciva a fermarsi. Si fece strada tra le persone che cercavano di capire cosa fosse successo, cercando di non farsi sopraffare dal panico che sembrava contagiare ogni angolo di quella città. Finalmente, arrivò a un gruppo di uomini e donne che stavano cercando di sollevare le travi di legno e le pietre. Tra di loro, uno dei volti la colpì, e riconobbe Giulia, che stava seduta a terra, il volto pallido e le mani tremanti. Ma la donna non sembrava ferita. Accanto a lei, però, c'era un corpo, immobile, senza vita.

Elena si avvicinò, il cuore che le batteva più forte. Era l'uomo di Giulia, Antonio. La morte di Antonio colpì Elena con una violenza che non avrebbe mai immaginato. Lui non c'era più. Era stato strappato via dalla guerra, e Giulia non avrebbe mai più avuto la possibilità di abbracciarlo, di sentire la sua voce, di sognare con lui un futuro migliore. Elena si inginocchiò accanto alla donna, cercando di non lasciarsi sopraffare dalla scena, ma il dolore che leggeva negli occhi di Giulia la attraversava come un fendente.

Giulia, senza parlare, guardò Elena, e poi abbassò la testa, le lacrime che cominciarono a scivolare sulle sue guance. Non c'era nulla che Elena potesse dire per alleviare il dolore, nulla che avrebbe potuto fare per riportare indietro quel momento, quel momento che avrebbe segnato la fine della loro vita come l'avevano conosciuta.

Il mondo sembrava più buio di quanto Elena potesse tollerare, e la morte che aveva visto, quel corpo senza vita che giaceva accanto a Giulia, sembrava un monito troppo pesante da sopportare. La guerra non risparmiava nessuno. Non risparmiava i bambini, non risparmiava gli anziani, non risparmiava gli innocenti. Non risparmiava nemmeno chi lottava per la giustizia, come Pietro, come tutti coloro che si erano uniti alla resistenza. Ma quel giorno, Elena aveva visto il costo reale della guerra. Era un prezzo che non si poteva pagare con le parole, con la speranza. Era un prezzo che si pagava con il sangue, con la sofferenza, con la perdita.

Elena rimase inginocchiata accanto a Giulia, il cuore pesante come se fosse stato strappato dal suo petto. Non riusciva a smettere di guardare quel corpo senza vita, come se cercasse di trovare una ragione per cui la guerra fosse arrivata a prendere anche lui, Antonio, un uomo che aveva sempre cercato di proteggere la sua famiglia, che aveva sempre sperato in giorni migliori. Ma quei giorni migliori non erano mai arrivati. La guerra aveva inghiottito tutto, anche le speranze più piccole, e ora aveva preso anche un altro uomo, un altro padre, un altro marito.

Giulia non parlava, ma le sue mani tremanti raccontavano più di mille parole. Elena sapeva che il dolore non si sarebbe mai placato, che quel giorno avrebbe segnato Giulia per sempre. Ogni volta che si sarebbe guardata indietro, ogni volta che avrebbe visto il sorriso dei suoi figli, ogni volta che avrebbe cercato il conforto delle braccia di Antonio, il vuoto sarebbe stato lì, a ricordarle che nulla sarebbe mai più stato come prima.

Elena si alzò lentamente, guardando la scena intorno a sé. La città, una volta così viva e pulsante, ora sembrava un cimitero. Le strade, che un tempo erano piene di gente che passeggiava tra le botteghe, ora erano vuote, piene solo di polvere e macerie. Le finestre dei palazzi erano rotte, le porte sbarrate, come se Venezia stessa stesse cercando di chiudere gli occhi per non vedere la devastazione che si stava consumando intorno a lei.

Il rumore dei passi sulla pietra, il suono dei corpi che si muovevano freneticamente tra le rovine, sembrava il solo segno di vita rimasto. La città non piangeva più, non urlava, ma Elena sentiva il dolore nell'aria, nelle ombre che si allungavano sulle strade, nei volti pallidi di chi aveva perso troppo. La guerra aveva preso la sua ultima vittima, e quella vittima non era un soldato, non era un combattente, ma una persona che aveva avuto il coraggio di sperare, di amare, di costruire una famiglia in mezzo a un mondo che stava crollando.

Giulia si alzò finalmente, le gambe ancora tremanti, ma con una determinazione che Elena non aveva mai visto prima. Si girò verso di lei, il volto rigato di lacrime, ma con uno sguardo che tradiva una forza che Elena non sapeva fosse possibile. "Non posso restare qui", disse Giulia, la voce rotta ma decisa. "Non posso. Non posso lasciare che questa morte definisca chi sono. Antonio mi ha insegnato a lottare, e io lo farò, per lui, per noi."

Elena non rispose, ma il suo cuore si strinse. Sapeva che Giulia stava cercando di trovare un modo per andare avanti, per superare quel dolore insopportabile. Eppure, in quel momento, Elena capì che la guerra aveva rubato qualcosa di più profondo, di più intimo. Aveva rubato la possibilità di scegliere come vivere, di scegliere come affrontare la vita. La guerra ti prendeva senza chiedere il permesso, ti costringeva a prendere decisioni che nessuno avrebbe mai voluto prendere.

Ma Giulia, con il suo dolore, con la sua forza, le insegnò una lezione che Elena non avrebbe mai dimenticato: anche nel mezzo della distruzione, la vita continuava. Non c'era scelta se non quella di andare avanti, di lottare, di cercare qualcosa di buono da aggrapparsi, anche quando tutto sembrava perduto. La guerra ti toglieva tutto, ma non ti poteva togliere la tua volontà di vivere.

Elena tornò lentamente verso la sua libreria, il passo pesante, ma con la mente che correva a tutta velocità. Ogni parola che aveva scritto fino a quel momento, ogni lettera che aveva ricevuto da Pietro, sembravano ora più importanti che mai. La guerra non avrebbe vinto su di loro. Non avrebbe vinto sull'amore che avevano trovato, non avrebbe vinto su quella speranza che, nonostante tutto, Elena si sentiva costretta a mantenere viva. Pietro, che combatteva da lontano, Giulia, che lottava per il suo futuro, e lei stessa, che cercava un significato in mezzo a tutto quel caos. Tutti loro avevano qualcosa da difendere, e nonostante la morte, la distruzione, e la paura che aleggiavano nell'aria, non avrebbero mai smesso di cercare un motivo per andare avanti.

Entrando nel negozio, Elena si fermò un momento. Guardò la libreria, guardò i libri che riposavano tranquilli sugli scaffali, come se nulla fosse cambiato, come se il mondo che avevano conosciuto fosse ancora lì, intatto. Ma lei sapeva che non era più così. La guerra aveva cambiato tutto. Ma dentro di lei, qualcosa non era cambiato. Aveva ancora il coraggio di credere, di sperare, di scrivere. E sarebbe andata avanti. Per Giulia, per Pietro, per tutti coloro che avevano perso, e per chi, come lei, aveva ancora una ragione per resistere.

Il giorno successivo, Elena si sedette alla sua scrivania e iniziò a scrivere una lettera. Non era per Pietro, non era per Giulia. Era per se stessa. Una lettera che raccontava il dolore, la perdita, ma anche la forza che si trovava nel cuore, quella forza che nessuna guerra poteva mai spezzare. E in quel momento, Elena capì che, in fondo, era proprio questo che significava resistere. Non era solo sopravvivere, ma continuare a vivere, a cercare bellezza, anche nel mezzo della distruzione.

CAPITOLO 4: LETTERE DAL FRONTE

Pietro scrisse la lettera con una mano che tremava leggermente. Non per paura, ma per l'emozione di dover raccontare a Elena, anche se a distanza, quello che stava vivendo, quello che stava imparando sul campo, tra le montagne, tra i partigiani. Ogni parola era un pezzo di vita che si stava costruendo lontano da Venezia, lontano dai ricordi di un tempo che ormai sembrava così distante. Ogni parola era un tentativo di mantenere viva la connessione, un ponte che riusciva a farli incontrare, seppur solo attraverso l'inchiostro.

"Carissima Elena," iniziò, come sempre, con il tono familiare che solo la loro corrispondenza sapeva creare. "Mi trovo in un posto che non avrei mai immaginato. Non è la mia terra, ma è diventata casa. Non è la pace che speravamo, ma è una lotta quotidiana per la libertà. Qui tra le montagne, il paesaggio è bello, ma la guerra non ha pietà, come un vento che non si ferma mai."

Pietro si interruppe per un momento, guardando fuori dalla finestra di legno grezzo della capanna dove stava scrivendo. Le cime delle montagne erano avvolte in una nebbia fitta, che sembrava uscire direttamente dal cuore della terra, avvolgendo tutto in un silenzio quasi irreale. Ma sotto quel silenzio, sotto quelle nebbie, la vita continuava, ed era una vita fatta di lotte, sacrifici, e, a volte, piccole vittorie.

"Ogni giorno qui è una prova, Elena. I partigiani che mi circondano sono uomini e donne di grande coraggio. Li osservo, li studio, e ogni volta mi chiedo come riescano a mantenere intatta la speranza. C'è una donna, Sofia, che è entrata a far parte del nostro gruppo da poco. È giovane, ma non si vede nella sua determinazione. Ho imparato tanto da lei in questi giorni. Ha una forza che sorprende chiunque la guardi. Mi ricorda te in certi momenti, quando parlavi della bellezza che si può trovare anche nella lotta. Sofia è un'anima che non si ferma mai, nemmeno davanti ai pericoli. C'è qualcosa in lei che mi colpisce profondamente, qualcosa che mi fa pensare che il destino ci metta sempre davanti persone in grado di mostrarci la vera essenza della vita."

Pietro non si trattenne dal riflettere sulla figura di Sofia. Ogni volta che la vedeva, il suo spirito sembrava sollevarsi, quasi come se una parte della luce che lei emanava riuscisse a penetrare le tenebre che li circondavano. Sofia non era solo una combattente. Era una presenza. Un'energia che, nonostante il caos della guerra, riusciva a mantenere viva la speranza tra i suoi compagni. Nonostante la giovinezza, aveva già vissuto esperienze che molti uomini più grandi avrebbero difficoltà a comprendere.

"Sofia," continuò Pietro nella lettera, "è un mistero per tutti noi. Ha perso la sua famiglia, proprio come tanti altri, ma non si è mai lasciata sopraffare dal dolore. È sempre pronta a intervenire, a correre in aiuto di chi ha bisogno, senza mai pensare a se stessa. Ogni volta che ci sono scontri, lei è tra i primi a entrare in azione, a guidare gli altri. La sua energia è contagiosa, Elena, e questo ci rende più forti. C'è qualcosa di incredibile nella sua determinazione, qualcosa che è difficile spiegare. Lei crede in questa causa, non solo con la mente, ma con il cuore. E non si lascia mai scoraggiare. Quando ti parlo di lei, sento che le sue azioni parlano per me. Lei è una di quelle persone che, quando le guardi, ti rendi conto che la guerra non l'ha piegata. L'ha solo resa più ferma nelle sue convinzioni."

Pietro interruppe di nuovo, pensieroso. La sua mano si fermò, il pensiero che aveva in mente troppo forte per poterlo esprimere. Quella guerra, quella maledetta guerra che lo stava cambiando ogni giorno, non solo nel corpo, ma nell'anima, lo stava mettendo di fronte a realtà che prima non avrebbe mai potuto comprendere. Le persone che incontrava, le vite che toccava, gli insegnamenti che stava ricevendo, tutto sembrava convergere verso un unico punto: la resistenza era una lotta non solo contro il fascismo, ma contro ogni forma di oppressione che cercasse di spezzare l'anima di chi combatteva.

"Sofia mi ha insegnato qualcosa di fondamentale, Elena. Mi ha fatto capire che non si tratta solo di combattere per la libertà, ma di combattere per il diritto di non perdere mai chi siamo. Lei ha una forza interiore che ci spinge a non mollare, anche quando tutto sembra perduto. Ogni volta che siamo sul punto di arrenderci, è lei che ci ricorda perché siamo qui. Non è solo la guerra che ci rende forti, ma la consapevolezza che stiamo combattendo per un futuro, per un'umanità che deve ancora nascere. E questo, Elena, è ciò che ci spinge a continuare, giorno dopo giorno."

Pietro sospirò, guardando il foglio di carta. Sapeva che queste parole avrebbero suscitato in Elena una reazione. Sapeva che lei avrebbe capito ciò che non riusciva a dire con voce alta. Non era solo Sofia che lo colpiva. Era tutto ciò che rappresentava. Un simbolo di speranza, di coraggio, di un futuro possibile, nonostante tutto.

"Mi manchi, Elena. Mi manca la tua forza, il tuo sguardo che sa sempre trovare una via anche nelle circostanze più difficili. Ma sento che siamo più vicini di quanto non lo siamo mai stati. Ogni lettera che ti scrivo è un passo verso di te. Ogni parola che leggi è come se fossi qui accanto a me, a combattere al mio fianco. E un giorno, quando tutto sarà finito, quando questa guerra sarà solo un ricordo, ti prometto che saremo di nuovo insieme. In un mondo che avrà imparato a vivere senza paura."

Pietro firmò la lettera con la mano che ora non tremava più. Le parole che aveva scritto erano il suo modo di tenere viva la speranza, di alimentare quella fiamma che, nonostante le ombre che li circondavano, sembrava non spegnersi mai.

"Con affetto, Pietro."

Elena aprì la lettera di Pietro con mani che tremavano leggermente, non tanto per la paura, ma per una sensazione che aveva imparato a riconoscere da tempo: quella che precedeva la lettura delle sue parole. Ogni lettera era un piccolo frammento di vita che lui le affidava, come una promessa che nonostante la distanza e la guerra, la loro connessione sarebbe rimasta intatta. Anche se le parole di Pietro sembravano lontane, anche se la sua figura fisica non era mai lì accanto a lei, riusciva sempre a sentire la sua presenza attraverso la carta, attraverso l'inchiostro che formava lettere che danzavano sulla superficie.

Iniziò a leggere lentamente, come se volesse assaporare ogni singola parola, come se ogni frase fosse un piccolo segreto che lei svelava solo per sé. Quando giunse alla parte in cui Pietro parlava di Sofia, una leggera stretta al cuore la colse. Nonostante avesse sempre saputo che Pietro fosse circondato da persone straordinarie, non riusciva a non provare un misto di emozioni. Sofia non era solo una persona che lui aveva incontrato nella guerra. Era una parte di quel mondo che, purtroppo, li separava, una persona che non solo condivideva la stessa causa, ma che, a quanto pareva, condivideva anche la sua forza e determinazione. C'era qualcosa in quelle parole che la faceva sentire... strana. Non c'era gelosia, non c'era paura, ma una sensazione di distanza, come se il suo mondo e quello di Pietro si stessero allontanando inesorabilmente, come due strade che avevano iniziato a divergere, nonostante tutte le promesse di rimanere unite.

Sofia sembrava una persona straordinaria. La sua forza e il suo coraggio erano, senza dubbio, qualità che Elena ammirava. Però, per qualche motivo, quelle stesse qualità la facevano sentire anche fragile, come se qualcosa che aveva sempre creduto certo stesse lentamente sfuggendo di mano. Cosa sarebbe successo a loro, a lei e a Pietro, se la guerra avesse continuato a separare le loro vite? Elena si chiese per l'ennesima volta se, alla fine, sarebbe riuscita a mantenere quella connessione che, nonostante tutto, sembrava essere la loro ancora di salvezza. Quella lettera, come tutte le altre, portava con sé il peso della guerra, ma anche una promessa di ritorno, di ritrovarsi in un mondo che sembrava impossibile da immaginare.

> "Mi manchi, Pietro," sussurrò tra sé, come se lui fosse lì con lei, come se potesse sentire le sue parole sussurrate nel silenzio di quella stanza. "Mi manca la tua voce, il tuo sorriso che riesce sempre a farmi sentire che c'è speranza. Mi manca il tuo modo di farmi vedere il mondo con occhi diversi, di farmi credere che possiamo ancora credere in qualcosa."

Ma Sofia. Doveva ammetterlo, anche se non voleva, che Sofia rappresentava una presenza che non poteva ignorare. Non riusciva a capire perché si sentisse così turbata da una semplice menzione del suo nome. Eppure, dentro di sé, sentiva qualcosa che non riusciva a spiegare, una sensazione di incertezza che la rendeva ancora più vulnerabile. Ogni lettera di Pietro era, in qualche modo, una finestra su un mondo che stava cambiando, e ogni cambiamento sembrava portare con sé una crescente distanza tra loro. Ma Elena sapeva che quella distanza non era fisica. Era qualcosa che stava accadendo dentro di lei, dentro di loro. La guerra, purtroppo, non era solo una battaglia contro l'occupazione straniera. Era anche una battaglia contro ciò che stava cambiando nel cuore di ogni individuo, nel cuore di ogni relazione.

Con un sospiro, Elena posò la lettera sul tavolo.

Si sentiva stanca, ma non di una stanchezza che veniva dalla fatica fisica. Era una stanchezza che veniva dall'anima, come se ogni parola scritta da Pietro fosse un altro piccolo passo verso una consapevolezza che non voleva affrontare. Ma sapeva anche che non poteva fare a meno di leggere quelle lettere. Ogni volta che le leggeva, si sentiva un po' più vicina a lui, un po' più forte. Eppure, quella stessa lettura le faceva capire quanto tutto fosse diventato difficile, quanto il peso della guerra, della separazione, stesse gravando su di loro.

"Non è facile, Pietro," mormorò tra sé, guardando fuori dalla finestra. "Non è facile rimanere uniti quando tutto intorno a noi sembra volerci separare. Ma lo faremo, vero? Siamo abbastanza forti, entrambi. Abbiamo sempre trovato un modo per sopravvivere, e lo troveremo anche adesso."

Il silenzio della stanza la avvolse, e per un lungo momento, Elena rimase immobile, come se cercasse di ascoltare le risposte che le venivano dal profondo del cuore. Ma la risposta non arrivò subito. Anzi, sembrava essere sepolta sotto il peso dei giorni che passavano, sotto il peso della guerra che stava invadendo ogni angolo della sua vita.

Alla fine, Elena prese una penna e iniziò a scrivere. Le parole venivano lentamente, come un flusso di pensieri che doveva essere messo nero su bianco per trovare la pace. Le sue dita scivolavano sulla carta, cercando di esprimere tutto ciò che sentiva, ma senza saperlo, cercando anche di trovare una risposta che la tranquillizzasse.

"Carissimo Pietro," iniziò, con un sorriso triste sulle labbra, "è difficile scrivere queste parole, perché so che non riuscirò mai a dirti tutto quello che sento, ma devo almeno provare. Mi manca, mi manchi in un modo che non so spiegare. Mi manca la tua presenza, la tua voce che mi rassicura. Eppure, so che non possiamo essere insieme, non ancora. La guerra è tra di noi, e lo sento ogni giorno, in ogni angolo della città. Ma non voglio che questo ci separi. Non voglio che il nostro amore diventi solo un ricordo, Pietro. Non voglio che tutto ciò che abbiamo costruito si dissolva. Perciò, ti chiedo di restare forte. Ti chiedo di lottare, non solo per la libertà, ma anche per noi, per il nostro futuro. Ogni giorno che passa, mi convinco sempre di più che la guerra finirà, e quando finirà, saremo ancora qui, insieme, pronti a ricominciare. Fino ad allora, ti prometto che sarò con te, nei miei pensieri, nei miei sogni."

Elena fermò la penna e guardò la lettera. Le parole che aveva scritto non erano facili da pronunciare, ma sapeva che doveva dirle. Doveva farlo per entrambi. Doveva credere che, nonostante la distanza, nonostante la guerra, loro avrebbero trovato la forza di restare uniti. E così, con una stretta al cuore, firmò la lettera e la ripiegò con cura.

"Con amore, Elena."

Elena sentì il battito del cuore accelerare mentre il suo sguardo si posava sulle mensole polverose della libreria. La familiarità di quel posto, l'odore del legno e della carta, il suono dei passi che riecheggiavano sulla moquette consumata, sembrava una vita lontana, come se appartenesse a un'altra Elena, una prima della guerra. Ma in quel preciso istante, la libreria, che per tanto tempo era stata la sua unica certezza, sembrava essere solo un luogo di transizione, un palcoscenico dove recitava una parte che non apparteneva completamente a lei. Aveva una doppia vita, e non c'era un attimo di pace che non fosse interrotto dalla consapevolezza di quanto stava rischiando.

Il negozio di libri era il suo rifugio, ma anche il punto di partenza di ogni messaggio, ogni piccolo gesto che la rendeva parte di una rete segreta, una resistenza che cresceva giorno dopo giorno. Ogni giorno entrava nel negozio con un sorriso che mascherava la sua paura, salutava i clienti con la voce che non tradiva mai la sua inquietudine. La sua faccia era sempre la stessa, ma dentro di lei, ogni movimento, ogni parola era attentamente calcolata. Dietro il bancone, tra gli scaffali e i libri impilati, nascondeva non solo le parole di autori che parlavano di libertà e di speranza, ma anche fogli di carta che contenevano informazioni vitali per la resistenza. Una lettera, un messaggio criptato, un piano. Ogni parola scritta su quella carta poteva significare la vita o la morte per qualcuno.

Quel pomeriggio, come tanti altri, il piccolo negozio di libri in centro a Venezia sembrava tranquillo. Una giornata uggiosa, con il cielo grigio che minacciava pioggia. La città sembrava stanca, le persone camminavano più in fretta, guardando nervosamente da un lato all'altro. La guerra era ormai una presenza costante in ogni angolo della città, ma la vita continuava, o almeno cercava di farlo. Elena sistemò alcuni libri sulla vetrina, cercando di sembrare indifferente, mentre il suo sguardo, per un attimo, sfiorava la strada vuota. La paura era sempre dietro l'angolo. Ogni passo poteva essere quello che l'avrebbe tradita. Ogni volta che la porta della libreria si apriva, il suono del campanello le faceva stringere il cuore.

"Buongiorno, signorina," disse una voce maschile, facendola sobbalzare. Un uomo, alto e dal viso rugoso, entrò nel negozio. Il suo cappello ben calato sulla testa, il volto segnato dall'età e dalle difficoltà, sembrava un uomo che sapeva cosa significasse vivere sotto il peso della guerra. Elena gli sorrise con gentilezza, ma dentro di sé, la tensione non diminuì. Quell'uomo non sembrava sospetto, ma non poteva mai sapere. Ogni persona che varcava la soglia poteva essere qualcuno che l'avrebbe tradita, qualcuno che l'avrebbe fatta scoprire.

"Cerca qualcosa di particolare?" chiese Elena, cercando di mantenere un tono tranquillo.

"Solo un libro su Venezia, qualcosa che parli della storia della città," rispose l'uomo con un cenno di disinteresse. Elena lo guardò negli occhi per un attimo più lungo del necessario. C'era qualcosa in lui che le suscitava una leggera sensazione di inquietudine. Ma si limitò a sorridere e lo accompagnò verso uno degli scaffali.

L'uomo si spostò lentamente tra i libri, sfogliando le copertine con un'aria svogliata, come se il pensiero fosse altrove. Elena si sentì nervosa. Ogni volta che qualcuno entrava nel negozio, doveva fare attenzione a come si muoveva, a come parlava. Non poteva permettersi errori. A volte, il semplice fatto che un cliente le chiedesse di un libro sull'Italia occupata la metteva in allerta. Aveva imparato a riconoscere quei segnali. Il tono nella voce, l'insistenza in certe domande, la cura nei dettagli: ogni parola, ogni gesto doveva essere analizzato, perché un passo falso avrebbe potuto significare la fine. Un'altra persona sarebbe stata in grado di gestire la situazione con disinvoltura, ma Elena non lo era. Non poteva permettersi di fare errori.

Alla fine, l'uomo scelse un libro, lo pagò e se

ne andò, salutandola con una gentilezza che non lasciava trapelare alcuna malizia. Elena lo guardò uscire, ancora con il cuore che batteva forte. Non sapeva se si trattasse di una vera minaccia o se fosse semplicemente la paranoia che la guerra le aveva inculcato. Ma quel pomeriggio, come tanti altri, si sentiva come una bambina che cammina sul filo di una lama, costantemente sulla difensiva, sempre attenta a ogni suono, a ogni movimento.

Quando la porta si richiuse, Elena si appoggiò per un istante al bancone, cercando di riprendere fiato. Il suo corpo si rilassò solo per un momento, prima che la realtà tornasse a invaderla. Doveva andare nel retro del negozio, dove custodiva i messaggi segreti, e prendere la busta che doveva essere inviata quella sera. I giorni passavano veloci, ma ogni missione era una lotta contro il tempo. Ogni volta che si spostava, doveva fare attenzione a come camminava, a come si comportava. Non poteva permettersi di attirare l'attenzione, ma la pressione era sempre presente.

Nel retro della libreria, dove nessuno poteva vederla, Elena prese una piccola scatola di legno nascosta dietro una pila di libri e la aprì. Al suo interno, una serie di lettere e foglietti scritti a mano, tutti pronti per essere spediti ai membri della resistenza. Ogni parola, ogni frase, conteneva informazioni vitali. Si sentiva come se fosse l'unica persona al mondo a conoscere il peso di quelle parole, ma anche come se fosse una pedina in un gioco troppo grande per lei.

Mentre sistemava i fogli con cura, il suono di un'automobile in lontananza la fece sobbalzare. Non c'era nessun motivo per cui dovesse preoccuparsi. La strada non era mai affollata di soldati tedeschi, ma in questi giorni tutto sembrava pericoloso. Ogni macchina, ogni passo poteva nascondere un'imboscata. Eppure, non poteva farsi prendere dalla paura. Si era promessa di fare tutto il possibile per aiutare, per restare fedele a ciò che riteneva giusto.

Con un respiro profondo, Elena sistemò i messaggi e preparò la busta. Aveva appena chiuso la scatola quando sentì dei passi veloci avvicinarsi alla porta del negozio. Sapeva che non aveva tempo. Doveva nascondere tutto prima che fosse troppo tardi.

Il cuore le batteva più forte, ma Elena non fece un passo indietro. Si alzò in piedi e si avvicinò alla finestra. Quando il suono della porta si aprì, il respiro le si fermò in gola.

"Prego, entra pure," disse con voce calma, ma dentro di sé sentiva il peso della tensione crescere sempre di più.

Il nuovo cliente entrò con passo deciso, i suoi occhi scuri scrutando l'interno del negozio come se stesse cercando qualcosa che non riusciva a vedere. Il suo volto era mascherato da una barba incolta e da un cappotto pesante che sembrava troppo grande per il suo corpo snodato. Elena lo osservò con attenzione, la mente che correva più veloce dei suoi battiti. Ogni movimento, ogni sguardo doveva essere analizzato. Non poteva permettersi di abbassare la guardia. Quella libreria, un tempo un rifugio sicuro, ora era il cuore di una rete che poteva facilmente essere scoperta se non fosse stata mantenuta con il massimo della discrezione.

Il cliente camminò tra gli scaffali, fermandosi ogni tanto a sfogliare un libro con una distrazione che sembrava ben calibrata. Elena osservava le sue mani, le sue dita che toccavano le copertine con troppa attenzione. Il suo sguardo incrociò per un attimo quello di Elena, ma lui non sembrò notare la tensione nei suoi occhi. Lei si fece coraggio e gli si avvicinò, accennando a un sorriso che cercava di sembrare naturale.

"Posso aiutarla?" chiese, la voce più ferma di quanto si sentisse.

L'uomo la guardò per un attimo, studiandola come se avesse appena deciso se dire qualcosa o meno. Poi, con un tono basso e misurato, rispose: "Sto cercando qualcosa di particolare. Un libro che parli della storia di questa città. Ma non uno qualunque, uno che parli dei tempi oscuri."

Elena trattenne il respiro. Quelle parole, anche se pronunciate con voce calma, avevano un peso che non poteva ignorare. Il cuore le batté forte nel petto. La resistenza era più vicina di quanto pensasse, eppure non poteva mai sapere se quel cliente fosse un alleato o qualcuno che cercava di incastrarla. Doveva muoversi con estrema cautela.

"Sospetto che sappiamo tutti a cosa si riferisce," disse, cercando di nascondere la tensione nella sua voce. "Ma, se vuole, posso farle vedere alcuni libri che potrebbero interessarle."

Il cliente annuì, ma prima che Elena potesse spostarsi per guidarlo verso lo scaffale giusto, l'uomo si avvicinò e sussurrò: "Siamo in molti, più di quanto si pensi. Ma stia attenta, non tutti quelli che si fanno chiamare 'resistenti' sono degni di fiducia."

Le parole lo lasciarono senza fiato. Elena lo guardò negli occhi, cercando di capire se stesse solo parlando del pericolo in generale o se stesse mandando un messaggio segreto. Non c'era tempo per pensare. Doveva reagire.

"Se mi consente," disse rapidamente, "credo che posso mostrarle ciò che cerca. Ma forse sarebbe meglio discuterne in un luogo più tranquillo."

Il cliente la guardò un altro istante, poi fece un lieve cenno con la testa. Elena lo condusse dietro al bancone e, mentre si muoveva, il pensiero che l'avesse notata come parte della rete si insinuò nel suo animo. Ogni gesto doveva essere perfetto, ogni parola doveva suonare convincente. Il peso di ciò che stava facendo la stava schiacciando, ma non poteva fermarsi ora.

Con la scusa di mostrare alcuni volumi, Elena scivolò dietro il bancone e, con mano tremante, afferrò una busta con un messaggio destinato ad un altro membro della resistenza. La busta era piccola, discreta, ma portava con sé il peso di una decisione che non avrebbe mai potuto ignorare. Mentre l'uomo si soffermava su un libro che Elena gli aveva passato, lei lo guardò di sottecchi, cercando di valutare ogni sua mossa. Il suo cuore sembrava battersi più forte ad ogni secondo che passava.

Il cliente si allontanò senza fretta, apparentemente soddisfatto. Si guardò intorno una volta, poi con una certa noncuranza si avvicinò alla porta. Elena lo seguì con lo sguardo, ma non osò fare altro. L'ansia si tramutò in sollievo solo quando la porta si richiuse dietro di lui, lasciando la libreria in un silenzio opprimente. Era stata una sfida, una di quelle che si sentivano quotidianamente nell'aria. La guerra, ormai, aveva preso il sopravvento su ogni altro pensiero, e ogni decisione si rivelava più difficile della precedente.

Non appena il cliente se ne andò, Elena si accasciò leggermente contro il bancone. La paura era una compagna costante, ma anche la determinazione di non arrendersi. Non era sola in questa battaglia, anche se spesso si sentiva isolata. C'era un intero movimento, una rete di persone che, come lei, avevano scelto di rischiare tutto per un futuro migliore. Ogni giorno, ogni missione era un passo verso quella speranza, ma anche un passo più vicino al pericolo.

Quando la libreria divenne silenziosa, Elena si sentì come se la tensione che l'aveva attanagliata per ore avesse finalmente trovato un po' di sollievo. Si allontanò dal bancone e, con mano decisa, afferrò la busta che aveva nascosto tra i libri. Era il suo momento. La rete della resistenza si stava facendo sempre più stretta, e lei non sarebbe mai tornata indietro. L'inquietudine, la paura, la solitudine erano parte del prezzo che doveva pagare, ma non c'era alternativa. Ogni parola scritta, ogni messaggio trasmesso non era solo per la sopravvivenza, ma per un futuro che doveva essere migliore di quello che il regime stava cercando di imporre.

Con un ultimo respiro profondo, Elena lasciò il retro del negozio e si avviò verso la porta. Non c'era più tempo da perdere. Le strade di Venezia erano diventate un campo di battaglia, ma la sua determinazione non vacillava. La guerra era arrivata e, con essa, la consapevolezza che la lotta per la libertà era qualcosa che non poteva fermarsi davanti a nulla.

Pietro scrisse poco dopo un'azione che aveva avuto un esito inaspettato. Nella sua lettera, la scrittura era fervida, ma non solo per il racconto dei fatti. C'era un'energia che trapelava da ogni parola, come se finalmente fosse riuscito a dare un senso a un mondo che sembrava essere sempre più oscuro e confuso. L'ottimismo che emanava dalle sue frasi era, per Elena, come un raggio di luce in mezzo alla nebbia della guerra. Quando lei lesse la lettera, sentì il suo cuore rallentare per un momento, come se la distanza tra loro si fosse ridotta a un filo sottile. Pietro, nei suoi pensieri, sembrava essere più vicino che mai.

La missione aveva avuto successo, ma non era stata senza rischi. Il convoglio che i partigiani avevano intercettato trasportava materiali che erano fondamentali per il nemico, e la riuscita dell'azione aveva impedito a molte risorse di arrivare nelle mani sbagliate. La sensazione di aver inflitto un piccolo colpo al potente apparato fascista era stato un sollievo per i combattenti, ma ancor di più per Pietro, che da tempo aveva visto le speranze della sua banda di partigiani vacillare. Nonostante la violenza che li circondava, Pietro non aveva mai perso la sua fede nel significato della loro lotta. E in quella lettera, ogni parola sembrava respirare di una forza che Elena non poteva ignorare.

Elena sedette al tavolo, con la lettera tra le mani.

Il rumore del foglio che scricchiolava tra le sue dita la riportò al presente, ma il cuore era ancora lontano, tra le montagne, accanto a Pietro. Le sue parole vibravano di un'energia che sembrava sfidare la pesantezza dei giorni. Raccontava con passione della riuscita della missione, dei volti sorridenti dei suoi compagni di lotta quando erano tornati al rifugio, del calore che era tornato nelle loro vite. Un successo, diceva Pietro, anche se piccolo, che aveva donato loro la forza di continuare. Ogni giorno che passava, sembrava che la speranza fosse qualcosa di sempre più raro da trovare, ma quel raid, pur se per pochi momenti, aveva restituito ai partigiani un briciolo di quella speranza che avevano perso da troppo tempo.

Pietro raccontava anche di Sofia, la giovane donna che Elena aveva già incontrato nelle lettere precedenti. Lei era diventata parte del gruppo di partigiani che avevano operato nell'ombra e, nonostante la sua giovane età, la sua forza era impressionante. Non c'era nulla di fragile in Sofia, scriveva Pietro. Era una guerriera, una di quelle che si batterebbe senza pensare al rischio, perché credeva in ciò che faceva. La sua presenza aveva dato nuova energia al gruppo, e la sua determinazione aveva suscitato in Pietro una sorta di ammirazione che Elena non poté fare a meno di notare. Nonostante la distanza, Elena sentiva di condividere con Pietro ogni emozione, ogni parola che lui le rivolgeva, come se fosse possibile attraversare anche le montagne che li separavano.

Le sue mani tremavano mentre leggevano la lettera, ma non per paura. Era la consapevolezza che quello che Pietro stava facendo non sarebbe mai stato facile, ma che in qualche modo avevano trovato un piccolo barlume di speranza in un mondo devastato. La guerra sembrava non finire mai, ma ogni atto di resistenza, ogni piccolo successo, sembrava essere una vittoria personale contro ciò che la guerra cercava di distruggere. Pietro scriveva di quella vittoria come se fosse stata sua, come se avesse dimostrato che anche nei momenti più bui, un'azione giusta poteva fare la differenza. I suoi compagni di lotta lo guardavano come una guida, ma Elena sapeva che anche lui, a volte, aveva bisogno di sentire che la lotta aveva ancora un significato.

Il tono della lettera cambiò verso la fine, diventando più intimo, come se Pietro volesse rassicurare Elena, anche se sapeva che nessuna rassicurazione avrebbe potuto davvero cancellare la paura che la minacciava ogni giorno. Le parole di Pietro la confortarono, ma non la misero mai al riparo dai suoi pensieri. Nonostante le sue risate nei momenti di gioia, Elena sapeva che la guerra aveva portato con sé una nuova realtà, una realtà fatta di silenzi pesanti e di giorni che sembravano senza fine. Ma nel racconto di Pietro, nel modo in cui parlava del suo gruppo e dei legami che si stavano formando, Elena si sentiva meno sola. Sapeva che anche lui, nelle sue montagne, stava vivendo la stessa solitudine, lo stesso timore.

Elena, nel frattempo, aveva dato vita alla sua piccola rivoluzione tra le mura della libreria. Ogni gesto, ogni parola, anche quelle scelte con cura, erano diventate parte del suo lavoro di resistenza. Non era più solo una libraia, ma una parte integrante di un movimento che stava cercando di cambiare il destino del paese. Ogni incontro con un membro della resistenza le dava la sensazione che, in qualche modo, stesse facendo la cosa giusta. Ogni volta che riceveva una lettera da Pietro, si sentiva più forte. Non era solo il suo amore a farle battere il cuore, ma anche la certezza che non sarebbe mai tornata indietro. La guerra li aveva trasformati, ma li aveva anche uniti, seppur a distanza.

Quando chiuse la lettera e la ripose con cura tra le pagine del suo diario, Elena si fermò un momento, riflettendo sul significato di quelle parole. Pietro scriveva di vittorie, di successi che avevano dato nuova vita alla sua banda di partigiani, ma la sensazione che rimase dentro di lei non era solo quella di un piccolo trionfo. Era la consapevolezza che, anche in mezzo alla guerra, le piccole vittorie avevano il potere di illuminare le tenebre. Ogni giorno che passava, ogni azione, per quanto insignificante potesse sembrare, dava forma a una lotta che doveva continuare. E anche se il futuro sembrava incerto, almeno sapeva che Pietro e i suoi compagni avevano trovato un modo per resistere.

Nel silenzio della libreria, Elena sentì che qualcosa dentro di sé era cambiato. Le piccole vittorie, quelle che Pietro descriveva con tanta passione, erano la chiave per restare in piedi. E lei, con ogni parola che scriveva e ogni messaggio che trasmetteva, stava lottando per un futuro che, un giorno, avrebbe potuto essere diverso.

Pietro, nelle sue lettere, continuava a trasmettere una sorta di speranza. Le sue parole avevano un potere quasi magico, capace di strappare Elena dalla monotonia della guerra e farle credere che ci fosse ancora una possibilità per la vita di tornare a fiorire. Il successo del raid aveva rinnovato in lui una scintilla di fiducia che, come un fuoco, ardeva con forza. Nonostante la violenza e il caos che li circondavano, c'era sempre, in quelle sue parole, una luce che non poteva essere spenta facilmente. Raccontava con entusiasmo degli altri compagni, dei legami che si stavano costruendo nella lotta, e di come, anche nelle difficoltà più gravi, si fosse trovato a ridere insieme a Sofia e agli altri partigiani.

Sofia, nella sua lettera, non veniva mai descritta come una persona fragile. Al contrario, Pietro non faceva altro che elogiare la sua forza, la sua capacità di mantenere alta la moralità del gruppo, di non lasciarsi sopraffare dalle difficoltà. Elena, purtroppo, non riusciva a non provare un brivido di invidia per quella ragazza che, a differenza sua, si trovava ogni giorno fianco a fianco con Pietro. Si chiedeva spesso se Sofia provasse lo stesso tipo di attrazione che lei sentiva per lui. Sebbene Elena fosse consapevole che i tempi non fossero adatti a inseguire i propri desideri, non poteva fare a meno di immaginare le conversazioni private tra Pietro e Sofia. Nonostante tutto, continuava a leggere le lettere di Pietro con la stessa passione di sempre, cercando in esse anche una speranza che, in fondo, sapeva di non poter perdere.

Ogni giorno trascorso nel negozio sembrava riempirsi di nuove sfide. Ogni piccolo gesto, come la semplice vendita di un libro o l'accoglienza di un cliente, sembrava portare con sé un peso più grande. Gli occhi della gente erano più sospettosi, le strade più silenziose. Non si parlava più tanto dei successi dei partigiani, ma piuttosto dei tradimenti, delle voci che parlavano di infiltrati. Elena, senza volerlo, aveva iniziato a guardare ogni volto con maggiore attenzione. Ogni persona che entrava nel negozio sembrava avere qualcosa da nascondere. Eppure, nonostante quella crescente paura, sentiva di non potersi fermare. Il suo dovere era più grande di ogni timore. Il libro che le scivolava tra le mani ogni giorno sembrava essere l'unico segno che la vita, da qualche parte, continuava a essere normale. Ogni volta che rispondeva a una lettera, sentiva di aver fatto la cosa giusta.

Nonostante le difficoltà, Elena aveva trovato il coraggio di affrontare il pericolo. Ogni piccola missione, ogni messaggio che riusciva a trasmettere, la rendeva più consapevole della forza che stava crescendo dentro di sé. La paura di essere scoperta non era mai lontana, ma la consapevolezza che stava facendo la differenza per qualcuno, che le sue azioni stavano supportando un progetto più grande, era ciò che le dava la spinta per andare avanti. Quella sera, quando l'ennesima lettera di Pietro arrivò, Elena non esitò un attimo a rispondere, come se la scrittura fosse l'unico modo per colmare la distanza che li separava.

Pietro descriveva con vividezza i volti dei suoi compagni, la fatica dei giorni passati sui monti, ma anche la speranza che, nonostante tutto, non moriva mai. Parlava di un futuro che, anche se lontano, poteva essere diverso. Descriveva le loro azioni come un segno di resistenza, non solo contro l'occupante tedesco, ma contro l'indifferenza di un mondo che, troppo spesso, dimenticava i suoi figli più deboli. Elena sentiva che quelle parole non erano solo il racconto di una missione, ma un richiamo alla sua stessa lotta. La guerra stava cambiando tutto, ma lei sapeva che non avrebbe mai smesso di sperare.

Ogni volta che Pietro le parlava della sua banda di partigiani, Elena immaginava quei volti, quei giovani, quei combattenti che, nel silenzio delle montagne, lottavano non solo per il loro paese, ma per un mondo migliore. Lei, pur rimanendo nella sua libreria, sentiva di fare parte di quel movimento. Le lettere erano il filo che la legava a Pietro e ai suoi compagni, e ogni parola che riceveva o che scriveva sembrava una piccola vittoria contro la marea crescente del male che sembrava travolgere tutto. Le parole di Pietro diventavano per lei un balsamo, un modo per sentirsi viva in un mondo che stava per essere annientato.

Nel rispondere alla lettera, Elena si sentì per un attimo più forte, come se la sua scrittura fosse diventata la sua arma. In un mondo di ombre e pericoli, le parole avevano preso una nuova forza. Ogni frase che scriveva era un atto di resistenza, un modo per far sentire a Pietro che, anche se lontana, lei stava combattendo al suo fianco.

Le piccole vittorie che Pietro descriveva nella sua lettera erano il segno che, nonostante le difficoltà, la speranza non era del tutto persa. E anche se Elena non poteva essere fisicamente al suo fianco, sapeva che le sue parole, come quelle di Pietro, avevano il potere di cambiare il corso degli eventi. La guerra aveva portato via molte cose, ma non poteva mai portarle via l'amore e la resistenza che erano nati tra di loro.

Pietro aveva smesso di scrivere solo di missioni e azioni tattiche. Le sue lettere, che prima erano piene di dettagli sulle sue giornate difficili sui monti o nelle campagne, si erano fatte più intime, più personali. Ogni parola che scriveva sembrava carica di emozione, ogni frase un riflesso del suo stato d'animo, della stanchezza che ormai lo consumava. Elena lo sentiva, nelle sue lettere, come un uomo diverso, un uomo che aveva visto troppo, un uomo che portava con sé il peso di una guerra che non sembrava finire mai. Eppure, nonostante tutto, c'era sempre qualcosa di rassicurante nelle sue parole. Una costante speranza che, seppur tremolante, non si estinguerebbe mai.

Le lettere erano diventate la loro unica comunicazione, il solo modo per mantenere vivo il legame che li univa. Senza di esse, Elena sapeva che avrebbe perso ogni punto di riferimento, ogni certezza che le permetteva di non sentirsi completamente persa in un mondo che cambiava così rapidamente. La guerra li aveva separati fisicamente, ma le lettere sembravano stringerli l'uno all'altra più di quanto potessero fare mille baci o abbracci. Le sue risposte erano più frequenti, piene di incoraggiamento, di parole che sperava potessero lenire il dolore che Pietro descriveva tra le righe. Elena non riusciva a fare molto di più, se non offrire la sua forza tramite le parole. A volte, quando sentiva il peso della solitudine diventare insopportabile, prendeva una penna e scriveva, scriveva come se potesse trovare in quelle parole una via di fuga, una salvezza.

Le sue lettere non erano solo risposte a Pietro. Erano anche un modo per cercare se stessa, per dare un senso alla propria vita in mezzo al caos. Scriveva del negozio, dei clienti che entravano e uscivano senza sapere che dietro quei volti si celavano sentimenti profondi di paura e speranza. Parlava di Venezia, della città che amava ma che stava lentamente cambiando sotto l'occupazione tedesca. A volte, le sue parole riflettevano il dolore che provava per ogni angolo della città che stava perdendo la sua bellezza, per ogni vicolo che sembrava intriso di silenzio e paura. Eppure, nonostante tutto, c'era sempre una nota di speranza nelle sue lettere. Continuava a scrivere, a descrivere ciò che vedeva come se, in qualche modo, ciò che accadeva intorno a lei fosse solo un capitolo oscuro da superare, un passaggio obbligato verso una nuova vita.

Il peso della guerra si faceva sentire in ogni lettera che Pietro le mandava. Ma non era solo il dolore a emergere dalle sue parole. C'era anche la forza che riusciva a trasmettere. Descriveva la lotta con un linguaggio semplice ma potente, come se ogni azione, ogni piccolo gesto, fosse un atto di resistenza non solo contro i nemici esterni, ma contro la stessa guerra che cercava di distruggere la sua anima. Quello che scriveva non era mai solo un racconto, ma una condivisione di esperienze, di emozioni, di paure e speranze. Le sue lettere erano una finestra sul suo mondo, una porta aperta che gli permetteva di mostrare ad Elena quanto fosse cambiato. Non era più il giovane che l'aveva lasciata per andare al fronte. Ora era un uomo segnato dalla sofferenza, ma ancora capace di sognare, di amare, di lottare.

Elena sentiva il suo spirito nella lettura di quelle parole. Sentiva che la loro connessione non si era affievolita, ma anzi si era intensificata. I silenzi che accompagnavano la guerra sembravano accrescersi con ogni lettera, ma c'era una forza in quelle comunicazioni, una volontà di andare avanti, di restare insieme anche se fisicamente separati. Ogni lettera che arrivava la rendeva più forte, più sicura che, nonostante tutto, sarebbe riuscita a superare quel periodo oscuro. La vita non si fermava solo per la guerra. E le lettere diventavano la sua ancora di salvezza.

I giorni passavano lentamente, ma le lettere, come le onde che bagnavano la riva, portavano con sé una piccola parte di speranza. Pietro non scriveva solo per descrivere la sua realtà. Scriveva per lei, per Elena, come se sapesse che lei, in quel momento di incertezza e paura, aveva bisogno di sentirsi amata e apprezzata. Ogni lettera era una carezza a distanza, una conferma che, nonostante tutto, il loro amore era vivo. Elena non poteva fare a meno di sorridere quando leggeva le sue parole, anche se la realtà intorno a lei sembrava un incubo senza fine. La guerra aveva creato una barriera tra di loro, ma le parole continuavano a tessere una rete invisibile che li univa.

Le sue risposte, pur non riuscendo a eliminare le preoccupazioni, erano sempre piene di affetto. Raccontava delle piccole cose, delle novità della libreria, di come il negozio fosse diventato sempre più un rifugio per chi cercava qualcosa di normale in un mondo che stava cambiando irrimediabilmente. Le parole di Pietro la rendevano più forte, ma anche le sue risposte avevano il potere di dar forza a lui. C'era qualcosa di speciale nel loro scambio, una connessione che sembrava crescere ogni giorno, come un filo di seta che si intreccia e si rinforza.

Quando la lettera di Pietro arrivò un giorno, sembrava che ogni parola fosse stata scritta con una determinazione che Elena non poteva ignorare. Le sue emozioni erano intense, come se ogni frase fosse una confessione, un racconto del suo dolore e della sua speranza. Non c'era più spazio per i formalismi. La guerra li aveva costretti a mettere a nudo i loro sentimenti, a parlare senza filtri, a cercare conforto l'uno nell'altra. Ogni lettera diventava quindi più di una semplice comunicazione: diventava un legame profondo, intimo, che non aveva bisogno di parole esplicite per essere compreso. Ogni frase che Pietro scriveva era un sospiro di sollievo per Elena, una rassicurazione che, nonostante tutto, non sarebbero mai stati soli.

Quando scrisse la sua risposta, Elena sentì che le parole erano diventate la sua unica arma. Nella guerra, dove ogni giorno era una lotta per la sopravvivenza, le parole sembravano essere diventate il suo unico rifugio. E, attraverso le sue lettere, sentiva che il legame con Pietro si stava rafforzando. Nonostante le difficoltà, la guerra sembrava averli uniti in un modo che nessun altro potere avrebbe mai potuto separare.

Il tempo trascorreva, ma le lettere tra Elena e Pietro non cessavano mai. Ciascuna di esse sembrava portare un piccolo raggio di luce nella loro vita buia, come una stella che brillava in una notte senza luna. Ogni parola che scrivevano si arricchiva di significato, un significato che andava oltre le descrizioni degli eventi quotidiani o delle missioni militari. La loro comunicazione aveva assunto una nuova dimensione, diventando una forma di sostegno reciproco, una salvezza che li teneva a galla in un mare di dolore e paura. Non era più solo una questione di resistenza fisica, ma anche emotiva.

Le lettere, come brevi sprazzi di speranza, divennero il loro modo per affrontare la tragedia quotidiana della guerra.

Elena non sapeva più come definire quel tipo di relazione. Non era una semplice storia d'amore, non nel senso convenzionale del termine. Era una connessione profonda, che trascendeva il tempo e la distanza. Le lettere di Pietro non erano solo racconti delle sue giornate difficili in montagna, ma pezzi di sé che gli permettevano di restare umano, nonostante tutto. Le sue parole non erano mai forzate; in qualche modo, riusciva sempre a trasmettere un senso di speranza, come se, nonostante la brutalità della guerra, ci fosse sempre qualcosa da salvare, qualcosa per cui valesse la pena combattere.

Un giorno, dopo aver letto una lettera che Pietro le aveva inviato, Elena si trovò a riflettere su quanto fosse diventato forte il loro legame. La guerra li aveva trasformati, aveva scolpito il loro amore come un diamante grezzo, rendendolo più prezioso e resistente. Nonostante la separazione, nonostante la distanza che li divideva, nonostante i pericoli che incombevano su di loro, c'era una certezza che non li abbandonava mai: che il loro amore avrebbe resistito.

La libreria, che un tempo era solo un rifugio per le parole, ora era anche il luogo in cui Elena sentiva che la sua resistenza personale veniva alimentata dalle lettere che riceveva. Ogni volta che entrava nel negozio, tra le pile di libri e il profumo della carta, si sentiva più forte. La sua vita era divisa in due mondi: il pubblico, fatto di clienti e di sguardi di circostanza, e quello privato, fatto di parole scritte su carta, di lettere che parlavano più dei suoi sentimenti di quanto potessero fare le sue parole stesse.

Le risposte che Elena dava a Pietro erano sempre più cariche di emozione. Scriveva più lentamente, riflettendo su ogni parola, su come quella lettera avrebbe potuto arrivare a lui in montagna, attraverso le mani dei corrieri, tra mille rischi e insidie. Ogni lettera, scritta in modo che Pietro potesse sentire ogni sfumatura del suo stato d'animo, era un dono per lui. Elena, con la sua scrittura, cercava di dargli la forza di andare avanti, anche nei momenti più difficili. La guerra l'aveva costretta a cambiare, a diventare più audace, più forte, ma, soprattutto, le aveva insegnato a non dare mai nulla per scontato. Ogni parola che scriveva sembrava una preghiera per la sicurezza di Pietro, una speranza che lui potesse tornare a casa sano e salvo, per poter finalmente realizzare quel sogno di pace che sembrava sempre più lontano.

Nel frattempo, la guerra continuava a fare il suo corso, lasciando il segno su tutto ciò che toccava. Venezia, che un tempo era la città dell'amore, della bellezza e della storia, ora sembrava un'ombra di se stessa. Le strade, un tempo affollate di turisti, erano vuote, i canali che serpeggiavano tra le calli sembravano riflettere solo l'angoscia che regnava ovunque. I negozi chiudevano uno dopo l'altro, eppure la libreria di Elena rimaneva un faro di resistenza. Non solo fisica, ma anche culturale. Ogni libro che entrava nel negozio, ogni parola che usciva dalle sue mani, era un atto di ribellione silenziosa, una sfida contro l'occupazione tedesca che cercava di soffocare ogni forma di libertà.

Eppure, in mezzo a tutto questo caos, la scrittura sembrava dare a Elena una via di fuga, una via per rimanere connessa a Pietro. Le sue lettere erano il suo modo di restare umana, di non perdere se stessa mentre il mondo intorno a lei crollava. Sapeva che le parole erano le uniche cose che non potevano rubarle, e le usava per alimentare la speranza che, nonostante la guerra, l'amore tra lei e Pietro sarebbe sopravvissuto.

Un giorno, mentre rileggeva una lettera di Pietro, Elena si accorse di quanto stesse cambiando. Le sue emozioni, le sue paure, il suo amore per lui, ora si riflettevano nei suoi scritti con una sincerità che non aveva mai conosciuto prima. La guerra l'aveva costretta ad aprirsi, ad abbandonare ogni forma di remora, e ora, con ogni lettera che scriveva, si sentiva come se stesse costruendo una sorta di monumento invisibile alla loro resistenza.

Le lettere di Pietro erano diventate la sua unica

sicurezza. Ogni parola scritta da lui aveva il potere di scacciare la paura che la assaliva. Sapeva che non poteva fermare la guerra, che non poteva fermare l'orrore che imperversava, ma almeno, nelle sue lettere, c'era una verità che non poteva essere distrutta: il loro amore. E questo bastava per farle affrontare ogni nuovo giorno con speranza. Le lettere erano diventate una parte fondamentale della sua vita, un legame che le dava la forza di continuare, di lottare, di non arrendersi.

E così, con il passare del tempo, Elena scriveva, scriveva sempre di più. Le sue parole non erano più solo un riflesso della sua realtà, ma un atto di sopravvivenza, un modo per rimanere connessa a ciò che amava di più in un mondo che stava perdendo ogni traccia di normalità. Le lettere diventavano sempre più intime, più personali, più cariche di significato, come se ogni frase fosse un atto di speranza, un gesto di ribellione contro la morte che sembrava incombere su di loro.

Elena aveva passato settimane a scrivere, a immergersi nelle parole che fluivano come un fiume in piena, cercando di rendere viva la storia che sentiva pulsare dentro di sé. La guerra, con la sua ombra oscura, non aveva fatto altro che rafforzare la sua determinazione a scrivere una storia che fosse un atto di resistenza, un omaggio al passato, e un sogno per il futuro. Pietro le aveva sempre detto che la sua scrittura aveva il potere di fermare il tempo, di rendere eterno ciò che era destinato a svanire. E ora, mentre riscriveva la loro storia in un modo che solo lei sapeva fare, sentiva di volerlo rendere partecipe del suo sogno. Non poteva più aspettare. Doveva scrivergli, raccontargli cosa stava creando, perché in quella storia c'era tutto quello che aveva vissuto con lui e tutto quello che sperava di vivere ancora, un giorno, lontano dalla guerra.

Aveva messo insieme un lungo racconto, un racconto che intrecciava i loro ricordi più belli, quelli che li avevano uniti nei giorni spensierati prima della guerra, ma anche le emozioni che li avevano attraversati in questi mesi di separazione. Aveva preso quei momenti, quei frammenti di felicità, e li aveva resi vivi nella sua scrittura. Ma non si era limitata a raccontare il passato; aveva anche inventato, creato un mondo parallelo, un mondo dove la guerra non esisteva, dove lei e Pietro avevano una vita normale, un futuro che sembrava un sogno irraggiungibile. Aveva creato un personaggio che la rappresentava, una donna forte, determinata, che lottava per ciò che amava. E in questo personaggio, Elena vedeva se stessa, ma anche Pietro, perché ogni battaglia che la protagonista affrontava non era solo la sua, ma quella di entrambi.

Le parole erano diventate il suo rifugio, ma ora

sentiva che doveva farle arrivare a Pietro. Non si trattava più di scrivere semplicemente per sé stessa. Era diventata una necessità, un bisogno impellente condividere con lui quello che stava creando, anche se sapeva che la distanza, il rischio, l'impossibilità di vedersi ogni giorno, avrebbero reso questo scambio complicato. Ma Elena non poteva fare a meno di pensare che, in qualche modo, quelle parole avrebbero raggiunto Pietro. L'avrebbero fatto sentire vicino a lei, come se potessero, per un momento, azzerare la distanza che li separava.

La lettera che scrisse quella sera era lunga, accurata, carica di dettagli. Elena non si limitò a descrivere il romanzo; cercò di farlo entrare nel cuore di Pietro, di fargli comprendere ogni parte del suo sogno. Lo scrisse come se lo stesse raccontando di persona, come se potesse vedere i suoi occhi brillare di curiosità mentre leggesse. Descrisse il personaggio principale, una giovane donna che, come lei, aveva lottato contro le ingiustizie della guerra, ma che non aveva mai perso la speranza di un mondo migliore. Raccontò di come aveva voluto mescolare la realtà con la finzione, di come avesse preso i luoghi in cui avevano vissuto insieme, quei posti che ora erano cambiati sotto l'occupazione, e li aveva trasfigurati in un mondo dove la pace regnava. Il romanzo non parlava solo della guerra, ma anche di quei sogni che li avevano uniti, dei progetti che avevano avuto, delle risate che avevano condiviso. Era come se, attraverso quella scrittura, potesse ancora toccare la sua mano, abbracciarlo, sentire il suo calore.

Scrisse anche di come la guerra avesse cambiato la sua percezione del mondo e di se stessa. Non era più la ragazza che aveva lasciato Venezia con la testa piena di sogni romantici. La guerra l'aveva trasformata, le aveva insegnato a combattere non solo per sopravvivere, ma per mantenere vivo ciò che amava. Le sue parole erano più forti, più dirette, ma anche più delicate, come se ogni frase fosse un atto di ribellione contro l'oppressione della guerra. Eppure, nel mezzo di tutto questo, la scrittura le dava un senso di pace, come se fosse una via di fuga da un mondo che non faceva altro che distruggere.

Le lettere che Pietro le aveva inviato avevano avuto un impatto profondo su di lei, e ora, scrivendo questa lunga lettera, Elena cercava di restituire a lui un po' di quella forza che lui le aveva dato. Ogni parola, ogni frase, era un atto di coraggio, una testimonianza della loro lotta comune. Quella lettera non parlava solo del romanzo che stava scrivendo, ma anche di un sogno condiviso, di un futuro che, nonostante tutto, sembrava possibile. Le parole erano diventate il loro ponte, il loro modo di restare uniti anche quando tutto sembrava crollare.

Elena si fermò a riflettere per un momento, guardando la lettera che aveva appena scritto. Sapeva che era più di un semplice racconto. Era una promessa. Una promessa che, nonostante la guerra, nonostante le difficoltà, il loro amore non si sarebbe mai spezzato. Aveva creato un mondo che non esisteva, ma che, in qualche modo, li univa ancora. Un mondo dove la guerra non aveva vinto, dove loro erano liberi di amare, di sognare, di vivere.

Poi mise la lettera nella busta, sigillandola con cura. Non sapeva quando Pietro l'avrebbe ricevuta, né quante difficoltà ci sarebbero state nel farle arrivare, ma sapeva una cosa: che quelle parole avrebbero trovato un modo per arrivare a lui. E quando le avesse lette, quando avrebbe sentito il suo cuore battere forte nel leggere di quel mondo che avevano costruito insieme, avrebbe saputo che, nonostante tutto, c'era sempre una speranza. Una speranza che sarebbe stata alimentata dalle loro lettere, dai loro sogni condivisi, dai loro ricordi. Una speranza che non si sarebbe mai spenta, perché il loro amore era più forte della guerra.

Con un ultimo sguardo alla busta, Elena sentì che, in quel momento, aveva fatto qualcosa di più che scrivere una lettera. Aveva creato un legame che sarebbe sopravvissuto, che avrebbe sfidato ogni difficoltà, ogni ostacolo. Era come se, con quella lettera, avesse dato un pezzo del suo cuore a Pietro, un cuore che batteva forte, anche lontano, anche nella distanza, anche nel buio della guerra.

Elena non riusciva a togliersi dalla mente l'immagine di Pietro mentre leggeva quella lettera. Voleva che sentisse il suo amore attraverso le parole, che capisse quanto forte fosse il suo desiderio di condividere con lui non solo la sua scrittura, ma anche i sogni che avevano coltivato insieme. Le sue mani tremavano mentre sistemava la busta, come se, nel sigillarla, stesse sigillando un pezzo del proprio cuore. Si rendeva conto che, in quei giorni di guerra, non c'era nulla che potesse farla sentire più vicina a lui se non attraverso quelle lettere.

Eppure, nonostante la speranza che queste parole rappresentavano, Elena non riusciva a scacciare la sensazione di paura che la opprimeva. Le cose stavano cambiando rapidamente, e la guerra non dava segni di fermarsi. Ogni giorno portava con sé nuove difficoltà, nuovi pericoli. Elena sentiva di non poter fare abbastanza, di essere intrappolata in un mondo che sembrava fuori controllo. Eppure, in mezzo a tutto questo caos, la scrittura continuava a essere la sua ancora di salvezza. Le parole che aveva messo su carta erano diventate il suo modo per tenere viva la speranza, un modo per affrontare la solitudine e il dolore che, troppo spesso, la invadivano.

Mentre sistemava la lettera nella tasca del cappotto, Elena pensava anche a come la sua vita fosse cambiata. La libreria, che un tempo era il suo rifugio sicuro, ora sembrava solo un altro luogo da cui doveva fuggire. La gente veniva meno, la paura cresceva. Le truppe tedesche erano più presenti, più invadenti. Ogni angolo della città sembrava essere sotto il loro controllo, e ogni passo che faceva fuori dalla libreria la faceva sentire vulnerabile. Ma dentro di sé, Elena trovava un rifugio segreto, un rifugio che esisteva solo tra le pagine del suo romanzo e tra le parole che scriveva a Pietro.

Nel frattempo, il pensiero di Pietro la tormentava. Si chiedeva come stesse, se fosse al sicuro, se avesse trovato la forza di andare avanti nonostante tutto. Si preoccupava per lui, per le missioni rischiose, per la vita che stava conducendo tra le montagne, lontano da casa, lontano da lei. Ma allo stesso tempo, non riusciva a immaginare un mondo in cui non ci fosse più lui. Lui era la sua forza, la sua speranza. Senza di lui, senza il loro legame, la guerra sembrava inghiottirla senza scampo. Ma, in qualche modo, attraverso le sue parole, Elena sentiva che il loro amore riusciva a superare qualsiasi distanza. Le lettere erano diventate il filo invisibile che li teneva uniti.

Mentre pensava a tutto questo, Elena si rese conto che, seppur lontano, Pietro fosse diventato una parte insostituibile della sua vita, come una voce che risuonava nel silenzio delle sue giornate, una presenza che non scompariva mai. E così, con un respiro profondo, prese la sua giacca e uscì di casa, pronta a portare quella lettera dove sapeva che, purtroppo, non sarebbe stato facile farla arrivare. Ma era determinata, come sempre.

Nel cammino verso la stazione, Elena rifletteva su come la guerra avesse cambiato non solo la sua vita, ma anche quella di tutta la città. Le strade erano più silenziose, i negozi chiusi, le persone più cupe. La paura era diventata una compagna di viaggio per tutti, e le ombre della guerra sembravano nascondersi in ogni angolo. Ma proprio mentre camminava, Elena si fermò un istante. In quel momento di silenzio, tra le vie deserte di Venezia, le venne in mente una frase che aveva letto in uno dei libri della libreria, una frase che Pietro le aveva fatto leggere una volta, che parlava della bellezza anche nei momenti più oscuri. "La bellezza," diceva la frase, "è nell'invisibile, nell'imperceptibile, nell'attimo che nessuno nota". Quelle parole le avevano dato conforto, e ora, nel pieno della guerra, le sembravano ancora più vere. La bellezza era nei piccoli gesti, nei ricordi che non sarebbero mai scomparsi, nella forza che poteva nascere anche dal dolore.

Elena raggiunse il punto dove doveva lasciare

la lettera. Un angolo appartato della stazione, nascosto alla vista dei soldati, dove avrebbe potuto lasciare il suo messaggio senza essere notata. Si fermò un attimo, guardando la busta che teneva in mano, poi la ripose delicatamente sotto una pietra, come se fosse una reliquia da custodire. Sperava che, nel tempo, quella lettera avrebbe trovato il suo destinatario, che Pietro l'avrebbe ricevuta, e che, nel leggerla, avrebbe sentito il calore del suo amore, anche a distanza.

Non appena si allontanò, Elena avvertì un piccolo, ma rassicurante senso di pace. Nonostante tutte le difficoltà, nonostante il mondo che sembrava crollare intorno a lei, c'era ancora qualcosa che resisteva. Il legame che condivideva con Pietro, le parole che scriveva, e quel sogno che non avrebbe mai smesso di alimentare. Non si trattava solo di un romanzo. Era una promessa, un impegno reciproco. La guerra poteva strappare via tutto, ma non il loro amore. E, mentre camminava verso casa, Elena sentiva di aver dato un passo importante verso la sua meta. Non solo verso Pietro, ma verso un futuro che, in qualche modo, doveva esserci, un futuro che sperava di costruire con lui.

Elena non riusciva a smettere di guardare la busta sulla sua scrivania, sperando che fosse quella giusta. Ma non arrivava mai. Le settimane erano passate, una dopo l'altra, e la lettera di Pietro non era mai arrivata. La sua mente correva, cercando di spiegarsi l'impossibile. Ogni giorno, con l'ansia crescente, si dirigeva verso la stazione, sperando di trovare una lettera, una parola che le dicesse che lui stava bene. Ma non c'era nulla. Il silenzio era diventato insostenibile, più pesante della guerra stessa. Il silenzio, che un tempo le sembrava naturale, si era fatto nemico. Non era solo l'assenza della sua voce a farla soffrire, ma la consapevolezza che la guerra era diventata un muro impenetrabile tra di loro. Ogni giorno, un mattone in più si aggiungeva a quella distanza, ed Elena non riusciva a fare nulla per fermarlo.

Il tempo sembrava fermarsi, ma lei non aveva scelta. Doveva continuare a vivere, anche se il cuore le si spezzava ogni volta che pensava a Pietro. La libreria era diventata il suo unico rifugio, l'unico luogo dove il mondo sembrava ancora contenere qualcosa di umano. I clienti, anche se sempre meno, continuavano a entrare, a sfogliare libri, a chiacchierare tra loro. Ma ogni volta che qualcuno le chiedeva della sua vita, Elena rispondeva con un sorriso vuoto, uno che non riusciva a nascondere la tristezza che la lacerava dentro. Cosa poteva dire? Che il suo cuore si stava sgretolando ogni giorno di più, che la guerra le rubava anche la speranza? Non c'erano parole per esprimere quello che sentiva.

Il giorno che la lettera di Pietro non arrivò per la terza settimana consecutiva, Elena decise che non poteva più aspettare. La sua mente era diventata un turbine di paure e preoccupazioni. Cosa significava quell'assenza? La guerra aveva sempre avuto il potere di cambiare tutto, ma lei non aveva mai immaginato che avrebbe cambiato anche lui, Pietro, che sembrava invincibile. Cosa stava accadendo? Si chiedeva ogni volta che guardava il mare, mentre le sue onde sembravano raccontarle storie di lontananza, di tempeste invisibili, di promesse mai mantenute. Pietro le aveva scritto di sopravvivere, di resistere, di lottare. Ma ora, senza le sue parole, come poteva sapere se lui stava ancora lottando? Se era ancora vivo? La domanda si faceva sempre più pesante, e il peso del silenzio la schiacciava sempre di più.

Ma Elena era una donna forte, e anche se il cuore le doleva, decise di non rimanere a guardare. Non avrebbe permesso che il silenzio la distruggesse. La sua mente si riempì di un impulso, uno che non poteva ignorare. Doveva finire il suo romanzo. Doveva farlo, anche se la sua anima sembrava svuotata dalla paura. La sua scrittura era sempre stata il suo rifugio, e ora, in mezzo al vuoto, doveva tornare ad affidarsi ad essa. La sua penna sarebbe diventata la sua arma. Avrebbe messo su carta tutte le sue paure, tutte le sue speranze, e ogni frammento del suo amore per Pietro. Doveva scrivere come se la sua vita dipendesse da quello, perché in un certo senso, lo era. Non sapeva più come reagire al silenzio che la circondava, ma sapeva che la scrittura avrebbe continuato a farle da guida. Era l'unica cosa che rimaneva.

Ogni giorno, dopo aver chiuso la libreria, si ritirava nella sua piccola stanza al piano superiore. La penna sembrava pesare più del solito, ma non si fermava mai. Doveva finire quel romanzo, doveva raccontare la storia di Elena e Pietro, della loro lotta per l'amore, per la libertà, per la speranza. Il cuore le batteva forte mentre scriveva, come se ogni parola fosse un grido di aiuto, un legame invisibile con Pietro. Le sue mani, tremanti, scivolavano sulla carta, e le sue emozioni si mescolavano ai ricordi: i baci furtivi, le risate, i momenti di tenerezza. Ma c'era anche il dolore, la solitudine, il desiderio di vederlo ancora una volta. Era strano come il suo romanzo stesse diventando un'eco della sua vita, dei suoi sentimenti, della sua paura. Come se ogni parola scritta fosse una lettera che non aveva avuto il coraggio di inviare a Pietro. Ogni capitolo del libro sembrava un riflesso di tutto ciò che non era riuscita a dire.

I giorni passavano, e la stanchezza cominciava a farsi sentire. Elena non sapeva più se stava scrivendo per se stessa o per Pietro, ma non si fermava. La sua mente era un vortice di pensieri, di dubbi, ma in qualche modo, la scrittura le dava la forza di andare avanti. In quelle pagine, c'erano tutti i suoi sentimenti, tutti i suoi sogni, tutto ciò che sperava di trovare ancora. Ma il silenzio continuava. Le giornate si susseguivano una dopo l'altra, e la speranza di ricevere una lettera svaniva con il passare del tempo.

Ogni volta che guardava fuori dalla finestra, Elena vedeva il mare che lambiva la riva, ma la sua mente era altrove. Non c'era niente che potesse distrarla dal pensiero di Pietro. Ogni onda sembrava portare via una parte di lei, una parte che non riusciva a recuperare. La guerra le aveva rubato così tanto, e ora, con l'assenza di Pietro, la solitudine era diventata un compagno costante. Ma Elena non si arrendeva. Aveva deciso che non avrebbe permesso che la guerra la sconfiggesse, che avrebbe trovato un modo per resistere. La sua penna continuava a scorrere, e con ogni parola scritta, sentiva che stava facendo qualcosa che nessuno, nemmeno la guerra, avrebbe potuto fermare.

Ogni sera, quando il tramonto colorava di arancione la laguna e la libreria si svuotava lentamente, Elena riprendeva il suo posto alla scrivania. Le lettere che non arrivavano le pesavano come macigni, ma non si dava per vinta. La penna, anche se tremante a volte, tracciava parole sul foglio, come se ogni frase potesse avvicinarla, in qualche modo, a Pietro. Il romanzo che stava scrivendo era diventato un rituale di sopravvivenza, un legame indissolubile con il passato che condivideva con lui. Le pagine erano il suo modo di rivivere la loro storia, di non permettere che il silenzio, quella sensazione che la consumava, la separasse da ciò che aveva amato.

Ma c'era una nuova consapevolezza che stava crescendo dentro di lei, una consapevolezza che la sua vita era cambiata irreparabilmente. Non era solo la guerra a cambiare le cose, ma il suo ruolo nel mondo che si stava ridefinendo. Non era più solo una donna che viveva in una città splendida, immersa nei libri e nelle piccole cose quotidiane. Ora era qualcosa di diverso. Ogni passo che faceva era segnato dalla paura, ma anche dalla determinazione. Quando pensava a Pietro, a come fosse lontano, alle sue lettere piene di speranza e di coraggio, si sentiva in dovere di fare qualcosa di più. Non poteva semplicemente sedersi ad aspettare che la guerra le portasse via tutto. Doveva lottare, come lui stava facendo. Doveva essere forte, come lui le aveva insegnato.

Ogni lettera che scriveva a Pietro ora era un atto di resistenza, una dichiarazione di guerra contro quel silenzio che stava cercando di soffocarla. Non si limitava a scrivere del suo dolore e della sua solitudine, ma le sue parole erano piene di vita, di speranza, di desiderio di combattere. Le sue lettere erano diventate il suo modo di resistere, di non cedere alla paura. Ma il silenzio continuava a regnare, e quella mancanza, quel vuoto che si allargava ogni giorno, sembrava farle perdere la speranza.

Poi, una mattina, quando Elena si svegliò e andò a ritirare la posta, trovò una busta che non aveva mai visto prima. Non era grande come quelle che riceveva di solito, ma c'era qualcosa di diverso in quella lettera. Il cuore le batté forte mentre apriva la busta, le dita tremanti per l'eccitazione e la paura. All'interno, c'era un foglio piegato, e quando lo aprì, riconobbe subito la scrittura di Pietro.

"Cara Elena, mi scuso per il lungo silenzio. Le cose sono diventate difficili e le comunicazioni sono sempre più rischiose. Ma volevo dirti che sto bene. La nostra lotta continua, e ogni giorno ci sono piccoli segni di speranza. Ma il prezzo che dobbiamo pagare è alto, molto alto. Ti scrivo perché so quanto mi stai aspettando, quanto ti manca il mio affetto. E ti prometto che, prima o poi, tornerò da te. Finché ci sarà speranza, io lotterò. E tu devi fare lo stesso. Non smettere di scrivere. Non smettere di sperare. La nostra guerra non è finita."

Le parole di Pietro la colpirono come una fucilata. Finalmente, un segno che lui era vivo. Ma c'era anche una tristezza in quelle parole, una consapevolezza che la guerra aveva cambiato anche lui, che il suo ritorno era incerto. Le sue promesse erano intrise di un dolore che Elena sentiva fino in fondo all'anima. Ogni lettera, ogni parola scritta, sembrava essere un addio mascherato. Ma non poteva arrendersi. Non ancora.

Il silenzio che l'aveva avvolta per settimane si spezzò in un battito di cuore. La guerra, con tutta la sua brutalità, aveva trovato un modo per farli comunicare ancora, e in quel piccolo pezzo di carta, c'era una promessa che valeva più di mille parole. Ma Elena non sapeva cosa fare con quella promessa. Doveva continuare a scrivere, continuare a sperare, anche se le sembrava che tutto fosse destinato a crollare intorno a lei. Doveva tenere duro, non solo per Pietro, ma anche per se stessa. Non poteva permettere che la guerra le portasse via anche l'ultima cosa che le restava: la speranza.

La sua vita continuò, fatta di libri, di incontri furtivi, di attese che sembravano interminabili. Ogni giorno portava con sé nuove sfide, nuovi timori. Ma in qualche modo, Elena continuò a resistere. Scriveva ogni volta che sentiva il peso del silenzio, ogni volta che il dolore sembrava prendere il sopravvento. La sua penna era il suo rifugio, il suo scudo contro il mondo che sembrava crollare.

Eppure, nonostante tutto, Elena sapeva che la guerra aveva cambiato anche lei. Non era più la stessa donna che viveva a Venezia, che amava i libri e sognava una vita tranquilla. Ora, era una resistenza. Ogni parola che scriveva, ogni passo che faceva, ogni volta che metteva piede fuori dalla libreria, era una dichiarazione di guerra contro ciò che la voleva abbattere. La sua vita, la sua anima, erano diventate un campo di battaglia. Ma non avrebbe mai ceduto. Non lo avrebbe mai fatto. Non finché ci sarebbe stata speranza.

La pioggia batteva contro le finestre della libreria, creando un suono costante che sembrava non finire mai. Elena stava sistemando alcuni libri, i suoi movimenti meccanici, come se il tempo fosse dilatato in un'infinità di attese. Ogni giorno, lo stesso gesto, lo stesso respiro, la stessa frustrazione. La vita in città stava diventando sempre più insostenibile. La guerra era ovunque: nei volti delle persone che passavano per la strada, nei rumori che penetravano dalle finestre socchiuse, nei silenzi che risuonavano nelle lunghe giornate. Ogni tanto, si fermava per un attimo, come se aspettasse qualcosa, qualcuno. Ma la speranza stava lentamente svanendo. Non riusciva più a percepire la presenza di Pietro nelle sue lettere, nelle sue parole. Il silenzio che aveva accompagnato gli ultimi mesi sembrava insostenibile, come una promessa spezzata.

Il suo cuore, però, non aveva smesso di sperare. Ogni tanto, quando si sentiva sopraffatta dal peso delle attese e delle preoccupazioni, Elena trovava conforto nella sua scrittura. Ma quella mattina, quando il postino suonò alla porta, tutto sembrò fermarsi. Elena si alzò dal suo angolo, il cuore che batteva più forte del solito. Aveva sentito il rumore dei passi fuori dalla porta, ma era una sensazione che non riusciva a decifrare. Non sapeva nemmeno perché, ma quando aprì la porta, vide il postino che le porgeva una lettera. La busta era diversa dalle altre. Non aveva il solito timbro, ma uno più piccolo e meno visibile. Quando la prese tra le mani, il mondo sembrò fermarsi. Non riusciva a capire se quella lettera fosse davvero per lei o se fosse solo una delle tante illusioni che la guerra stava creando. Ma il suo cuore, ancora una volta, le disse che doveva essere qualcosa di importante.

Il suo respiro si fece affannoso mentre apriva con delicatezza la busta. Le mani tremavano, ma non si fermò. Quando sfilò il foglio piegato, i suoi occhi lo scrutarono con urgenza. Era scritto a mano, ma non c'era niente di riconoscibile, nessuna firma, nessun nome. Era una lettera codificata, qualcosa che Pietro le avrebbe scritto. Non riusciva a credere che fosse finalmente arrivata. Ogni parola sembrava essere il frutto di una lunga attesa, di una ricerca spasmodica, eppure in quel momento ogni lettera, ogni cifra, ogni simbolo sembrava avere un significato diverso.

Si fermò a leggere la prima frase, i suoi occhi che si muovevano velocemente sulle parole. "Il vento della montagna non è mai stato così forte." Era una frase che conosceva bene. L'aveva sentita pronunciare da Pietro durante una delle loro conversazioni, quando le aveva raccontato della sua vita tra i partigiani. Ogni volta che parlava di quella vita, di quel vento che soffiava tra le montagne, il suo volto si illuminava di un'energia che Elena non riusciva a spiegare. Quel vento, simbolo di libertà e speranza, era diventato il segno distintivo della loro relazione, come un segreto che avevano condiviso in silenzio.

Poi, la seconda parte della lettera: "Il cielo sopra di noi è cambiato, ma il cammino è ancora lungo." Elena trattenne il respiro. C'era una parte di quella frase che le faceva pensare a Pietro. Il cielo sopra di loro era davvero cambiato. Non c'era più la serenità che c'era prima, la guerra aveva portato via ogni certezza, ma le parole di Pietro sembravano promettere che ci sarebbe stata una fine, una speranza che li avrebbe ricongiunti. Il cammino era lungo, ma non impossibile. Ogni parola sembrava accarezzarle il cuore, pur nell'angoscia della situazione che descriveva.

Poi, la terza parte, che Elena lesse con un velo di paura. "Sono vivo, ma nascosto. La missione è stata rischiosa, ma il pericolo non è finito. Non smettere di credere." Le mani di Elena si fermarono sul foglio. Pietro era vivo. Non si era mai arreso, anche se la situazione era diventata più pericolosa. La missione di cui parlava doveva essere quella a cui avevano fatto riferimento le ultime lettere, quella in cui la sua vita era stata messa in pericolo. La paura che aveva sentito per mesi si era finalmente dissolta, ma c'era un nuovo timore che la assaliva. Pietro era vivo, ma il pericolo era ancora presente. Ogni giorno che passava, il rischio cresceva.

Elena chiuse gli occhi, lasciando che le parole si imprimessero nel suo cuore. Nonostante la paura, nonostante tutto, Pietro le stava inviando un messaggio di speranza. Nonostante le difficoltà, nonostante la guerra che li separava, c'era ancora un legame che resisteva, un filo invisibile che li univa. La guerra li aveva separati, ma la sua forza, la sua determinazione, erano rimaste intatte. La lettera che aveva ricevuto non era solo una comunicazione. Era una promessa che Pietro le stava facendo: che la speranza non era finita. Lui era vivo, e avrebbe continuato a lottare, ma non voleva che lei smettesse di credere. Non doveva mai farlo.

Elena strinse la lettera al petto, come se fosse l'unico ricordo che le restava di Pietro, come se quella lettera potesse proteggerla dal dolore e dalla solitudine. Non poteva fare a meno di pensare a quanto la guerra avesse cambiato tutto. Ma, in qualche modo, quel piccolo pezzo di carta, quella piccola speranza, sembrava poter combattere la paura che le si era radicata dentro. Le parole di Pietro erano diventate un faro di luce, un segno che la lotta non era finita, che la guerra non avrebbe vinto. Elena doveva crederci. Doveva restare forte, come lui. Doveva continuare a scrivere, a sperare, a vivere.

La guerra aveva preso molto da loro, ma non avrebbe mai potuto distruggere ciò che c'era tra loro. Non più. La speranza, anche nel silenzio, non era mai morta. E ora, finalmente, Elena poteva sentirla di nuovo, scorrere nelle sue vene, come un fuoco che non si spegne mai.

Elena si sedette al tavolo, la lettera tra le mani, le dita che tremavano appena. La pioggia continuava a cadere, ma ora non la sentiva più. Il rumore delle gocce che battevano contro la finestra sembrava distante, ovattato, come se provenisse da un altro mondo, da un'altra vita. La guerra sembrava essere ovunque, ma in quel momento, con la lettera di Pietro stretta tra le mani, sentiva che qualcosa stava cambiando. La paura che l'aveva tormentata per mesi stava cominciando a svanire. Non sapeva se fosse solo una sensazione fugace, ma sentiva che la speranza era tornata. Pietro era vivo. La missione non era stata vana. La resistenza stava ancora lottando.

Eppure, non poteva dimenticare le parole che aveva letto. Pietro era nascosto. Il pericolo non era finito. Il cammino era ancora lungo.

Non sapeva dove fosse, né se avrebbe potuto rivederlo presto. Ma c'era una certezza che l'aveva pervasa, una certezza che l'aveva scossa fino nelle profondità dell'anima: Pietro lottava. Lottava per la libertà, lottava per un futuro che, sebbene incerto, era comunque possibile. Ogni giorno che passava, ogni missione che affrontava, era un passo più vicino alla fine di tutto questo.

Elena guardò la lettera per un momento ancora, come se sperasse che nuove parole apparissero magicamente. Ma non c'era altro. Solo silenzio, solo il suo cuore che batteva forte, l'unico suono che riusciva a sentire in quel momento. Non c'era nulla di più che potesse fare se non credere, credere che la fine della guerra, la fine di tutto il dolore, fosse possibile. Pietro le aveva dato quella speranza, con una semplice lettera, con parole che non erano mai state così cariche di significato. Non smettere di credere.

Poi, con un movimento lento, Elena ripiegò la lettera con cura, come se fosse una reliquia. La posò sul tavolo e si alzò. Aveva bisogno di fare qualcosa, di non restare a guardare la vita che passava senza fare nulla. La lettera di Pietro le aveva dato una nuova forza, un nuovo scopo. Era tornata indietro nel tempo, ai giorni in cui tutto sembrava possibile, quando il loro amore era giovane e la guerra ancora lontana. Ma ora, la realtà era diversa. La guerra era il presente, e l'amore era un faro che rischiava di spegnersi, se non alimentato da qualcosa di concreto. Da una lotta che non era solo per la libertà, ma anche per loro stessi.

Elena si avvicinò alla libreria, scostando delicatamente alcuni libri. Nella polvere e nei ricordi, cercò qualcosa. Doveva scrivere, doveva mettere nero su bianco il suo dolore, le sue speranze. Dall'altra parte della stanza, la macchina da scrivere la stava aspettando. Si sedette e con un gesto deciso poggiò le mani sulla tastiera. Il rumore della macchina da scrivere la riportò alla realtà, come una dolce rivelazione. Non c'era niente che potesse allontanarla da quella sensazione. La scrittura, come sempre, le dava la libertà che la vita quotidiana le negava. E ora, più che mai, doveva scrivere.

Le parole venivano da sole. Non pensava, non rifletteva. Era come se la macchina da scrivere fosse una continuazione di sé stessa, come se stesse scrivendo non solo la sua storia, ma anche quella di Pietro, quella di tutti coloro che lottavano. Ogni parola, ogni frase, sembrava risuonare nel suo cuore come un'eco che non voleva fermarsi. La guerra aveva preso tanto, ma non aveva preso il loro spirito. La speranza di un futuro migliore era ancora viva, e lo sarebbe rimasta finché avessero avuto il coraggio di crederci.

Sospirò e si fermò un momento. La carta di fronte a lei era piena di parole, ma quelle parole erano solo un riflesso del suo cuore. Guardò fuori dalla finestra. La pioggia era diminuita, ma il cielo restava grigio, come una promessa non mantenuta. Poi, il pensiero di Pietro la colpì di nuovo, come una scossa. Doveva fare qualcosa per lui. Doveva credere nel suo sogno, nella loro lotta. Doveva finire quello che aveva iniziato.

Le sue dita tornarono sulla macchina da scrivere. "Il vento della montagna non è mai stato così forte," scrisse, ricordando le parole di Pietro. Ogni lettera, ogni parola, diventava un atto di resistenza. Non solo contro la guerra, ma anche contro l'oscurità che stava cercando di sopraffare il mondo. Non solo per loro stessi, ma per tutti coloro che avevano perso. Per tutti coloro che stavano lottando, anche nel silenzio.

Le parole scorrevano sempre più velocemente. Ogni frase che scriveva sembrava diventare più viva, più potente. E in un angolo della sua mente, si formò un'idea. La sua lotta non sarebbe stata solo nella resistenza, non sarebbe stata solo nelle azioni quotidiane. La sua lotta sarebbe stata anche nella scrittura. Avrebbe dato al mondo la sua storia, la storia di Pietro e della loro lotta, della speranza che non poteva essere spezzata. Avrebbe scritto la loro verità, anche se il mondo non voleva ascoltarla.

"Non smettere di credere," aveva scritto Pietro. E in quel momento, mentre le parole prendevano vita sulla pagina, Elena sapeva che non lo avrebbe mai fatto. Non avrebbe mai smesso di credere. Non in lui, non in sé stessa, non nel futuro. Perché anche nella notte più buia, c'era sempre una luce che brillava. E quella luce, oggi, era nelle sue mani, nelle sue parole, nelle sue lettere.

CAPITOLO 5: LA CADUTA

La pioggia batteva incessante contro le finestre del negozio di libri. Il rumore del cielo in tempesta si mescolava con il fruscio delle pagine sfogliate da Elena, che tentava invano di concentrarsi sulla lettura di un libro di poesie. I suoi pensieri, come le gocce d'acqua, correvano altrove. L'aria all'interno della libreria era diventata opprimente, eppure non era solo il tempo a metterla a disagio. C'era un qualcosa di strano, una tensione che non riusciva a spiegarsi. Il cuore le batteva forte, e il pensiero di Pietro, che non scriveva da giorni, le stringeva lo stomaco. Ogni lettera che non arrivava le ricordava quanto fragile fosse la speranza.

Le sue mani tremavano leggermente mentre girava le pagine, ma il suo sguardo non riusciva a fissare le parole. Una sensazione di pericolo, di qualcosa di imminente, la assaliva. Eppure, non c'era nulla di particolare a suggerirlo. La libreria era tranquilla, come sempre. I pochi clienti che entravano non facevano rumore. Ma la sua mente non riusciva a ignorare il nodo crescente nella gola.

Un suono familiare provenne dalla porta. Era il tintinnio del campanellino che segnava l'ingresso di qualcuno. Elena alzò gli occhi dal libro, sperando di vedere qualcuno che distrasse i suoi pensieri, ma quando vide chi entrava, il cuore le balzò in gola. Un uomo che non aveva mai visto prima si fermò sulla soglia. Era alto, con il viso incorniciato da capelli scuri e ondulati, e l'espressione di chi sta cercando qualcosa o qualcuno.

«Buongiorno,» disse lui, con un accento che non riusciva a collocare, ma che suonava stranamente familiare. «Sto cercando un libro di storia italiana. Mi hanno detto che qui potrei trovarne uno che parli della resistenza.»

Elena fece un cenno con la testa, ma il suo istinto le urlava di stare attenta. C'era qualcosa di inquietante nel suo modo di parlare, nel suo sorriso appena accennato. Si alzò lentamente, come se il corpo fosse guidato da un'altra volontà.

«Certo,» rispose, cercando di non tradire il turbamento che sentiva crescere. «Abbiamo una selezione di libri su quel tema.»

Si avvicinò al piccolo scaffale, ma quando le sue mani toccarono un libro, si sentì come se l'aria intorno a lei fosse diventata più densa. L'uomo la osservava con attenzione, e lei avvertiva il suo sguardo pesante sulla pelle, come se stesse cercando di leggerla. Elena si affrettò a prendere il libro che le era sembrato più adatto, ma non riusciva a scrollarsi di dosso la sensazione che qualcosa stesse per accadere.

«Questo potrebbe fare al caso suo,» disse, porgendogli il volume. «Parla delle operazioni di sabotaggio durante la guerra.»

L'uomo prese il libro senza dire nulla, ma la sua mano sfiorò la sua, e in quel momento Elena avvertì una scossa, come se il contatto fosse qualcosa di più di una semplice coincidenza. Non riusciva a capire perché, ma sentiva che la sua presenza in quel luogo non era casuale. C'era qualcosa che non quadrava.

«Grazie,» disse infine l'uomo, con un sorriso che non raggiungeva gli occhi. Ma il suo tono era più basso, più intenso. «Sarà un piacere leggere questa storia.»

Elena non rispose. Si limitò a sorridere nervosamente, osservando l'uomo mentre si dirigeva verso la porta. Non appena l'uscio si chiuse dietro di lui, il respiro le tornò nelle vene, come se avesse trattenuto il fiato per troppo tempo. Il suo cuore batteva forte, il pensiero di Pietro e della sua ultima lettera che ancora non arrivava, tutto sembrava confondersi in un'unica, strana sensazione.

Non sapeva perché, ma in quel momento capì che qualcosa stava cambiando. La libreria non era più il luogo sicuro che aveva sempre rappresentato.

Pochi minuti dopo, quando il silenzio della stanza la avvolse di nuovo, Elena si decise a fare qualcosa che non aveva mai fatto prima: uscire dal negozio. Si doveva fare. Doveva capire se davvero la sua sensazione fosse giusta.

Indossò il cappotto, cercando di non dare nell'occhio, e si diresse verso la porta sul retro della libreria. Non era una mossa che faceva spesso, ma quel giorno sentiva che era necessario. Uscì nel vicolo buio dietro la libreria, dove i rumori della città sembravano più lontani, come se anche la città avvertisse una quiete forzata.

Attraversò il vicolo e si avviò verso il ponte più vicino. La sua mente era un turbine di pensieri, ma uno in particolare la tormentava: l'uomo, il suo viso, quella strana sensazione che aveva provato. Non riusciva a scrollarselo di dosso.

E poi, mentre camminava lungo le strade vuote di Venezia, vide qualcosa che la fece fermare. Un gruppo di soldati tedeschi. Erano davanti a una porta di una casa, la porta di uno dei vicini, e stavano discutendo animatamente con un uomo. Il cuore di Elena perse un battito. Quell'uomo non era altro che il marito di una delle sue vecchie amiche, un uomo che era sempre stato in buoni rapporti con lei. Ma c'era qualcosa di strano nella sua postura, qualcosa di impaurito. Gli altri lo stavano interpellando con voce severa.

Un soldato più giovane si girò verso di lei, notando la sua presenza. La sua espressione si fece subito più dura, e l'uomo si avvicinò rapidamente.

Elena sentì un nodo alla gola. Non sapeva cosa fosse successo, ma sapeva che il suo mondo stava cambiando in modo irreversibile.

Il soldato la osservò un attimo, il volto indurito dalla disapprovazione. Le mani di Elena si intrecciarono nervosamente, il cuore le martellava nel petto. Il respiro le si fece più corto, mentre la tensione cresceva. Non sapeva cosa fare, ma in fondo lo sapeva. Se avesse detto qualcosa di sbagliato, sarebbe stato troppo tardi. Ogni passo che faceva poteva essere l'ultimo in quella vita che aveva conosciuto.

Il soldato si avvicinò ancora di più, fissandola intensamente. Elena cercò di mantenere la calma, di non tradire la paura che stava cercando di nascondere, ma il suo corpo sembrava tradirla, e lo sguardo del soldato penetrava attraverso il suo, come se cercasse qualcosa nei suoi occhi.

"Lei," disse il soldato, interrompendo il silenzio che sembrava pesante come una pietra, "sta andando da qualche parte?"

Elena esitò. Ogni parola che avrebbe detto sembrava una trappola, ogni risposta che potesse dare sarebbe stata un passo verso l'ignoto. Ma non poteva rimanere immobile. Doveva rispondere, doveva agire.

"Sto solo facendo una passeggiata," rispose finalmente, cercando di sembrare il più naturale possibile, ma la sua voce tradiva un lieve tremore.

Il soldato sembrò riflettere per un attimo, poi annuì lentamente, come se fosse soddisfatto della sua risposta. Non fece altre domande, ma i suoi occhi non la lasciarono mai. Elena sentì un brivido di inquietudine mentre il soldato si allontanava, ma il suo sguardo rimase fisso su di lei per qualche secondo ancora. Poi, come se nulla fosse, tornò a concentrarsi sull'uomo davanti alla porta.

Elena non si mosse finché non sentì il rumore dei passi dei soldati allontanarsi, ma ogni fibra del suo corpo era tesa come una corda. Quel momento di tensione era durato solo qualche istante, ma le era sembrato un'eternità. Non aveva idea di cosa stesse succedendo alla porta accanto, ma sapeva che ogni mossa era ormai un rischio, ogni passo che faceva la portava più vicina al precipizio.

Decise di tornare subito alla libreria. La sua mente era piena di pensieri disordinati, ma uno in particolare la tormentava: la paura che tutto fosse stato compromesso.

Il vicolo che portava alla libreria sembrava deserto, eppure ogni ombra le sembrava sospetta. Il cuore le batteva all'impazzata mentre si avvicinava all'ingresso del negozio, ma quando vi entrò, la sensazione di sicurezza che provava ogni giorno sembrò svanire nell'aria. Non c'era niente di diverso, ma tutto era cambiato. Ogni rumore sembrava amplificato, ogni passo in più sembrava un pericolo imminente.

Entra nel negozio, si disse, ma non riusciva a non sentirsi osservata. Come se qualcuno l'avesse seguita, come se le sue azioni fossero già conosciute. Il pensiero che il tradimento fosse così vicino la tormentava, ma non c'era tempo per pensarci. Dovette concentrarsi, rimanere calma. Pochi attimi di distrazione e tutto sarebbe finito.

Si diresse verso la finestra, guardando fuori con cautela. Il cielo sopra Venezia sembrava scuro, come se anche la città stesse trattenendo il respiro. Le strade erano deserte, ma il silenzio che le avvolgeva era quello di una calma prima della tempesta. Il pensiero di Pietro, di ciò che stava accadendo lontano da lei, si fece ancora più insistente. Ma doveva essere forte. La sua vita, la vita di coloro che amava, dipendevano dalla sua capacità di rimanere lucida.

Pochi istanti dopo, la porta della libreria si aprì di nuovo. Un'altra figura si stagliò sulla soglia, ma questa volta Elena non aveva bisogno di vedere il viso per capire chi fosse. Il passo deciso, la postura che tradiva una certa urgenza, tutto le parlava di chi aveva di fronte. Pietro. La sua mente non riusciva a capire se fosse un sogno, ma il cuore le diceva che non era così. Non poteva esserlo. Pietro era lì, finalmente.

"Elena," disse lui, la voce bassa ma carica di una tensione palpabile. "Ho bisogno di parlarti."

Il cuore di Elena saltò un battito. La paura si trasformò in una speranza che aveva temuto di non provare mai più. Ma l'ombra nel suo sguardo, quella che aveva visto appena arrivato, le fece capire che qualcosa non andava.

"Cos'è successo?" chiese lei, incapace di mascherare la preoccupazione.

"Non è finita," rispose lui, scuotendo la testa. "C'è un traditore tra di noi. Un uomo di fiducia."

Elena sentì il gelo in quella frase. Il traditore. Il pensiero di tradimento le fece rabbrividire. Il nodo alla gola le tornò più forte che mai.

"Che cosa significa?"

"Significa che c'è stata una delazione," spiegò Pietro, guardandola negli occhi con una serietà che non lasciava spazio a equivoci. "La resistenza a Venezia è compromessa. Ho dovuto nascondermi."

La voce di Elena tremò quando parlò, ma le sue parole erano decise: "Dobbiamo fare qualcosa. Non possiamo lasciare che succeda."

Pietro la guardò per un lungo istante, come se cercasse qualcosa nei suoi occhi. Poi, con un sospiro, si avvicinò e prese la sua mano.

"Non è così semplice," disse, quasi sussurrando. "Tutti noi siamo in pericolo."

Elena non si aspettava di trovare la libreria come l'aveva lasciata. Ma, quando il battente della porta di legno si aprì con un cigolio sordo, il colpo che la accoglieva fu immediato, come una pugnalata al cuore. Il negozio era stato raso al suolo. I libri che avevano adornato le mensole, scrigni di pensieri, storie e sogni, giacevano ora sparsi sul pavimento, strappati, calpestati, come se l'anima stessa del negozio fosse stata distrutta. Le finestre erano state infrante, le poltrone e le scrivanie ribaltate, e l'aria aveva quel fetore di polvere, di ruggine, di paura. Elena sentì un nodo allo stomaco mentre il suo sguardo vagava attraverso quel disastro. Era come se la sua vita fosse stata presa, calpestata e distrutta insieme a quei libri. Non riusciva a pensare che fosse realmente accaduto, come se quella scena fosse il riflesso di un incubo che stava cercando di scacciare. Ma non c'era via di scampo. La libreria, il suo rifugio, il suo angolo di resistenza, non esisteva più. Ogni cosa che l'aveva legata a quella vita, a quel mondo che un tempo sembrava sicuro, ora era stata annientata. Il passato era dietro di lei, ridotto a polvere e macerie, e il futuro si presentava incerto, minaccioso, lontano.

Si fece strada tra i resti, cercando disperatamente qualcosa da salvare, un frammento di normalità, un ricordo che non fosse stato cancellato. Il suo cuore batteva furiosamente, come se volesse fuggire dal suo petto. Ma non c'era nessun altro su cui concentrarsi, solo lei e quel vuoto enorme che si era creato in quel posto che un tempo chiamava casa. Il pensiero di Pietro la accompagnava, lo cercava in ogni angolo, ma non c'era nulla di lui, se non l'eco di quelle lettere che ora sembravano essere l'unico legame che le restava. Si abbassò per raccogliere un mazzo di fogli sparsi, riconoscendo la calligrafia di Pietro sulle pagine. Con mani tremanti, li raccolse, come se fossero l'unica cosa che potesse ancora ancorarla alla realtà. I suoi occhi si riempirono di lacrime mentre li stringeva al petto, quei messaggi, quelle parole che le avevano dato forza nei momenti più bui, quelle parole che ora le sembravano tanto lontane. Ma non c'era tempo da perdere. Doveva lasciare quel posto, doveva allontanarsi prima che fosse troppo tardi. Si fece forza, e, con un'ultima occhiata a ciò che aveva perso, si diresse verso l'ingresso, determinata a non guardarsi indietro. Ma il pensiero della libreria distrutta, la perdita di quello che aveva rappresentato per lei, la stringeva il cuore come una morsa. Non avrebbe più avuto un luogo sicuro, un posto da cui partire, da cui sperare. Il futuro sembrava incerto, ma una cosa era certa: non poteva arrendersi. Non ancora.

Appena fuori dalla libreria, Elena si trovò di nuovo nel vicolo, e la luce del giorno che filtrava tra i tetti sembrava ormai un'illusione. Il vento soffiava leggero, ma portava con sé una sensazione di pericolo imminente. Ogni passo che faceva sembrava portarla più lontano dalla sicurezza che aveva avuto e più vicina a qualcosa di oscuro, sconosciuto. Si guardò intorno, ma non c'era nessuno in vista. Le strade sembravano deserte, silenziose, ma quella calma era solo apparente. Non sapeva se i soldati fossero già in giro, se il nemico fosse più vicino di quanto immaginasse. La paura si insinuò dentro di lei come un serpente, ma si costrinse a ignorarla. Doveva andare, doveva fuggire. Ogni angolo, ogni strada le sembrava una trappola pronta a chiudersi intorno a lei. Ma non c'era altro posto dove andare, non c'era altro posto dove rifugiarsi. Solo il pensiero di Pietro le dava un minimo di forza, una speranza che le permetteva di andare avanti, nonostante tutto.

Raggiunse il traghetto che l'avrebbe portata fuori dal Lido, il volto teso, gli occhi fissi sull'acqua che sembrava riflettere la sua stessa angoscia. Non sapeva cosa sarebbe accaduto una volta arrivata altrove, ma una cosa era certa: non poteva rimanere lì. La sua vita, quella che conosceva, era finita. Non restava che adattarsi alla nuova realtà, quella fatta di fuga, di paura, di guerra. Non si era mai sentita tanto sola come in quel momento. Le onde del mare sembravano ruggire come un presagio, come un eco lontano che le ricordava che tutto stava cambiando, che nulla sarebbe stato più come prima. Si strinse nel suo cappotto, cercando di non pensare a ciò che aveva appena lasciato. Non poteva permettersi il lusso di pensarci troppo. Doveva pensare al futuro, al prossimo passo. Ma il futuro era incerto. Ogni scelta sembrava portarla verso l'ignoto.

Il traghetto si mosse lentamente, e con esso anche la sua speranza. Non c'era altro da fare se non seguire la corrente, come la barca che stava navigando verso l'ignoto. Il volto di Pietro le apparve per un istante nella sua mente, ma subito dopo fu sopraffatta dalla solitudine, dal peso di ciò che aveva perso. Non solo la libreria, ma anche la sua sicurezza, la sua casa, la sua normalità. Tutto stava crollando intorno a lei. Ma Elena sapeva che non c'era altro da fare se non andare avanti. Avrebbe continuato a lottare, per sé e per Pietro. La guerra le aveva rubato tutto, ma non la sua determinazione. Non avrebbe mai smesso di combattere.

Il traghetto solcava l'acqua con una lentezza che sembrava accentuare il peso dei pensieri di Elena. Guardava le onde, ma la sua mente correva più veloce, travolta dal vortice dei ricordi, delle emozioni e della paura. Ogni onda sembrava un colpo al cuore, ogni increspatura un rimprovero, come se la natura stessa la rimproverasse per la sua impotenza. Non c'era più niente da salvare nel Lido, ma il pensiero di quello che sarebbe accaduto, di quello che avrebbe potuto fare, continuava a tormentarla. Non poteva non pensare ai suoi compagni di lotta, ai membri della resistenza che non avevano avuto la stessa fortuna, che non avevano avuto il tempo di fuggire, che ora probabilmente erano prigionieri, o peggio. Il tradimento che aveva colpito la resistenza era stato profondo e inesorabile, e il suo cuore si stringeva per ogni persona che ora si trovava a fronteggiare le conseguenze di quella misera azione.

Lungo il tragitto, Elena non si era più voltata indietro. La libreria era ormai un ricordo sbiadito, un capitolo chiuso con l'odore di polvere e fumo. Eppure, mentre il vento le accarezzava il volto, c'era un altro pensiero che le riempiva la mente: Pietro. Ogni suo gesto, ogni parola che lui aveva scritto nelle sue lettere sembrava tornarle in mente come una melodia familiare. L'idea di non poterlo più vedere, di non poterlo più sentire, la faceva sentire nuda, vulnerabile. La sua presenza nel suo cuore sembrava ancora più forte adesso, come se la distanza fosse diventata una barriera insormontabile. Ma l'amore non si spegneva, nemmeno nei momenti più oscuri. Elena sentiva che doveva resistere, che doveva vivere per entrambi, perché solo così avrebbe potuto onorare ciò che avevano costruito insieme. Avrebbe dovuto continuare la lotta, per lui, per loro, per la causa che avevano scelto.

Il traghetto si avvicinò finalmente alla riva. Elena si alzò in piedi, pronta a sbarcare. Ogni passo che compiva sembrava un cammino verso l'ignoto. Non c'era una meta sicura, non c'era una strada definita da seguire. Il futuro era più oscuro che mai, ma dentro di sé sapeva che non c'era alternativa. Doveva continuare a resistere, a lottare. Si strinse nel cappotto, guardando la nuova terra che la accoglieva. Non sarebbe stata più la stessa. Le sue mani tremavano, ma non solo per il freddo. C'era paura, ma c'era anche una forza nuova, una determinazione che non aveva mai conosciuto prima. La guerra le aveva tolto tanto, ma non l'aveva ancora distrutta.

Mentre sbarcava, una figura si avvicinò a lei. Non era un volto che riconosceva, ma la presenza sembrava rassicurante. "Hai bisogno di aiuto?"

la voce era bassa, calma, ma con una nota di urgenza che la fece sobbalzare. Elena esitò per un attimo, guardando l'uomo che le stava parlando. Aveva un'espressione seria, gli occhi pieni di una preoccupazione che Elena non aveva bisogno di spiegare. "Sì," rispose, cercando di nascondere la propria ansia, "devo trovare un posto dove rifugiarmi. Non posso restare in giro a lungo." L'uomo annuì, come se fosse stato a conoscenza della sua situazione, e le fece un cenno con la testa. "Vieni con me," disse, prendendo il suo braccio con delicatezza. Elena lo seguì senza fare domande, sapendo che non aveva altra scelta.

Dopo pochi minuti, si trovarono davanti a una piccola casa, nascosta tra i vicoli. Non c'erano molte persone in giro, ma i pochi che incrociarono sembravano ignorare la loro presenza. "Qui sarai al sicuro," disse l'uomo, aprendo la porta. "Questa casa appartiene a una famiglia che supporta la resistenza. Sarai al riparo per un po'." Elena annuì, grata, ma il peso del momento le premeva sul petto. Entrò nella casa, e l'atmosfera di quiete che vi regnava la fece sentire stranamente sollevata, ma allo stesso tempo triste. Era lontana dalla sua vecchia vita, lontana da tutto ciò che conosceva. La casa era modesta, ma accogliente. Un piccolo camino crepitava nell'angolo della stanza, e il calore che emetteva sembrava contrastare con il freddo che Elena portava dentro. Ma il conforto che cercava non era solo fisico. Era un rifugio per la sua anima. Un rifugio temporaneo, forse, ma uno che le dava il coraggio di non fermarsi. Sapeva che non poteva restare lì per sempre, ma almeno per quel momento, aveva un posto dove riposare, dove riflettere.

Il giorno dopo, mentre il silenzio calava sul piccolo rifugio, Elena si ritrovò a pensare al futuro. La sua mente correva tra le lettere di Pietro e l'incertezza del presente. Che cosa sarebbe accaduto se non l'avesse trovata quella famiglia? Che cosa sarebbe successo se non avesse avuto un rifugio in cui nascondersi? Ogni risposta sembrava lontana, ogni certezza sembrava dissolversi nel buio. Eppure, nel profondo, sentiva che la lotta non era finita. Non avrebbe mai permesso che finisse. Sapeva che il tradimento, la perdita e la paura facevano parte della guerra, ma anche la speranza. Sperava che un giorno sarebbe riuscita a riabbracciare Pietro, sperava che quel giorno la resistenza sarebbe stata vittoriosa. Sperava che la guerra, in qualche modo, si sarebbe conclusa, e che lei, e tutti coloro che avevano lottato, avrebbero potuto tornare a vivere. Ma ora, in quel piccolo rifugio, doveva solo sopravvivere, e il resto sarebbe venuto con il tempo.

Il rifugio di Pietro tra le montagne era immerso in un silenzio pesante, rotto solo dal sussurro del vento che si infilava tra gli alberi. Il suo gruppo di partigiani aveva trovato un angolo nascosto, ma quella calma apparente non riusciva a calmare la tempesta che gli infuriava dentro. Ogni giorno che passava lontano da Venezia, dalla sua città, dalla sua amata Elena, gli sembrava più insostenibile. La guerra, con la sua brutalità, lo aveva cambiato, ma non solo lui. Ogni azione, ogni missione, aveva un prezzo, e il costo che ora si stava rivelando era più alto di quanto avesse mai potuto immaginare.

Quando il messaggio arrivò, Pietro stava cercando di concentrarsi su una mappa, tracciando le prossime mosse per il suo gruppo. Ma l'arrivo della lettera intercettata, che giunse attraverso una via sicura, lo sconvolse più di quanto avrebbe voluto ammettere. Il messaggio parlava di una razzia. Parlava della sua resistenza, di una cellula scoperta a Venezia. E, peggio di tutto, parlava di Elena. La notizia lo colpì come un pugno nello stomaco. Ogni parola sembrava bruciare come acido, perforando la sua anima, distruggendo le speranze che aveva cercato di coltivare durante i mesi di guerra. Elena, la sua Elena, era stata messa in pericolo. La sua vita, la sua sicurezza, ora dipendevano da qualcosa che Pietro stesso aveva messo in moto. La rabbia, la frustrazione, il rimorso si mescolavano dentro di lui in un vortice che sembrava non avere fine. Come aveva potuto? Come aveva potuto permettere che ciò accadesse? Aveva pensato che avrebbe protetto Elena, che sarebbe stato sempre al suo fianco, ma ora quella promessa sembrava ridicola, vacua. La colpa lo divorava. Non riusciva a pensare ad altro.

Ogni dettaglio di quell'azione, ogni parola scritta nel messaggio, si ripeteva nella sua mente come una sentenza di condanna. Elena era stata coinvolta per colpa sua. La guerra non solo aveva preso via il suo futuro, ma aveva messo a rischio anche la vita di chi amava. Pietro si alzò dalla panca su cui era seduto e cominciò a camminare avanti e indietro. La mente gli tornava alle lettere che aveva scritto a Elena, ai sogni che avevano condiviso. Quanto lontano erano sembrati quei giorni, quando la speranza era ancora una fiamma che ardeva, quando la resistenza sembrava un atto di coraggio giusto e puro. Ora tutto ciò gli sembrava solo un miraggio. La realtà era troppo cruda per essere ignorata. La guerra stava vincendo, e lui ne era un pezzo. La sua responsabilità lo stava schiacciando.

Pietro non riusciva a trattenere le lacrime. Non le aveva mai volute mostrare a nessuno, ma ora il dolore gli sgorgava senza pietà, come un fiume che aveva rotto gli argini. Si guardò le mani, come se potesse vedere nelle sue vene la colpa che sentiva di portare. Cosa sarebbe successo a Elena? Era riuscita a scappare? Era al sicuro? Ogni scenario che si dipingeva nella sua mente lo faceva impazzire. Alla fine, dallo sconvolgimento, Pietro si sedette su una roccia vicino al piccolo fuoco che il suo gruppo aveva acceso. Non poteva fermare il pensiero che gli lacerava il cuore. La guerra l'aveva portato a compiere scelte impossibili. Non avrebbe mai potuto immaginare che ciò che aveva fatto, ciò che aveva iniziato, avrebbe messo in pericolo la persona che più amava. Si sentiva come se avesse tradito la sua stessa promessa. Eppure, sapeva che non avrebbe potuto fare nulla per fermare ciò che era accaduto. Non c'era modo di tornare indietro. Doveva concentrarsi, pensare al futuro, ma la mente di Pietro si rifiutava di abbandonare quella morsa di rimorso. La lettera che scrisse a Elena non fu facile. Non fu mai facile scrivere quando il cuore è colmo di dolore, ma Pietro sapeva che non avrebbe potuto aspettare. Doveva dirle ciò che sentiva. Doveva farle sapere che la sua sicurezza era tutto ciò che gli importava. Che il sacrificio che lei stava facendo, che ogni passo che avrebbe fatto in quella lotta, non doveva più toccarlo. Non doveva più essere coinvolta. Pietro non era più un uomo che poteva promettere qualcosa di buono. La guerra l'aveva cambiato, e ora non c'era niente che potesse fare per riparare il danno che aveva causato.

La lettera era breve, ma ogni parola risuonava come un colpo pesante. "Cara Elena, con il cuore spezzato e la mente in tumulto, ti scrivo queste parole. Non avrei mai voluto che tu fosse coinvolta in tutto questo. Non avrei mai voluto che tu soffrissi per causa mia. Ma ora, vedo cosa è successo, e non posso più ignorarlo. Ti chiedo, con tutta l'umiltà che mi rimane, di rimanere lontana da me. Per la tua sicurezza, per il tuo bene, devi rimanere al di fuori di questa guerra. Non voglio che tu paghi il prezzo delle mie azioni. Non voglio che il mio nome ti trascini in un abisso da cui non potrai più uscire. Ti prego, capiscimi. So che questo è un sacrificio, e che le parole non possono esprimere la mia colpa. Ma so che è l'unica cosa che posso fare per proteggerti. Resta al sicuro, Elena. Non tornerò più. Ti amo, Pietro". Ogni parola gli bruciava sulla pelle mentre la scriveva, ma sapeva che era l'unico modo per salvarla. Non c'erano altre scelte. Non c'era altro che fare. La lettera, quando finalmente fu finita, fu chiusa e sigillata con la promessa di non fare mai ritorno. Pietro la guardò un'ultima volta, come se fosse un addio per sempre. L'amore che provava per Elena gli straziava il cuore, ma in quel momento, l'amore doveva essere una forma di protezione, di distacco. Se davvero l'amava, l'unica cosa che poteva fare era lasciarla andare. Non per sempre, ma per ora, per tenerla al sicuro. Perché la guerra aveva preso troppo. E ora Pietro non era disposto a perdere anche lei.

Pietro si alzò lentamente, tenendo la lettera tra le mani come se fosse un ultimo legame con

Elena, un legame che ora doveva spezzare per il suo bene. La guerra aveva preso troppo da lui: la sua casa, la sua gente, i suoi sogni. Ora stava cercando di salvarla, ma a un prezzo altissimo. Ogni passo che faceva lo portava più lontano dalla speranza di rivederla, ma il cuore gli diceva che questa era l'unica via. Non c'era più posto per le illusioni o i sogni di un futuro insieme, solo la cruda realtà della guerra. La sua mente vagò per un attimo, tornando alle notti trascorse insieme a Elena, ai giorni di sole sulle rive del Lido, ai libri che avevano letto insieme. Ma ora tutto ciò era lontano, offuscato dal fumo della battaglia, dall'ombra della morte che si aggirava nelle strade. Pietro guardò la lettera ancora una volta, il cuore pesante come una pietra, e la consegnò a un messaggero. "Portala a Venezia," disse semplicemente, senza aggiungere altro. Il messaggero lo guardò con un'espressione che non riusciva a decifrare, ma non fece domande. La missione era chiara. Pietro guardò il giovane partire, il suo cuore gonfio di tristezza. Ogni fibra del suo essere voleva urlare, volere l'impossibile, ma sapeva che non poteva. La guerra aveva già deciso il destino di tutti loro.

Il rifugio tornò al suo silenzio, ma Pietro non riuscì a trovare pace. Si sedette di nuovo sul suo giaciglio, la mente in subbuglio, come una tempesta pronta a scatenarsi. Ogni suono che lo circondava sembrava amplificato, ma il rumore più forte era quello che sentiva dentro di sé. La solitudine era una presenza tangibile, una compagna che lo accompagnava ovunque andasse. Non c'era più posto per i sogni, solo per le scelte difficili e il rimorso. Mentre il sole tramontava dietro le montagne, Pietro si trovò a riflettere su quanto tutto fosse cambiato. Non erano più le stesse persone che si erano innamorate sotto il cielo di Venezia. Non erano più quelle che avevano sperato in un futuro diverso. La guerra li aveva trasformati, li aveva separati, e ora li costringeva a fare scelte che avrebbero segnato il loro destino per sempre. Ma anche se il dolore lo consumava, Pietro sapeva che c'era una sola verità in quella guerra: la sopravvivenza. E Elena doveva sopravvivere. Qualsiasi cosa accadesse, lui avrebbe combattuto per quello, anche se ciò significava perdere se stesso.

Il giorno seguente, Pietro si svegliò con il cuore ancora pesante, ma la sua mente era più lucida. Sapeva che non poteva restare a lungo nel suo rifugio. Doveva andare avanti, fare quello che doveva fare per il bene della sua causa. La guerra non si fermava mai, e nemmeno lui poteva. Le notizie di un possibile attacco tedesco a una delle zone vicine arrivarono nel pomeriggio, e Pietro si preparò subito. Non c'era tempo da perdere. L'idea di tornare a Venezia non gli passò nemmeno per la testa. Non avrebbe mai osato mettersi in pericolo, non ora, non dopo quello che era successo. La sua vita, ora, non era più la sua. Era legata a qualcosa di più grande, a una lotta che non avrebbe mai finito. Gli occhi di Elena, il suo sorriso, la dolcezza della sua voce, tutto sembrava distante. Ma Pietro sapeva che doveva continuare a combattere, per lei, per tutti. Se non lo avesse fatto, avrebbe tradito non solo la sua causa, ma anche l'amore che provava per lei.

Il pensiero della lettera, che avrebbe raggiunto Elena, lo tormentava. Avrebbe letto quelle parole, quelle parole che lui stesso aveva scritto con tanto dolore. Avrebbe capito il suo sacrificio, ma forse non avrebbe mai compreso fino in fondo quanto gli fosse costato. Non c'era modo di spiegare tutto. Non c'era modo di farle capire quanto il suo cuore fosse spezzato. Ma il destino, ormai, aveva tracciato un sentiero che non si poteva cambiare. La guerra aveva preso troppo. E ora, forse, toccava a lui subire le sue conseguenze.

La mattina seguente, Pietro si preparò a partire, i suoi compagni di battaglia al suo fianco. Non c'erano più pensieri romantici, solo l'immediato, la lotta per la sopravvivenza, la lotta contro il nemico. Elena, la sua dolce Elena, era ormai un ricordo lontano, una luce che ora sembrava sempre più flebile. Ma Pietro non poteva smettere di sperare che, un giorno, la guerra sarebbe finita, e che, forse, in un altro mondo, avrebbero potuto trovare di nuovo la pace. Ma per ora, non c'era tempo per pensare al futuro. Solo il presente, solo il combattimento. La guerra non finisce mai, e neppure la lotta. E Pietro sarebbe andato avanti, anche se il cuore gli diceva che a volte, la vittoria più grande è quella che si ottiene dentro di sé.

Elena aveva trascorso giorni interi a nascondersi, lontano dagli occhi curiosi, in attesa di un'opportunità che finalmente arrivò una mattina grigia e piovosa. La resistenza, che aveva sempre conosciuto solo da lontano, le offrì finalmente un appoggio concreto: l'opportunità di fuggire. Un piano rischioso, ma l'unico che le permetteva di salvarsi e, forse, di portare avanti il compito che Pietro le aveva affidato, quello di mantenere viva la speranza, quella speranza che sembrava ormai perduta in mezzo alla distruzione. L'idea di partire senza nemmeno un saluto, senza poter tornare al suo amato Lido, la opprimeva, ma sapeva che non c'erano alternative. Ogni minuto che passava la rendeva più consapevole del pericolo che correva, non solo per lei, ma anche per chi la stava aiutando. Non poteva più aspettare. Il tempo per le esitazioni era finito.

Il viaggio che l'attendeva era incerto, ma ogni passo la spingeva più lontano da un destino che le sembrava ormai segnato. La resistenza le aveva trovato un falso passaporto, un'identità che non le apparteneva ma che avrebbe dovuto indossare come una maschera. Il nome che aveva ora era Anna, una ragazza senza legami, senza passato. Elena avrebbe dovuto diventare qualcun altro. Eppure, mentre si preparava a partire, sentiva che l'essenza della sua vita, quella che l'aveva definita fino a quel momento, stava svanendo come sabbia tra le dita. Non più la libraia di Lido, non più la donna che aveva amato Pietro. Anna era tutto ciò che restava di una vita che, ormai, sembrava un ricordo lontano, ma che avrebbe portato con sé per sempre nel suo cuore.

Sapeva che, nonostante fosse stato tutto messo a punto per garantirle un passaggio sicuro, la strada non sarebbe stata facile. I posti di blocco tedeschi e i sospetti che circolavano tra la popolazione rendevano ogni passo un azzardo. Eppure, nonostante la paura che le attanagliava il petto, Elena si sentiva determinata. La resistenza le aveva fornito l'aiuto di cui aveva bisogno, ma ora dipendeva tutto da lei. Avrebbe dovuto essere rapida, silenziosa, invisibile. Ogni sguardo che si posava su di lei avrebbe potuto essere quello fatale. Non c'erano più certezze, solo la lotta per restare viva.

Quando finalmente arrivò al checkpoint, il cuore di Elena batteva forte nel petto. La stazione di polizia era più vicina di quanto pensasse, ma non c'era tempo per tornare indietro. La sua mano tremava mentre stringeva il passaporto falso tra le dita, consapevole che qualsiasi errore avrebbe significato la fine del suo viaggio. L'agente tedesco alla barriera si limitò a guardarla per un attimo, i suoi occhi fredde e senza pietà. Elena si sentì attraversata da un'ondata di terrore, ma si costrinse a rimanere calma. Aveva studiato il suo ruolo. Aveva imparato a recitare la parte. E ora, ogni respiro, ogni movimento doveva essere perfetto. L'uomo le fece segno di avvicinarsi. Il suo viso impassibile non tradiva emozioni. Si inginocchiò, posando il suo passaporto sul banco di legno. Il soldato lo guardò, girò la foto e lo restituì, senza dire una parola. Elena cercò di non tremare, di non farsi scoprire, e mentre l'uomo la lasciava passare, il suo cuore rimbombava nelle orecchie.

La strada che seguiva non era più quella che aveva conosciuto. Le case sembravano vuote, le voci di strada erano attutite, come se il mondo intero si fosse ritirato nel silenzio. Ogni passo che faceva la portava lontano da Lido, dalla sua vita, ma la portava più vicino alla libertà. Libertà, ma anche solitudine. Ogni passo, ogni metro che la separava dalla sua vecchia vita la rendeva più consapevole del vuoto che aveva dentro. Pietro non era con lei. Non lo sarebbe mai stato. Eppure, nella sua mente, lo sentiva accanto a sé, la sua voce che le sussurrava di andare avanti, di non fermarsi. Non era solo il dolore a spingerla, ma la promessa che le aveva fatto. La promessa che avrebbe continuato a combattere, che avrebbe portato avanti ciò che avevano cominciato insieme. E per farlo, avrebbe dovuto attraversare un paese che ora sembrava il nemico.

Quando arrivò in un piccolo villaggio, il suo cuore iniziò a battere più forte. Non c'era più un angolo sicuro. Non c'era più un rifugio. Ogni casa, ogni volto poteva nascondere un traditore. Si sentiva osservata, giudicata. Le strade sembravano piene di sospetti. Non poteva permettersi di abbassare la guardia. La resistenza le aveva dato un posto dove nascondersi, ma il pericolo era dietro ogni angolo. La sua nuova identità doveva rimanere intatta, qualsiasi fosse il prezzo. Non poteva permettere che nessuno scoprisse chi fosse veramente.

La famiglia che l'aveva accolta era gentile, ma l'atmosfera nella casa era carica di paura. Le donne e gli uomini che avevano vissuto lì sotto il giogo della guerra sembravano aver imparato a nascondere le emozioni, a non dire mai troppo. Elena si sedette con loro nella cucina, cercando di sembrare tranquilla. Ma dentro, la paura non l'abbandonava mai. Non si fermò mai del tutto. Eppure, la determinazione che aveva sentito prima di partire non la lasciava. Era lì, nel profondo del cuore, ricordandole perché lo stava facendo. Non si trattava solo di lei. Si trattava di tutti coloro che avevano lottato, di Pietro, della sua vita. Non si trattava di una fuga, ma di una battaglia silenziosa che doveva continuare a combattere.

Nonostante le difficoltà, Elena continuava a muoversi. Ogni passo la portava lontano dal suo passato, ma ogni passo la avvicinava al futuro che, anche se incerto, le avrebbe dato la possibilità di vivere. Non c'era più un'altra scelta. Il coraggio, ora, era la sua unica compagnia. La sua unica arma. E, con la resistenza che la proteggeva, Elena si preparò a lottare ancora, perché la guerra non si era mai fermata. Ma nemmeno lei.

La vita nel villaggio dove Elena si era rifugiata si rivelò difficile, ma almeno ora aveva una speranza, anche se sottile. Ogni giorno la paura cresceva, e le notizie di arresti e retate si facevano sempre più frequenti. Ogni volta che sentiva un rumore provenire dalla strada, il suo cuore si fermava per un istante, terrorizzata che la sua copertura fosse stata scoperta. Ma non c'era tempo per riflettere troppo. Doveva mantenere il controllo, non c'era spazio per il panico. Aveva visto troppo da vicino gli effetti devastanti della paura. Eppure, nonostante tutto, la paura non la lasciava mai completamente. I tedeschi, i fascisti, i traditori. La guerra sembrava ovunque, in ogni angolo della sua nuova vita.

Il villaggio che l'aveva accolta era un piccolo angolo di mondo dimenticato, sperduto tra le colline. Le case, costruite in pietra e legno, avevano un aspetto antico, ma non erano mai state veramente sicure. Le finestre erano tenute chiuse durante il giorno, le porte sbarrate di notte. Le persone sussurravano sempre, come se temessero che il minimo suono potesse tradirle. Elena aveva imparato presto a tenere il silenzio. Si svegliava ogni mattina con la sensazione di vivere in un sogno che rischiava di svanire in un attimo. La sua vita precedente le sembrava sempre più lontana, un ricordo che sbiadiva.

Nei giorni che seguirono, Elena si adattò alla vita di campagna. Il lavoro era duro, ma non più di quanto fosse stato al Lido, solo che ora la sua realtà era diversa. Non più la libraia che accoglieva i clienti tra gli scaffali, ma una donna che cercava di mantenere un'identità che non le apparteneva. Ogni parola che diceva, ogni gesto, dovevano essere scelti con cura. Ogni sguardo che riceveva poteva essere una minaccia. Ma ciò che la rendeva più forte era la costante sensazione di essere in pericolo. Sentiva che, in qualche modo, la sua resistenza, anche se invisibile agli occhi degli altri, la rendeva più potente.

Nel cuore della notte, quando il villaggio era immerso nel silenzio e lei non riusciva a dormire, Elena pensava a Pietro. Ogni lettera che aveva ricevuto da lui aveva portato con sé un nuovo peso. Pietro, che le aveva sempre scritto con speranza, che le aveva parlato della sua lotta contro l'occupazione, ora sembrava lontano come una stella spezzata. Elena si chiedeva come stesse. Sperava che fosse vivo, ma la realtà della guerra le mostrava la sua crudezza ogni giorno. Le sue mani stringevano ancora le lettere di Pietro, quelle che aveva preso con sé dal Lido, e quelle parole le davano una forza che non sapeva più di avere. Ogni volta che le leggeva, il suo cuore batteva più forte, come se le parole fossero un legame che le permetteva di non perdere la speranza.

Nonostante le difficoltà, Elena trovò il modo di portare avanti il compito che Pietro le aveva affidato. Ogni giorno, riusciva a scoprire nuovi dettagli sulla resistenza, nuovi modi per contribuire, seppur silenziosamente. La sua nuova vita non le dava molta libertà, ma riusciva comunque a fare la sua parte. La sua lotta non era più fisica, non erano più le armi a parlare, ma il silenzio della sua esistenza, il sacrificio del suo anonimato. Non tutti sapevano chi fosse veramente, ma in quei giorni di solitudine, Elena sentiva che, in qualche modo, anche lei faceva parte di qualcosa di più grande.

Eppure, nonostante il suo impegno, la paura di essere scoperta non la abbandonava mai. Ogni volta che sentiva il suono di passi nelle strade polverose del villaggio, ogni volta che qualcuno bussava alla porta, la sua mente si sforzava di rimanere calma. Non poteva permettersi di cedere alla paura, anche se ogni giorno le sembrava di essere sempre più vicina a perdere il controllo. La guerra non era solo una battaglia tra le fazioni, ma anche una lotta interiore, una lotta che Elena sentiva sulla propria pelle, ogni giorno.

La sua fuga, il suo nuovo ruolo, non l'avevano protetta dalla crudeltà della guerra. Non c'era più un posto sicuro, non c'era più un angolo dove potersi nascondere. Ogni persona che incontrava avrebbe potuto essere un nemico, ogni volto che vedeva in giro avrebbe potuto celare un traditore. Le informazioni viaggiavano veloci, e nessuno poteva mai sapere di chi fidarsi davvero. Ma Elena aveva una convinzione che la teneva viva: non poteva fermarsi. Non poteva lasciare che tutto ciò per cui aveva lottato, tutto ciò che aveva vissuto, finisse nel buio della sconfitta.

Ogni tanto, nelle lunghe notti solitarie, pensava a come sarebbe stato tornare a Venezia, al Lido. Si chiedeva se avrebbe mai visto quel posto che aveva tanto amato, quei luoghi che, ora, sembravano così lontani. Non sapeva se sarebbe riuscita a ritornare alla vita che aveva una volta, ma ciò che le dava speranza era il pensiero che, in qualche modo, avrebbe continuato a vivere per quello che Pietro le aveva insegnato. La lotta non era finita. Il sogno di un'Italia libera viveva ancora nei suoi occhi.

Le lettere di Pietro arrivavano più sporadiche, ma ogni parola scritta sembrava sempre più pesante, carica di un dolore che Elena non riusciva a ignorare. Nelle sue righe, la solitudine delle montagne dove si nascondeva si faceva sentire con forza. Le forze tedesche erano sempre più aggressive nelle loro ricerche, e la resistenza soffriva per la mancanza di rifornimenti vitali. Pietro descriveva le lunghe giornate trascorse tra rocce e foreste, sempre in movimento per evitare i rastrellamenti, sempre in attesa di un aiuto che non arrivava mai. Le sue parole, un tempo piene di speranza, ora sembravano gravate da un peso che non poteva più sopportare. Le scorte di cibo e munizioni erano ormai agli sgoccioli, e i membri del gruppo cominciavano a perdere la speranza. La guerra, come una lenta e inesorabile marea, sembrava inghiottire tutto, lasciando solo il buio e la disperazione. Elena leggeva quelle parole con il cuore pesante, cercando di trovare un senso in ciò che Pietro le scriveva. Il mondo di Pietro stava crollando attorno a lui, ma le sue parole, purtroppo, non le davano la certezza che lui fosse al sicuro. Ogni lettera che riceveva la faceva tremare, come se ogni parola fosse l'ultima, come se, da un momento all'altro, non avesse più ricevuto nulla.

Era chiaro che la solitudine che Pietro stava vivendo era insostenibile. Elena sapeva che lui stava soffrendo, ma allo stesso tempo, sentiva la sua stessa solitudine crescere. Il mondo attorno a lei, fatto di ombre, di paure e di persone che dovevano nascondersi, non sembrava più un posto dove potersi rifugiare. La sua nuova vita, lontana dalle sicurezze che aveva conosciuto, era diventata un labirinto senza uscita. L'unico modo per sopravvivere, come aveva imparato, era andare avanti senza fermarsi mai, senza dare spazio ai pensieri che cercavano di abbatterla. Ma come si faceva a sopportare tutto questo senza sapere cosa stesse accadendo a Pietro, senza sapere se lui fosse ancora vivo? Ogni notte, Elena si perdeva nei suoi pensieri, pregando in silenzio per lui, sperando che, in qualche modo, riuscisse a sopravvivere. Ogni lettera che riceveva era una piccola finestra nel suo mondo, ma quelle finestre diventavano sempre più piccole, più distanti.

Le sue stesse lettere, d'altra parte, stavano cambiando. Mentre Pietro descriveva la sua lotta per la sopravvivenza, Elena parlava di una resistenza che non si fermava mai. Le sue lettere non erano più piene di tristezza e paura, ma di una determinazione che la stava trasformando. Ogni giorno cercava nuovi modi per contribuire alla causa, per aiutare la resistenza a combattere contro l'occupazione. Elena si era adattata a questa nuova vita con una forza che non credeva di possedere. Sapeva che non poteva fermarsi, che la sua missione doveva andare avanti, anche se la guerra stava distruggendo tutto. Ogni piccola azione che compiva la faceva sentire più forte, più vicina al cuore della lotta. Eppure, la distanza tra lei e Pietro cresceva, come se i mondi in cui vivevano fossero separati da una distanza infinita.

La guerra aveva creato un muro tra loro, ma Elena non si lasciava abbattere. Ogni giorno, con la forza che le dava la speranza di rivederlo, scriveva le sue lettere. Le parole erano diventate il suo rifugio, il suo modo per rimanere in contatto con lui, anche se sembrava che nulla potesse mai colmare il vuoto tra di loro. La sua vita, ora, era fatta di silenzi, di paure, ma anche di una nuova determinazione. Aveva capito che, se voleva continuare a lottare, doveva mantenere viva la speranza, e quella speranza passava attraverso ogni singola lettera che mandava a Pietro. Le sue parole erano piene di forza, di fiducia, come se cercasse di dargli il coraggio che a volte mancava anche a lei.

Ogni lettera che inviava cercava di rassicurarlo, di fargli sentire che non era solo, che non era mai stato solo. Lei, come lui, stava lottando per un futuro migliore, per un'Italia libera, e quella speranza doveva restare viva in entrambi. La solitudine che lui sentiva nelle montagne era la stessa solitudine che lei provava ogni giorno nel nascondersi. La guerra non faceva distinzione tra loro, li aveva separati ma li aveva anche uniti in una lotta che non poteva più essere ignorata. Ogni parola scritta da Elena era un atto di resistenza, una dichiarazione che la guerra non avrebbe vinto. La vita, in fondo, era fatta di piccole vittorie, di azioni che, pur sembrando insignificanti, davano la forza per andare avanti. Elena scriveva con la speranza che le sue parole potessero arrivare a Pietro, che in qualche modo quelle lettere lo potessero raggiungere, anche nel buio delle montagne.

Pietro, nel frattempo, vedeva i suoi giorni consumarsi tra il freddo e la fame. La sua resistenza, anche se ancora viva, stava cominciando a vacillare. Non c'era più spazio per la speranza, solo per la lotta quotidiana per sopravvivere. Le sue lettere si facevano più brevi, più scarne. Ogni parola pesava come una pietra. Non c'erano più sogni di libertà, solo il desiderio di resistere un altro giorno. Pietro, nel suo angolo sperduto delle montagne, sentiva la mancanza di Elena con una forza che lo straziava. Ogni giorno, senza il suo amore, senza il suo sostegno, la guerra sembrava più difficile da affrontare. La sua stessa esistenza, sospesa tra la vita e la morte, gli sembrava insopportabile. Ma, come sempre, la lotta doveva continuare. Non c'era altra scelta.

Elena, nonostante la distanza fisica e le difficoltà, si aggrappava a ogni parola che riusciva a ricevere. Ogni volta che una lettera di Pietro arrivava, il suo cuore accelerava. Ma ora, in quelle lettere che giungevano sempre più rarefatte, Elena percepiva il peso di un silenzio crescente, come se la guerra stesse inghiottendo ogni speranza, ogni parola che riuscivano a scambiarsi. Nella sua solitudine, mentre le sue forze e la sua resistenza venivano messe alla prova, Elena trovava sollievo solo nel continuare a scrivere, cercando di offrire una piccola luce a Pietro, ovunque fosse. Le sue lettere si trasformarono in messaggi di speranza e di coraggio, eppure ogni giorno che passava, si chiedeva se sarebbero mai riusciti a rivedersi.

Mentre Pietro si trovava lontano dalla sua amata, nel cuore della montagna, sempre più isolato dai suoi compagni, il suo spirito cominciava a cedere. I giorni si susseguivano tra l'incertezza e il dolore di una guerra che sembrava non finire mai. La solitudine che provava era profonda, come un buco nero che risucchiava ogni speranza. La sua vita di partigiano, che una volta gli aveva dato un senso di appartenenza e di lotta, ora sembrava vuota e priva di scopo. Il gruppo di partigiani con cui era nascosto stava perdersi, come un fiume che scivola in un abisso senza fine. Le risorse scarseggiavano, la fame li consumava, e la paura era diventata una compagna costante. I loro sogni di libertà sembravano evaporare, uno dopo l'altro. Pietro, nella sua oscurità, pensava a Elena, al calore delle sue parole, al rifugio che lei rappresentava. Ma il suo amore non bastava a dargli la forza per affrontare una guerra che non sembrava avere fine. Le montagne, il freddo e la disperazione stavano lentamente spezzando il suo spirito.

Le lettere che Elena scriveva a Pietro, pur piene di ottimismo e speranza, non riuscivano più a nascondere la paura che si faceva sempre più grande dentro di lei. Ogni giorno che passava senza ricevere notizie, senza sapere come stava Pietro, la paura si faceva più forte. Elena, nonostante tutto, continuava a scrivere, a mandare messaggi di coraggio e speranza, ma nel profondo del suo cuore sentiva il peso del silenzio. Ogni giorno trascorso lontana da lui, lontana dalla sua vita precedente, la faceva dubitare se avrebbe mai potuto continuare. La guerra non solo le aveva portato via il suo amore, ma aveva anche distrutto ogni traccia della vita che aveva conosciuto. Il negozio di libri, il luogo dove ogni giorno si rifugiava tra le pagine, non esisteva più. Ogni angolo della sua esistenza sembrava ora attraversato dalla sofferenza e dalla perdita. Eppure, nonostante tutto, Elena si era adattata alla lotta, aveva trovato una nuova forza. La guerra, in un certo senso, la stava forgiando, cambiandola in modi che non poteva prevedere.

Ogni lettera che scriveva a Pietro era un atto di resistenza. Le sue parole diventavano sempre più piene di determinazione, come se cercasse di trasmettere a lui la forza che a volte le mancava. Non voleva che Pietro perdesse la speranza, anche se sentiva la sua stanchezza crescere. Il tempo, la distanza, e la guerra sembravano dilatare ogni giorno, ogni mese, fino a diventare un'eternità senza fine. Ma, nonostante la sofferenza, Elena si rifiutava di arrendersi. Non avrebbe permesso che la guerra, la solitudine, o la distanza le portassero via la speranza che ancora nutriva per Pietro. Ogni giorno, ogni lettera, ogni parola scritta era un grido di resistenza contro un destino che sembrava volergli togliere tutto. La guerra aveva distrutto il loro mondo, ma Elena non avrebbe permesso che distruggesse anche il loro amore.

Pietro, dalla sua parte, sentiva la mancanza di Elena con una forza che lo straziava. Le sue lettere erano l'unica connessione che aveva con la vita che aveva lasciato, l'unico legame con una realtà che ora sembrava lontana e irraggiungibile. Ma quelle stesse lettere gli davano anche la forza di continuare, di resistere a una guerra che sembrava non finire mai. Ogni parola di Elena, ogni riga che leggeva, gli dava la speranza di non essere solo, di non essere dimenticato. In mezzo alla miseria e alla solitudine delle montagne, le lettere di Elena erano la sua unica luce. Ma quella luce, purtroppo, cominciava a spegnersi, lentamente.

Le lettere si facevano più rare, i messaggi sempre più tesi. Pietro lo sentiva, e questo lo rendeva ancora più triste. Ma la guerra aveva quella capacità: divorava tutto, anche l'amore. Eppure, lui non si sarebbe mai arreso. Avrebbe continuato a lottare, fino all'ultimo respiro, per Elena e per la libertà che entrambi sognavano. Perché, nonostante tutto, non si poteva mai smettere di sperare.

La solitudine che entrambi vivevano si faceva sempre più insostenibile, ma la lotta doveva continuare. La guerra non dava alternative. E così, entrambi, pur separati da un mondo che sembrava impossibile da attraversare, si aggrappavano l'uno all'altro attraverso le lettere, cercando di mantenere viva una speranza che la guerra, per quanto crudele, non sarebbe mai riuscita a spegnere.

Elena sedeva vicino alla finestra, la penna tremante tra le mani. La luce fioca della sera stava morendo, e la città di Venezia si stava lentamente addormentando sotto il peso della guerra. La guerra, che sembrava avere la capacità di consumare ogni cosa, persino l'amore, stava cercando di separarla ancora una volta da Pietro. La lettera che stava scrivendo, quella che non sapeva se sarebbe mai arrivata, era l'ultima che avrebbe potuto inviare prima che Pietro partisse per una missione estremamente pericolosa. Un'operazione che avrebbe potuto segnare la fine di tutto, ma che per lui era necessaria. La resistenza non conosceva tregua. Ogni giorno si lottava per la sopravvivenza, per un futuro che sembrava sempre più lontano. Eppure, tra tutte le difficoltà, l'unica certezza che Elena aveva era il loro amore, un legame che neppure la guerra era riuscita a spezzare.

Pietro le aveva scritto un'ultima volta, poche righe che contenevano più emozione di quanto qualsiasi parola potesse esprimere. Le aveva raccontato della missione imminente, del rischio che avrebbe comportato, e della consapevolezza che, se qualcosa fosse andato storto, non avrebbe mai potuto tornare da lei. Ogni parola sembrava averle trafitto il cuore, ma Elena non si era arresa alla paura. Non l'avrebbe fatto. Aveva letto la lettera ancora e ancora, cercando di decifrare tra le righe il significato nascosto, il senso di speranza che Pietro cercava di trasmetterle. Ma l'ultima frase della lettera di Pietro le era rimasta nella mente come un eco silenzioso: "Ti prometto che, qualunque cosa accada, il nostro amore non morirà mai."

Le parole di Pietro le avevano dato forza, anche se non riusciva a scacciare la paura che le cresceva dentro. Ma c'era qualcosa di indomito nel suo cuore, qualcosa che l'amore per Pietro aveva risvegliato, che la faceva andare avanti anche quando tutto sembrava perduto. Così, mentre la penna scorrevano sulla carta, Elena cercò di scrivere le sue ultime parole con la stessa forza che Pietro le aveva trasmesso, sperando che, almeno per un istante, il loro amore potesse arrivare dove il destino non li avrebbe mai permesso di trovarsi.

"Mio caro Pietro,

mentre scrivo queste parole, il mio cuore è diviso tra l'amore che mi lega a te e la paura che non riuscirò mai a vederti di nuovo. Non so se questa lettera ti raggiungerà, ma so che queste parole, anche se non le leggerai mai, sono destinate a te, come ogni battito del mio cuore.

Pietro, tu sei la luce che mi guida anche nei giorni più bui. Mi hai insegnato a combattere non solo per la libertà, ma per ciò che è giusto, per ciò che è vero. E io combatterò, in ogni momento della mia vita, per te, per noi, per il sogno che abbiamo costruito insieme. Il nostro amore è diventato il mio scudo, la mia forza.

Ogni giorno che passa senza di te mi sembra un'eternità, ma non lascerò che la paura ci consumi. Mi hai dato una promessa, e io ti faccio una promessa in cambio: non importa cosa accadrà, non importa quanto lontano saremo, il nostro amore resisterà. Non c'è nulla che possa spezzare ciò che abbiamo costruito, nulla che possa separarmi da te, anche se la guerra ci costringe a vivere lontani.

Se questa lettera non dovesse mai raggiungerti,

sappi che ti amo, sempre e comunque. E che, qualunque cosa accada, sarò sempre al tuo fianco, anche nei momenti più difficili. La tua forza, il tuo coraggio, sono il mio rifugio. Ti prometto che non mi arrenderò mai.

Ti amo, ora e per sempre."

Le parole si fermarono sulla carta, ma nel cuore di Elena non c'era mai stato un momento in cui non avesse sentito la presenza di Pietro, un legame che non la guerra, né la morte, avrebbero mai potuto spezzare. Il silenzio che seguiva la sua scrittura le faceva capire quanto fosse doloroso l'attesa, quanto fosse difficile la separazione, ma anche quanto fosse necessario resistere. Lei avrebbe continuato a scrivere, a lottare, a sperare, perché l'amore che provava per Pietro era l'unica cosa che poteva ancora salvarla.

La lettera fu sigillata e preparata per essere inviata, ma Elena sapeva che, molto probabilmente, non avrebbe mai ricevuto risposta. La guerra aveva separato milioni di persone, distrutto vite, ma l'amore che lei provava per Pietro non avrebbe mai avuto fine. Non importava se la guerra lo avesse portato via, non importava se le lettere non avessero mai raggiunto la sua destinazione. Elena avrebbe continuato a vivere per lui, a lottare per lui. La sua promessa era stata fatta, e non l'avrebbe mai infranta. Avrebbero continuato a essere uniti, anche attraverso la distanza e il dolore, e l'amore che avevano vissuto sarebbe sempre stato una parte di lei, una parte della sua anima, una luce che non sarebbe mai stata spenta. La guerra avrebbe fatto quello che voleva, ma non avrebbe mai distrutto ciò che era stato creato tra loro.

La lettera, ora sigillata con la ceralacca, era il suo ultimo gesto d'amore, un atto che, benché non sapesse se avrebbe mai raggiunto Pietro, sentiva essere essenziale. Ogni parola scritta rappresentava il legame che non sarebbe mai stato spezzato, un legame che il mondo, con tutte le sue atrocità, non poteva comprendere. La guerra era crudele, ma non era riuscita a distruggere la speranza che portava nel cuore.

Elena si alzò dalla sedia, lo sguardo fisso sulla lettera. Le sue mani tremavano, non solo per la paura, ma per l'incertezza del futuro. Le ombre si allungavano nella stanza, la luce della lampada tremolante sulla sua scrivania. Il rumore della città, lontano e ovattato, sembrava un ricordo ormai distante. La guerra aveva cambiato ogni cosa, ma non aveva intaccato l'amore che lei provava per Pietro.

Non c'era altro che la speranza, quella scintilla di luce che bruciava in fondo al suo cuore, che la spingeva a lottare ogni giorno, a resistere. Quando la guerra fosse finita, sperava di rivedere Pietro, di abbracciarlo e dirgli quanto lo aveva amato in quei lunghi mesi di separazione. Ma anche se non fosse accaduto, anche se la guerra

LETTERE DAL LIDO (WWII-ERA ROMANCE)

li avesse separati per sempre, Elena sapeva che
non avrebbe mai dimenticato. Non l'avrebbe mai
dimenticato.

Il suono del campanello che veniva dalla porta
la scosse dal suo pensiero. Elena guardò fuori
dalla finestra, cercando di scorgere chi fosse
venuto a chiamare. Il suo cuore accelerò un
istante. Avrebbe dovuto essere cauta. La guerra
non lasciava spazio a improvvisazioni. Si alzò
lentamente e si avvicinò alla porta con passi
cauti. Guardò attraverso la fessura. Un volto che
non riconosceva. Un uomo che, con un gesto
deciso, la invitò ad aprire.

"Non avere paura," disse l'uomo, la sua voce bassa
e pacata. "Ho una lettera per te."

Elena aprì la porta di un centimetro, abbastanza
da poter esaminare l'uomo senza esporsi troppo.
Lo guardò con sospetto, ma la sua mente correva
veloce. Forse era un messaggio da Pietro? Forse
qualcosa che doveva sapere prima che fosse
troppo tardi.

"Chi siete?" chiese, cercando di mantenere la
calma.

"Un amico," rispose l'uomo, sforzandosi di
sembrare rassicurante. "Non ho molto tempo,
ma ho bisogno che tu prenda questa lettera. È per
te."

Elena si prese un momento per considerare. La

guerra aveva portato alla diffusione di molti tradimenti, ma questa volta il suo istinto non le suggeriva pericolo. Si aprì un poco di più la porta, permettendo all'uomo di passare rapidamente una busta sotto la sua mano. Senza una parola, l'uomo si voltò e scomparve nel buio della strada.

Con le mani che le tremavano più che mai, Elena prese la busta e la osservò. Non c'era nessun timbro, solo un nome scritto con caratteri chiari. Pietro. Le sue mani si fermarono per un attimo, incredula, ma il desiderio di sapere la spingeva a strappare la busta con impazienza. All'interno c'era una lettera, che sembrava essere scritta con urgenza, in uno stile che riconobbe immediatamente. Il cuore le balzò nel petto, mentre la voce di Pietro sembrava riecheggiare nelle sue orecchie. Si sedette di nuovo alla sua scrivania, le dita tremanti mentre leggeva.

"Elena,
mi scuso per non averti scritto prima, ma le circostanze sono diventate difficili e ho dovuto nascondermi per un po'. Ho avuto notizie che non ti piaceranno. La missione che dovevo intraprendere è stata rinviata. Non è solo una questione di tempo, ma di sicurezza. Ho ricevuto ordini di prendere una strada diversa, di nascondermi ancora per un po' e di non correre rischi inutili. La guerra è cambiata, e così anche noi.

Sono preoccupato per te. So che la tua forza è infinita, ma mi chiedo quanto ancora potrai sopportare. La mia missione mi terrà lontano da te più a lungo di quanto avessi immaginato, ma io continuerò a combattere. Non pensare che ti stia abbandonando. Ogni giorno che passo senza vederti è una lotta, ma io prometto che tornerò. La nostra promessa è ciò che mi tiene in vita. Voglio che tu sia al sicuro. So che la tua lotta è quella di tutti noi, e ti chiedo di continuare a combattere per la causa. Ma, per favore, non metterti in pericolo. So che non ti ascolterai mai del tutto, ma questa volta, ti prego, ascoltami. Il nostro futuro dipende da ciò che facciamo oggi. Sii forte, come solo tu sai essere. Con tutto il mio amore, Pietro."

Le parole gli si stampavano nella mente, come se stesse leggendo un altro capitolo della loro storia. Le parole di Pietro, scritte con tanta sincerità e determinazione, la riempirono di emozioni contrastanti. La paura e l'amore si mescolavano nel suo cuore. Aveva ricevuto il messaggio che tanto desiderava, ma sentiva che la strada davanti a lei era ancora lunga e incerta. Non sapeva cosa avrebbe portato il futuro, ma una cosa era certa: non avrebbe mai smesso di sperare, non avrebbe mai smesso di combattere. La guerra aveva rubato molto, ma non sarebbe riuscita a rubare il suo amore per Pietro.

CAPITOLO 6: UN NUOVO GIORNO

L a primavera del 1945 portava con sé una sensazione di speranza che sembrava quasi irreale dopo anni di sofferenza. La città di Venezia, una delle più belle del mondo, che fino a quel momento era stata invasa dalla violenza e dalla paura, si preparava a vivere il suo riscatto. Ma Elena non sapeva se sarebbe riuscita a gioire davvero, perché il dolore della separazione da Pietro l'aveva segnata più di quanto avesse mai immaginato. L'arrivo delle forze alleate a Venezia, che sancivano finalmente la liberazione della città, avrebbe dovuto essere un motivo di festeggiamento, ma per Elena tutto sembrava in bilico, sospeso tra il passato e l'incertezza del futuro.

Arrivò a Venezia con il cuore pesante, una sensazione che la accompagnava fin dal momento in cui aveva lasciato la zona di rifugio per tornare a casa. La città che una volta conosceva, che amava con tutte le sue sfumature e i suoi angoli nascosti, era irriconoscibile. I danni lasciati dalla guerra erano ovunque, ed Elena sentiva la tristezza pesare su di lei ad ogni passo. Le strade che una volta erano animate da voci allegre e da risate, ora erano silenziose, segnate dalla morte e dalla disperazione. Le vecchie case, le facciate ricoperte di polvere e macerie, le finestre distrutte, tutto sembrava appartenere a un altro mondo. Ogni angolo che girava le riportava alla memoria immagini di un tempo che non c'era più. Non c'era più la luce di una città viva, ma solo il grigiore di un presente difficile da accettare. Eppure, sotto tutto quel dolore, c'era un barlume di speranza. Le forze alleate avevano finalmente liberato la città, e con la liberazione, c'era la promessa di un futuro migliore, anche se Elena non sapeva come quel futuro sarebbe stato senza Pietro al suo fianco.

Mentre camminava per le strade di Venezia, il suo cuore si gonfiava di emozioni contrastanti. Ogni passo la avvicinava a una nuova realtà, ma ogni passo era anche un ricordo che si perdeva per sempre. La guerra aveva rubato il suo mondo, ma le dava anche una nuova occasione di combattere, di resistere, di ritrovare una speranza che pensava fosse scomparsa.

La sua mente tornò a Pietro, e il suo cuore si strinse al pensiero di lui. Doveva trovarlo.

Doveva sapere se fosse vivo, se avesse davvero fatto ritorno alla città, se la resistenza lo stava proteggendo come prometteva nelle sue lettere. Ma la guerra non finiva con la liberazione della città, e la lotta per la verità e per la giustizia era ancora in corso. Le forze alleate avevano liberato Venezia, ma la città rimaneva divisa, frammentata, e i contatti con la resistenza erano scarsi e incerti. Elena sapeva che sarebbe stata una ricerca difficile, ma non avrebbe mai smesso. Non lo avrebbe mai lasciato andare.

Si fermò davanti alla sua vecchia libreria, che non riconosceva più. La porta era rotta, la vetrina distrutta, e il nome che una volta aveva orgogliosamente esposto sull'insegna era ormai sbiadito. La libreria, che per tanto tempo era stata il suo rifugio, ora sembrava un monumento al passato, un ricordo di un'epoca che non esisteva più. Elena si sentì sopraffatta dalla tristezza, ma allo stesso tempo sapeva che doveva essere forte. Doveva andare avanti, doveva cercare Pietro. La sua missione, ora che la città era libera, era più chiara che mai.

Entrò nella libreria, i passi incerti sul pavimento sconnesso. Le pile di libri che una volta erano ordinate e organizzate in ogni angolo della stanza erano ora disordinate, polverose, come se il tempo si fosse fermato. Si chinò a raccogliere uno dei libri caduti a terra e lo guardò con attenzione. Era un vecchio volume di poesie, uno che aveva spesso letto durante le lunghe notti passate in compagnia dei suoi pensieri. Quello che un tempo era stato un simbolo di cultura e rifugio ora le sembrava un ricordo lontano. La libreria non esisteva più come prima, ma in qualche modo Elena sapeva che doveva restituirle la sua dignità. Non sapeva come, ma sapeva che doveva farlo.

Si avvicinò al piccolo ufficio dove aveva scritto le lettere a Pietro e dove aveva custodito i suoi pensieri più intimi. La scrivania era ancora lì, coperta di polvere, ma intatta. Si sedette sulla sedia, ma il suo sguardo era fisso sulla finestra, che dava sulla strada silenziosa. La città era libera, ma c'era una libertà che non si poteva acquistare con una guerra. La libertà che Elena cercava era quella del cuore, quella che avrebbe trovato solo quando avrebbe riabbracciato Pietro. Ma dove era? Cosa gli era successo? E come avrebbe potuto trovarlo in un mondo che sembrava così cambiato?

Si alzò con determinazione. Non avrebbe mai smesso di cercarlo. La sua speranza non sarebbe stata mai spenta, neanche dalle macerie che vedeva attorno a sé. La guerra aveva distrutto tante cose, ma non avrebbe mai distrutto ciò che c'era nel suo cuore. Pietro, la sua promessa, il loro amore: niente di tutto ciò poteva essere annientato dalla violenza della guerra. La ricerca di Pietro sarebbe stata lunga e difficile, ma Elena non aveva alcuna intenzione di arrendersi.

Con un respiro profondo, raccolse il resto dei suoi effetti personali dalla libreria e si preparò a partire. Doveva trovare risposte, doveva scoprire cosa fosse successo alla resistenza e a Pietro. La città di Venezia, sebbene liberata, era ancora piena di pericoli. Ma Elena non avrebbe mai lasciato che la paura la paralizzasse. Non ora. Non mai.

Elena uscì dalla libreria, chiudendo delicatamente la porta dietro di sé. La strada sembrava più viva ora, un po' più frenetica con il passare delle ore, ma c'era ancora una sensazione di quiete surreale nell'aria. I negozi che avevano riaperto dopo mesi di chiusura, i gruppi di cittadini che si incontravano alle fermate degli autobus o nelle piazze, i soldati alleati che passeggiavano tra la folla, scambiandosi parole a bassa voce con i residenti. Venezia, sebbene libera, sembrava ancora una città in attesa di trovare la propria nuova identità, come se la sua stessa anima fosse sospesa, indecisa su cosa sarebbe venuto dopo.

La città aveva vissuto troppe violenze, troppe morti, e i suoi abitanti portavano i segni di tutto ciò. Ma c'era anche qualcosa di nuovo nell'aria, una speranza che sapeva di un domani migliore. Elena si fermò davanti alla Chiesa di San Marco, osservando il complesso architettonico che era stato il simbolo della bellezza della città, ora avvolto da una calma che contrastava con la frenesia del suo cuore. Doveva agire. Non poteva rimanere a guardare Venezia risorgere senza fare qualcosa, senza dare il suo contributo, senza trovare Pietro.

Camminò a lungo, senza una meta precisa, tra le strade acciottolate, i ponti e i canali che avevano visto tanta storia. Le sue gambe si muovevano in automatico, ma la sua mente era fissa su un unico obiettivo: trovare Pietro. Doveva cercarlo. Doveva scoprire dove fosse, se fosse sopravvissuto, se fosse ancora con la resistenza, o se fosse stato catturato durante la ritirata. Sapeva che la sua ricerca non sarebbe stata semplice. Le informazioni erano scarse, frammentarie. La guerra aveva distrutto i legami, ha spezzato le comunicazioni. Anche la resistenza, ormai ridotta a pochi gruppi sparsi, lottava per rimanere in vita.

Dopo alcune ore di cammino, si trovò davanti a un piccolo caffè che ricordava bene, un angolo tranquillo della città dove aveva trascorso molte serate in passato. Una volta entrata, trovò il gestore, un uomo anziano di nome Giorgio, che la guardò con un sorriso stanco ma gentile.

"Elena, sei tornata?" chiese con un filo di voce, avvicinandosi a lei.

"Sì, sono tornata," rispose lei, cercando di non lasciar trasparire troppo la sua preoccupazione.

"Hai sentito qualcosa della resistenza? So che alcuni di loro sono ancora nascosti in città."

Giorgio fece un cenno con la testa, come se fosse indeciso se parlare o meno. Poi si avvicinò e le parlò in tono più basso. "Non è facile, Elena. I contatti sono pochi, e molti dei nostri sono stati traditi o catturati. Ma c'è una cosa che posso dirti. C'è una casa fuori dalla città, al di là del ponte, dove i partigiani si rifugiano di tanto in tanto. Non posso dirti altro, ma spero che tu possa trovare qualcuno che sappia di Pietro."

Elena lo guardò intensamente, cercando di non mostrare la sua impazienza. "Grazie, Giorgio. Ti prometto che non lo dimenticherò."

Lasciò il caffè e si avviò verso il punto che le aveva indicato, attraversando le strade più tranquille della città, lontano dal caos dei mercati e dei gruppi di soldati. Il pensiero di Pietro era sempre più forte in lei, la sua figura che le appariva nei momenti più silenziosi, nei momenti in cui il dolore era più grande e la speranza sembrava sfumare nell'ombra del dubbio.

Il tramonto si stava avvicinando quando finalmente raggiunse il ponte. La luce arancione del sole che calava creava riflessi dorati sull'acqua del canale, ma Elena non si fermò a guardare. Aveva una missione, e la missione era trovare Pietro. Attraversò il ponte e proseguì lungo il sentiero deserto che portava verso la casa di cui le aveva parlato Giorgio. Ogni passo che faceva sembrava portarla più vicino alla verità, ma anche più lontana dalla certezza di trovarlo.

Quando arrivò alla casa, trovò la porta chiusa, ma c'era una piccola finestra attraverso cui poteva intravedere la luce di una candela. Bussò delicatamente, ma nessuno rispose. Aspettò qualche momento, il cuore che le batteva nel petto come se volesse farsi sentire anche dai muri della casa. Poi, con un respiro profondo, bussò di nuovo, questa volta più forte.

Finalmente, la porta si aprì lentamente. Davanti a lei c'era un uomo anziano con gli occhi pieni di una saggezza che sembrava venire direttamente da un passato lontano. Il suo sguardo si fece attento, come se stesse cercando di capire chi fosse la persona davanti a lui.

"Posso aiutarti?" chiese l'uomo con una voce bassa ma ferma.

"Sono Elena," rispose lei, senza esitazioni. "Sto cercando Pietro. Pietro Ricci."

L'uomo rimase in silenzio per un attimo, poi fece un gesto che la invitò ad entrare. "Entra, ragazza. Non possiamo parlare qui sulla porta. Ma se stai cercando Pietro, forse posso aiutarti."

Elena entrò, sperando che la sua ricerca fosse finalmente vicina a una risposta. Ogni passo che faceva era un passo verso un possibile incontro, verso una speranza che, seppur lontana, non si era ancora estinta.

Elena camminava per le strade di Venezia con passo lento, ma deciso. La città era tornata a vivere, seppur in modo diverso, cambiata dalle cicatrici della guerra. Le macerie di un passato recente, di un dolore inestinguibile, si nascondevano dietro le facciate restaurate, mentre la vita riprendeva il suo corso, come se nulla fosse mai accaduto. Ma Elena sentiva il vuoto dentro di sé, un abisso che non riusciva a colmare, un'assenza che non poteva ignorare. Pietro non c'era più. Le sue lettere si erano fermate, interrotte nel momento più critico, quando le speranze sembravano finalmente vicine a realizzarsi. Ogni giorno che passava senza sue notizie era una fitta al cuore, un peso che le impediva di respirare liberamente.

La libreria era un angolo di quiete, ma anche di solitudine. Elena era tornata a occuparsene, convinta che il lavoro sarebbe stata la sua salvezza. Aveva ricostruito tutto con le sue mani, pezzo dopo pezzo, riorganizzando gli scaffali, riordinando i libri come se potesse fermare il tempo in quel luogo, come se ogni riga scritta sui vecchi volumi fosse un legame che la teneva ancora legata a un passato che non poteva dimenticare. C'erano i libri di sempre, quelli che raccontavano storie di libertà, di coraggio, di speranza. Ma ora, ogni pagina sembrava un'eco di qualcosa che non c'era più. Lontano dai suoi sogni, lontano dalla realtà che aveva conosciuto, Elena cercava di ritrovare se stessa nel silenzio delle sue mura, tra i libri che avevano segnato la sua vita.

Il piccolo negozio era frequentato da poche persone, ma quelle che entravano erano fedeli, quelle che, come lei, non avevano mai smesso di credere che un giorno la vita sarebbe tornata. La sua comunità, quella che aveva visto crescere tra le pagine dei libri, si era ridotta, spezzata dalla guerra. Ma i volti che ancora riuscivano a sorridere erano quelli che condividevano con lei il dolore e la speranza di ricominciare. Ogni incontro con un vecchio amico era come un respiro di sollievo, un contatto che la faceva sentire meno sola. La libreria, nonostante tutto, era ancora un rifugio, un luogo di pace, dove il tempo sembrava rallentare, dove le ferite del cuore non si vedevano, ma si sentivano.

Un giorno, mentre Elena sistemava una pila di libri, la porta della libreria si aprì ed entrò un uomo che non vedeva da molto tempo. Il suo volto, segnato dalla fatica e dal dolore, la fece fermare per un attimo. Era Enrico, uno degli ultimi membri della resistenza che aveva conosciuto. Era un uomo robusto, con la barba incolta e lo sguardo stanco, ma gli occhi che brillavano ancora di quella determinazione che aveva fatto la differenza durante gli anni più bui.

"Elena," disse con voce rauca. "Come stai?"

Lei lo guardò, cercando di nascondere la tristezza che le aveva preso il cuore. "Sto cercando di andare avanti," rispose, sorridendo con fatica. "E tu? Come va?"

Enrico fece un gesto di indifferenza. "Come tutti. Sopravvissuti. Ma ci stiamo adattando alla nuova realtà. La città sta ricostruendo, ma noi, qui, sappiamo che nulla sarà più come prima."

Elena annuì. "Lo so," disse, con una nota di amarezza. "Ma dobbiamo farcela. Non possiamo arrenderci."

Enrico si avvicinò alla cassa e appoggiò il cappello sul bancone. "Ci sono voci, Elena," disse a bassa voce. "Voci che dicono che Pietro potrebbe essere ancora vivo. Forse è nascosto da qualche parte."

Le parole di Enrico fecero tremare le mani di Elena. Il cuore cominciò a batterle più forte, un fremito di speranza che non si era mai spento del tutto. Pietro. Ancora vivo. La notizia la sconvolse, ma allo stesso tempo la fece sentire più vicina a lui, come se le sue mani, quelle di Elena, potessero raggiungerlo finalmente. Ma subito dopo, la paura la colpì, come un pugno nello stomaco. Se fosse stato vero, cosa sarebbe successo? Dov'era Pietro? E cosa doveva fare lei ora? Come avrebbe potuto trovarlo?

"Non so se sia vero," proseguì Enrico, interrompendo i suoi pensieri. "Ma ci sono persone che lo cercano. Ci sono ancora alcuni della resistenza che si muovono tra le ombre, ma sono pochi. Siamo in pochi a restare. E tu, Elena? Cosa farai ora?"

Elena sospirò. Non sapeva cosa rispondere. Si sentiva stanca, esausta, ma nello stesso tempo, un'energia nuova la pervase. La vita doveva continuare, e la sua missione, quella di trovare Pietro, era ancora possibile. La guerra aveva cercato di strapparle tutto, ma lei non aveva perso la speranza. Pietro doveva essere trovato. Doveva sapere se fosse sopravvissuto, se c'era un futuro per loro due. Ma come fare?

"Non posso restare qui, Enrico," disse, la voce che tremava ma ferma. "Devo cercarlo. Devo trovarlo. Non posso permettermi di arrendermi ora."

Enrico annuì, come se avesse capito ogni parola senza bisogno di spiegazioni. "Io ti aiuterò," disse, con un tono deciso. "Ci sono altri che cercano di fare lo stesso. Non sei sola."

Con quelle parole, Elena si sentì sollevata. La speranza di non essere sola, di poter contare su qualcuno, la rafforzò. Ma sapeva anche che la sua strada non sarebbe stata facile. Il mondo intorno a lei stava cambiando, ma la guerra aveva lasciato cicatrici che sarebbero rimaste per sempre.

"Grazie, Enrico," disse, cercando di sorridere. "Non so cosa farei senza di te."

"Siamo tutti sulla stessa barca," rispose lui, con un sorriso stanco ma sincero. "Ora, forza. Troviamo Pietro."

Elena annuì e, mentre il sole tramontava dietro le facciate dei palazzi veneziani, si sentì per la prima volta in tanto tempo come se qualcosa stesse cambiando. La sua ricerca, il suo amore, la sua resistenza: tutto stava prendendo forma in un nuovo giorno, dove il passato e il futuro si intrecciavano. E con la forza della sua determinazione, Elena si preparò a fare tutto il necessario per riportare a casa l'uomo che amava.

Con il passare dei giorni, la vita di Elena tornò a concentrarsi su quella ricerca disperata, quella necessità di trovare Pietro. La libreria, che un tempo era stata il suo rifugio sicuro, ora era solo un luogo dove passava il tempo cercando di non pensare troppo a ciò che le mancava. Ogni volta che si avvicinava alla vetrina del negozio, lanciava uno sguardo nervoso verso il canale, come se in quel riflesso dell'acqua potesse vedere la sagoma di Pietro, il suo volto, la sua ombra che si avvicinava. Ma nulla. Il negozio rimaneva vuoto. Le persone passavano, parlavano poco, cercavano di concentrarsi su quella che ora sembrava una normalità faticosa e distorta.

Ogni notte, Elena scriveva una lettera a Pietro.

Anche se non sapeva se mai avrebbe ricevuto una risposta, anche se la lettera sarebbe rimasta solo un sogno, una speranza non detta, continuava a scrivere. Le parole venivano dal cuore, come se potesse mandare un messaggio attraverso il vento, o tra le pieghe di un tempo che li aveva separati.

"Pietro, ti cerco in ogni angolo di questa città. In ogni passo che compio, in ogni riflesso dell'acqua, nei volti che incontro. Non so se mi stai sentendo, ma ogni notte ti scrivo. Ti scrivo per non dimenticare, per tenerti vicino a me. Ti scrivo perché in qualche modo devo credere che tu stia leggendo queste parole, che tu sia lì, da qualche parte, vivo. Non importa quanto lunga sarà la mia ricerca, ti troverò. Promettimi che non smetterai mai di combattere per noi."

Le parole erano sempre le stesse, ma non le sembravano mai abbastanza. Non le bastavano mai per descrivere quanto lo desiderasse, quanto fosse cresciuto dentro di lei il bisogno di sentire il suo respiro, di toccarlo ancora, di sentirlo ridere accanto a lei. Ma sapeva che, in fondo, la speranza era tutto ciò che le restava, e non poteva arrendersi. La sua forza, la sua resistenza, derivavano da quella speranza, da quel filo sottile che la legava a Pietro, anche se non sapeva se fosse vivo o morto.

Nei giorni successivi, Elena ricevette una notizia che la scosse profondamente. Enrico, l'uomo che le aveva parlato di Pietro, la trovò una mattina mentre era al negozio. Il suo volto, come sempre segnato dal dolore, portava una nuova espressione, più cupa. Elena si fermò quando lo vide, il cuore le batteva forte.

"Elena, ho sentito parlare di qualcosa. Pietro..." iniziò, ma la sua voce si spezzò. Elena lo guardò intensamente, cercando di decifrare quella pausa, quel silenzio che le sembrava più carico di significato di mille parole. "C'è una possibilità che tu possa trovarlo, ma... non è facile. La guerra ha lasciato più di un segno su questa città e sulle persone che sono sopravvissute."

Elena non riusciva a trattenere la speranza che subito si risvegliò in lei. "Dove posso trovarlo? Dimmi cosa devo fare," disse, il tono urgente. "Devo vederlo. Devo sapere. Ho bisogno di sapere se è vivo. Enrico, per favore."

Enrico la guardò con una tristezza che non riusciva a nascondere. "Non è facile. Pietro potrebbe essere stato preso prigioniero, potrebbe essere in un campo di detenzione. Ma anche questa è una speranza fragile, Elena. Non possiamo sapere con certezza cosa sia successo. La guerra ha portato via molte risposte."

Elena scosse la testa, quasi come se volesse scacciare quella possibilità, quel pensiero che potesse davvero essere stato preso, che Pietro fosse diventato una vittima di quel caos che stava distruggendo ogni cosa. La sua determinazione aumentò. Non poteva fermarsi ora. Non voleva credere che tutto fosse perduto. Si era promessa di trovarlo, e non sarebbe mai tornata indietro.

"Non mi fermerò, Enrico," disse, la voce ferma. "Non importa quanto tempo ci vorrà. Troverò un modo per sapere. Troverò un modo per riportarlo a casa."

Enrico la guardò per un lungo momento, e poi, senza dire una parola, si avvicinò alla cassa della libreria. Con un gesto lento, aprì la giacca e tirò fuori un piccolo pacco di carta. Lo poggiò sul bancone, e poi, senza aggiungere altro, se ne andò, lasciando Elena con quel peso tra le mani.

Quando Elena aprì il pacco, all'interno trovò una fotografia. Era sbiadita, ma riconobbe subito il volto di Pietro. Era la stessa foto che avevano scattato insieme, poco prima che lui partisse per la montagna, un'immagine che lei aveva sempre custodito nel suo cuore. Ma ciò che la sconvolse era la scritta sul retro. "Non è finita. Non arrenderti mai. Ti amo, Pietro." Le parole che lui aveva scritto le fecero scorrere le lacrime sulle guance, ma allo stesso tempo le diedero una nuova forza. Pietro aveva lottato per lei, per entrambi, e lei avrebbe fatto lo stesso.

Un brivido di determinazione percorse il suo corpo. Non avrebbe mai smesso di cercarlo. La promessa che si erano fatti, quella che ora sembrava impossibile, era ancora viva dentro di lei. La guerra aveva cambiato tutto, ma non aveva distrutto l'amore che li legava.

"Non arrendermi mai," sussurrò tra sé, mentre osservava la foto. Non c'era più tempo da perdere. Doveva andare, doveva fare tutto ciò che fosse possibile per ritrovare Pietro.

Il vento che soffiava tra le calli di Venezia aveva un sapore diverso quel giorno, come se l'intera città stesse respirando un po' più profondamente, finalmente sollevata dal peso di anni di occupazione e dolore. La guerra, purtroppo, aveva lasciato cicatrici impossibili da cancellare, ma c'era una nuova luce nell'aria, un senso di rinascita che non si poteva ignorare. Elena si stava dirigendo verso il porto, dove aveva sentito dire che alcune lettere erano arrivate finalmente da fuori città. Un altro giorno in cui la speranza e il disincanto si mescolavano in un unico pensiero, la ricerca di Pietro era diventata la sua ossessione, la sua ragione di essere. Non poteva fermarsi ora, non dopo tutto quello che avevano passato insieme. Le sue mani tremavano mentre stringeva la busta che le era stata consegnata. Non sapeva ancora cosa contenesse, ma la sensazione che la lettera potesse finalmente essere quella tanto attesa la paralizzava.

Quando tornò al suo appartamento, il cuore le batteva forte. Si sedette al tavolo di legno, la busta tra le mani. Le mani sudate, l'incredulità che non l'abbandonava, mentre con calma, ma con una certa fretta, apriva la lettera. Le parole che apparvero sulla carta sembravano più lontane e più vicine allo stesso tempo.

La calligrafia di Pietro era riconoscibile, ma più sfocata, come se la sua penna avesse dovuto lottare contro il freddo e la fatica di quei giorni difficili. La data era scritta in alto, un segno tangibile del tempo che separava quella lettera dal momento in cui era stata scritta. Un'incredibile sensazione di dolore la invase, ma anche un calore familiare. Ogni parola era come un abbraccio che le ricordava cosa significasse per lei quell'uomo, cosa significava per lei Pietro.

"Amore mio," cominciava la lettera, e le parole le strinsero il cuore. Ogni volta che leggeva quelle due parole, sentiva che la distanza tra loro diminuiva, eppure era come se un abisso enorme fosse ancora tra loro. "So che questa lettera ti raggiungerà in un momento difficile. Lo so, ma voglio che tu sappia che ti amo. Non importa quanto tempo passerà, la mia anima sarà sempre legata alla tua. In questi giorni, la lotta è più dura che mai. Siamo nell'ombra, ma l'idea di un'Italia libera continua a vivere in me, ogni giorno di più. Siamo una forza, anche quando non sembriamo esserlo. La nostra lotta non è solo per noi stessi, ma per ogni futuro che sogniamo, per ogni bambino che potrà correre libero in un'Italia che non sarà più spezzata dalla guerra.

Ti prego, non lasciare che la paura prenda il sopravvento. Non lasciare che il dolore ti spezza. Tu sei la mia forza, la mia luce. Se ci fosse un solo desiderio che avrei, sarebbe che tu vivessi, vivessi pienamente, anche senza di me. Ti ho promesso che ti avrei amato fino all'ultimo, e lo farò, ma voglio che tu sia felice, che porti avanti i sogni che avevamo insieme. La tua vita è importante, come lo è quella di tutti noi, che stiamo combattendo per qualcosa che è più grande di noi stessi. Io spero, amore mio, che tu possa trovare un modo per onorare tutto ciò che abbiamo vissuto insieme. Non ti chiedo di dimenticarmi, non ti chiedo di fare nulla che vada contro ciò che è giusto. Ti chiedo solo di vivere, di essere libera, di credere che la speranza possa sempre prevalere. Questo è ciò per cui lottiamo: per una vita migliore, per un futuro dove l'amore, la libertà, la giustizia possano regnare."

Le lacrime le rigarono il viso, ma non le sembrarono mai così dolci. La lettera di Pietro non era solo un messaggio d'amore, ma una dichiarazione di speranza e di coraggio. Le sue parole, così forti e decisive, le avevano sempre dato la forza di andare avanti, ma adesso, dopo tutto questo tempo, quelle parole la sfidavano in modo nuovo. Pietro l'aveva sempre incoraggiata a lottare, a credere in un futuro migliore, e ora, anche senza di lui, lei doveva continuare la lotta.

Il dolore che provava per la sua assenza non si sarebbe mai dissipato completamente. Ma quelle parole, quelle promesse che Pietro le aveva fatto, avevano un potere che nessuna guerra, nessun campo di battaglia, poteva spezzare. Elena non era sola. Pietro viveva ancora in lei, nel suo cuore, e la sua lotta sarebbe diventata la sua. La sua speranza, il suo sogno, sarebbero diventati anche i suoi.

Poco a poco, il senso di vuoto che l'aveva accompagnata fino a quel momento cominciò a svanire, e un fuoco nuovo, più forte, cominciò a bruciare dentro di lei. Non si sarebbe mai arresa. Non per lui, non per ciò che avevano condiviso. Non avrebbe mai smesso di vivere, perché vivere, per lei, ora significava portare avanti la battaglia di Pietro, la loro battaglia, quella della libertà e della speranza.

Con le mani tremanti, Elena terminò di leggere la lettera, poi la tenne stretta al petto. Nonostante le lacrime, nonostante il dolore, sentiva una nuova determinazione crescere dentro di sé. La sua ricerca non era finita. La sua vita non era finita. Non sarebbe stata mai più la stessa, ma in qualche modo, con la memoria di Pietro nel cuore, avrebbe trovato il suo cammino. La promessa che si erano fatti, di non arrendersi mai, continuava a vivere. E lei l'avrebbe onorata.

La lettera di Pietro sembrava una fiamma che non si spegneva mai, accesa da un amore che avrebbe potuto resistere anche alla morte. Elena la teneva stretta nelle mani, come se fosse un tesoro prezioso che nessuna forza al mondo sarebbe riuscita a portarle via. Ogni parola, ogni frase, era un frammento della sua essenza che la raggiungeva da un luogo lontano, forse lontanissimo, ma incredibilmente vicino nel suo cuore. La sensazione di perdere la speranza, che l'aveva accompagnata nei mesi bui, sembrava svanire, rimpiazzata da un senso di forza che non sapeva di possedere. Pietro le aveva chiesto di vivere, di onorare ciò che avevano condiviso, di non lasciarsi abbattere dal dolore, ma di andare avanti. Ed Elena capì, con una chiarezza mai provata prima, che quello che lui desiderava per lei non era solo una speranza. Era un impegno. Un impegno che l'avrebbe accompagnata ogni giorno della sua vita.

Risollevandosi, Elena prese il quaderno che teneva sempre a portata di mano e cominciò a scrivere. Le parole fluivano in un flusso ininterrotto, come se la lettera di Pietro fosse stata una chiave che le apriva un nuovo mondo, una nuova comprensione di se stessa e della sua vita. Non scriveva più solo per se stessa, ma per lui, per loro. Ogni frase che stava scrivendo sembrava un omaggio al sogno che avevano condiviso: un sogno di libertà, di un'Italia che non fosse più divisa, di un mondo in cui l'amore e la giustizia avrebbero trionfato.

Il rumore della città che si risvegliava lentamente, dopo anni di oppressione, la raggiungeva da lontano, ma Elena non si distrasse. Il rumore delle voci, delle persone che finalmente camminavano per le calli senza paura, le dava una sensazione di pace, ma anche di urgenza. C'era tanto da fare. C'era tanto da ricostruire. Le cicatrici della guerra erano ovunque, nel paesaggio e nelle persone. Ma ogni passo che faceva la rendeva più consapevole che, sebbene il dolore fosse innegabile, la sua capacità di ricominciare era più forte di qualsiasi ferita.

Ogni tanto, durante la scrittura, si fermava, guardando fuori dalla finestra. Venezia non era più la stessa, ma non era mai stata così viva. Le sue strade erano piene di storie, di volti che Elena non avrebbe mai dimenticato. La resistenza, la sua lotta, avevano lasciato tracce in ogni angolo della città, ma anche un segno profondo in ogni persona che l'aveva vissuta. E lei, anche se non sapeva cosa fosse successo a Pietro, sapeva che non avrebbe mai dimenticato quella lotta. Mai. Aveva la sensazione che la sua missione non fosse finita, che, anche se lui non fosse più fisicamente presente, la sua voce sarebbe sempre stata viva dentro di lei.

Con un gesto deciso, Elena sigillò la lettera che stava scrivendo. Non avrebbe mai smesso di lottare. La sua vita sarebbe stata diversa, ma ora sapeva come avrebbe potuto andare avanti.

Guardò la lettera di Pietro un'ultima volta, prima di riporla nel cassetto, insieme a tutte le altre lettere che aveva ricevuto da lui. Ogni parola, ogni sguardo scritto, era un passo che l'aveva portata più vicino a lui. Non avrebbe mai dimenticato la sua promessa. E ora, più che mai, sapeva che doveva portare avanti la sua vita con dignità, onorando il suo sacrificio e la sua memoria.

Quella lettera, quella piccola parte di Pietro che le era arrivata finalmente, le aveva dato la forza di ricominciare, di affrontare il futuro con coraggio, di non arrendersi mai. Forse non sarebbe mai riuscita a ritrovare Pietro, ma le sue parole le avevano dato una nuova visione della sua esistenza. E questa visione, questo nuovo cammino, l'avrebbe percorsa con determinazione, come una promessa che non avrebbe mai violato.

Nessun ostacolo, nessuna paura, avrebbe mai potuto spegnere la luce che quella lettera aveva acceso nel suo cuore. Le parole di Pietro vivevano dentro di lei, alimentando una forza che Elena non aveva mai saputo di possedere. Il suo futuro, pur incerto, era ora legato a una speranza che non avrebbe mai smesso di perseguire.

E così, con la lettera di Pietro stretta tra le mani, Elena si alzò dalla scrivania. Non c'era più tempo da perdere. Il mondo stava cambiando, e lei, anche senza di lui, avrebbe fatto la sua parte. Avrebbe vissuto, come lui le aveva chiesto, e avrebbe trovato la forza per onorare il loro sogno. Il futuro era ancora incerto, ma la sua determinazione non lo era. Con ogni passo che faceva, la sua promessa diventava realtà.

Elena si trovava sola nella sua piccola stanza, circondata dai libri che tanto amava, ma ora anche dai ricordi. I suoi occhi scorrevano velocemente sulle pagine vuote che aveva davanti, ma dentro di lei c'era un turbinio di emozioni che non riusciva a mettere in ordine. La lettera di Pietro le stava ancora stretta tra le mani, come un faro che illuminava la strada in un mondo che sembrava cambiato per sempre. Da giorni, ormai, sentiva il bisogno di scrivere, di fissare quei ricordi che le ronzavano nella testa, di raccontare la loro storia in modo che non andasse persa, come tutte le altre storie di persone che avevano vissuto in un tempo così difficile. E così, dopo tanto riflettere, aveva deciso che era giunto il momento di scrivere. Non solo lettere a Pietro, ma qualcosa di più grande, qualcosa che sarebbe rimasto.

La penna sfiorava la carta con una delicatezza che non le era mai appartenuta. Scrivere era sempre stato per lei un atto privato, un modo di esprimere le sue emozioni più intime, ma ora sentiva che c'era qualcosa di più. C'era una storia che doveva essere raccontata, non solo per lei, ma anche per tutti coloro che avevano vissuto la guerra, per le generazioni future, per chi avrebbe dovuto conoscere il prezzo della libertà. Elena non scriveva solo per se stessa. Scriveva per Pietro, per il suo amore che non aveva mai smesso di essere vivo. Scriveva per i sogni che avevano condiviso, per la lotta che li aveva uniti e che li avrebbe tenuti uniti per sempre.

Il titolo che aveva scelto per il suo romanzo era semplice, ma significativo: *Lettere dal Lido*. Un titolo che racchiudeva tutto ciò che avevano vissuto. La spiaggia di Lido, il luogo in cui si erano incontrati, il luogo dove avevano sperato, sognato e amato. Ogni parola che scriveva la faceva sentire più vicina a lui, più viva. Era come se, in qualche modo, Pietro fosse ancora lì, con lei, a guidarla in questo nuovo capitolo della sua vita. Ogni ricordo che riusciva a riportare alla mente era come un segno indelebile lasciato nel tempo. Ogni parola, ogni frase, ogni lettera che scriveva, non era solo una testimonianza del passato, ma un atto di speranza, di resistenza contro l'oblio.

Il suo romanzo non era solo una cronaca della guerra, ma una testimonianza di una vita che aveva trovato il suo senso in un amore che, purtroppo, era stato segnato dalla guerra. In un certo senso, *Lettere dal Lido* non raccontava solo la sua storia, ma la storia di tante persone che avevano vissuto quegli anni drammatici. La guerra non aveva solo distrutto vite, aveva anche creato legami fortissimi, legami che il tempo non avrebbe mai potuto spezzare. E il suo romanzo, pensò Elena, avrebbe potuto essere il modo per fare in modo che quella memoria non si perdesse mai. Non dovevano dimenticare. Mai.

Ogni sera, si sedeva al tavolo e scriveva. Le pagine si accumulavano, e con esse la sensazione di un percorso che stava prendendo forma, di una storia che stava finalmente trovando la sua voce. Ogni giorno sentiva che stava scrivendo un pezzo di sé, ma anche di tutti coloro che avevano vissuto quegli anni. C'era la speranza di raccontare la bellezza della vita, anche nel mezzo della devastazione, la speranza che quella bellezza, anche dopo tanto dolore, potesse emergere più forte che mai. Era questo il cuore del suo romanzo: la speranza, l'amore, la lotta per un futuro migliore. E, per quanto fosse difficile, sentiva che non poteva fermarsi. Non ora.

Le sue dita correvano sulla tastiera della macchina da scrivere, le lettere si allineavano una dopo l'altra, con la stessa cadenza che aveva visto in tante lettere di Pietro. Sentiva ancora la sua voce, la sua risata, il suo amore che la accompagnava ad ogni tasto premuto. La scrittura era diventata il suo modo di combattere, il suo modo di dare un senso a tutto quello che aveva perso. Ogni parola che scriveva era un atto di resistenza. Ogni frase che componeva era un omaggio alla loro lotta. La guerra aveva rubato così tanto, ma non avrebbe mai preso ciò che lei aveva costruito dentro di sé. La memoria di Pietro, la loro storia, l'amore che avevano condiviso, tutto questo non poteva essere cancellato.

Nel profondo del suo cuore, Elena sentiva che il suo romanzo avrebbe avuto un impatto. Non solo su di lei, ma su tutti coloro che avrebbero avuto la forza di leggere le sue parole. Non sapeva se le sue parole sarebbero mai arrivate a molti, ma sapeva che stava facendo qualcosa di importante. La letteratura, pensava, aveva il potere di cambiare le cose, di far ricordare, di fare in modo che le persone non dimenticassero mai quello che era successo. E lei, attraverso le sue lettere e la sua scrittura, avrebbe fatto in modo che il sacrificio di Pietro non venisse mai dimenticato.

A volte, si fermava e guardava fuori dalla finestra. La città stava lentamente rinascendo, ma le cicatrici erano ancora evidenti. Venezia stava cercando di rialzarsi, così come lei stava cercando di trovare la sua strada. Ma non sarebbe mai stata la stessa. La guerra aveva lasciato il suo segno, eppure, Elena sentiva che la speranza stava lentamente tornando a prendere piede. E lei, con il suo romanzo, stava contribuendo a quel cambiamento. Ogni pagina che scriveva era come un passo verso una nuova era, un'era di rinascita, di pace. Sapeva che non sarebbe stato facile, ma non si sarebbe mai fermata. Pietro non voleva che lo facesse. E lei non lo avrebbe mai tradito.

Il giorno in cui finì il primo capitolo, Elena sentì una sorta di liberazione. Non era un traguardo definitivo, ma un primo passo. La sensazione di aver reso omaggio a ciò che aveva vissuto e amato era più forte di ogni altra emozione. Le parole di Pietro le avevano dato la forza di andare avanti. La sua presenza, anche se lontana, era viva dentro di lei. La scrittura era diventata il suo legame con lui, con quella vita che avevano condiviso, con tutto ciò che avevano sperato e combattuto. Elena si rese conto che, in un certo senso, non avrebbe mai smesso di scrivere. Non sarebbe mai stata una scrittrice famosa, ma questo non le importava. C'era qualcosa di più importante in gioco. La sua storia, la loro storia, era troppo preziosa per essere dimenticata.

Elena continuò a scrivere nei giorni successivi, immersa nei suoi pensieri, ma anche nei suoi ricordi. Ogni parola che scriveva sembrava un ponte tra passato e futuro, tra il dolore della perdita e la speranza di un domani migliore. Ogni notte, quando il silenzio calava sulla città, la sua macchina da scrivere diventava l'unico suono che riempiva la stanza. Le sue dita scorrevano sulla tastiera con la stessa determinazione che aveva visto nei suoi compagni di lotta, nei partigiani che avevano rischiato tutto per la libertà. Scrivere, per lei, era diventato un atto di resistenza. Un modo per combattere la solitudine che la invadeva, un modo per non arrendersi mai.

La memoria di Pietro la accompagnava in ogni passo. Ogni dettaglio, ogni piccola cosa che aveva imparato da lui, la rendeva più forte. Non solo nelle sue parole, ma anche nella sua scrittura. Pietro le aveva insegnato che la speranza era più forte della paura. Non poteva cambiare il passato, ma poteva dare un senso al presente. E, mentre Elena scriveva, sentiva che stava onorando lui, e tutti quelli che avevano combattuto accanto a lui. La sua scrittura non era solo un ricordo, era un atto di amore, un atto di rivalsa contro le atrocità della guerra.

Ogni volta che chiudeva gli occhi, vedeva Pietro. Non era più solo un ricordo, ma una presenza viva, come se fosse ancora lì accanto a lei, come se stesse leggendo ogni parola che scriveva. Le lettere che le aveva scritto erano la sua eredità. E, sebbene la sua figura fosse ora lontana, Elena sentiva che quella connessione tra di loro non si sarebbe mai spezzata. La sua scrittura era la sua risposta a tutto quello che la guerra le aveva portato via. Era il suo modo di dirgli che, anche se il destino li aveva separati, il loro amore sarebbe rimasto intatto. Che la loro storia non sarebbe stata dimenticata.

La città di Venezia, fuori dalla sua finestra, stava lentamente guarendo, ma il dolore della guerra era ancora palpabile. Le cicatrici sulle facce dei cittadini, il silenzio che seguiva le esplosioni passate, le strade distrutte e i ponti minacciati dalla furia del conflitto: tutto parlava di un dolore che ancora lacerava il cuore della città. Eppure, qualcosa stava cambiando. L'aria era diversa. Era l'aria di una città che stava cercando di risorgere, proprio come lei. Anche se non lo sapeva, Elena era parte di quella risurrezione. La sua scrittura stava contribuendo a ricostruire il tessuto di quella comunità, come una piccola parte di una più grande opera di rinnovamento. Il Lido, il luogo che aveva visto nascere il suo amore con Pietro, ora era diventato il simbolo di una nuova vita, di un nuovo inizio. Il Lido era la sua isola, il suo rifugio, eppure anche un luogo di speranza per l'intera città.

Un giorno, mentre si trovava alla libreria, che ora stava lentamente riaprendo, Elena si fermò per un momento a guardare la porta. La sua mente viaggiava, e tornò a un tempo che sembrava ormai lontano, a quando tutto sembrava più semplice. Ma la sua vita non era mai stata semplice. Non lo era stata quando aveva incontrato Pietro, non lo era stata quando la guerra era scoppiata, e non lo era ora che stava cercando di fare i conti con la sua perdita. Ma non si sarebbe mai fermata. Non sarebbe mai tornata indietro. La guerra aveva preso molto da lei, ma non avrebbe preso anche la sua determinazione. La sua passione per i libri, per le storie, era l'unica cosa che le restava intatta.

Il lavoro nella libreria non era mai stato solo un mestiere per Elena. Era la sua missione. La sua possibilità di far rivivere la cultura, di riportare la bellezza nei cuori delle persone. La guerra aveva distrutto tante cose, ma non aveva potuto fermare la forza della cultura, della conoscenza, della parola scritta. Il suo romanzo, *Lettere dal Lido*, sarebbe stato una testimonianza di tutto ciò. Un testamento di amore e speranza in mezzo alla distruzione. E così, quando si mise a scrivere nel tardo pomeriggio, il suono della sua macchina da scrivere non sembrava solo un rumore. Era il battito del cuore della città, che lentamente ricominciava a vivere. Ogni pagina che scriveva contribuiva a ricucire le ferite, non solo della sua anima, ma di un'intera nazione.

Sapeva che non sarebbe mai stata la stessa. La guerra le aveva tolto troppo, ma non le aveva tolto la sua capacità di amare, di sperare, di credere nel futuro. La città, pur ferita, stava riprendendo fiato. E lei, con la sua scrittura, stava ricostruendo i pezzi che erano andati persi. Il suo dolore si stava trasformando in qualcosa di più grande, di più significativo. Non sarebbe stata più solo Elena la libraria del Lido, ma Elena la testimone di una storia che non sarebbe mai stata dimenticata.

E così, mentre i mesi passavano e il romanzo prendeva forma, Elena sentiva che stava facendo qualcosa di più di semplici parole. Stava costruendo un ponte tra il passato e il futuro, un ponte che avrebbe continuato a collegare lei e Pietro, la sua città e la sua storia, l'amore e la speranza che mai sarebbero svaniti. Ogni parola che scriveva era il segno di una promessa che, nonostante tutto, non sarebbe mai stata infranta: che la memoria di ciò che avevano vissuto sarebbe vissuta per sempre. Che, anche se il mondo attorno a loro cambiava, la loro storia sarebbe rimasta immutata.

Elena guardava la copertina del suo libro, il titolo in corsivo che brillava sotto la luce della lampada, come se fosse la chiave di un nuovo inizio. *Lettere dal Lido.* Quelle parole, un tempo piene di dolore e di speranza, ora erano diventate il simbolo di una nuova era, un simbolo di resistenza e di ricordo. Da quando il suo romanzo era stato pubblicato, le cose erano cambiate. Non più solo Elena, la libraria, ma Elena, l'autrice, colei che aveva trovato una nuova voce, un nuovo scopo nel raccontare la sua storia, nella storia che aveva condiviso con Pietro, la storia di un amore che non sarebbe mai stato spezzato. Le lettere di Pietro, i suoi sogni, le sue speranze per un'Italia libera, ora vivevano nelle parole scritte, un'eredità che resisteva al passare del tempo e alla brutalità della guerra.

Il libro aveva avuto un'accoglienza calorosa. Era stato accolto come un atto di coraggio e di memoria. Alcuni lo avevano letto come una testimonianza di resistenza, altri come un inno alla speranza. Ma per Elena, era molto di più. Non era solo un libro. Era un modo per portare la sua voce, quella di Pietro e quella di tanti altri che avevano combattuto, nelle mani di chi ora doveva ricostruire. Il dolore che l'aveva accompagnata per tanto tempo si stava lentamente trasformando in un sentimento di realizzazione. Il suo libro stava facendo la differenza. Ogni volta che qualcuno lo leggeva e le diceva quanto fosse toccato dalle parole che aveva scritto, Elena sentiva che il peso che aveva portato dentro di sé si stava alleggerendo. Non era più sola. Le parole che scriveva ora avevano un impatto, avevano il potere di unire, di risanare.

A Venezia, dove il Lido rappresentava ancora la sua casa, il suo cuore, la sua vita insieme a Pietro, i giorni passavano lentamente. La città era cambiata, eppure restava la stessa. Le cicatrici della guerra erano ancora visibili, ma ora c'era un'energia diversa, un fermento di vita che non c'era stato prima. Elena, che aveva visto la città crollare sotto il peso del conflitto, ora vedeva una Venezia che cercava di rinascere, di ritrovare se stessa. Il suo libro aveva avuto un impatto che andava oltre i confini delle parole scritte. Le persone che leggeva, che si incontravano nei caffè e nelle librerie, le parlavano di come le sue parole le avessero ispirate, di come avessero trovato forza nella sua storia. Non solo la sua storia e quella di Pietro, ma la storia di tutti quelli che avevano lottato, che avevano creduto in un futuro migliore. La sua esperienza era diventata universale, perché chiunque avesse sofferto, chiunque avesse lottato, poteva riconoscersi nelle sue parole.

Un giorno, mentre si trovava nel suo angolo preferito della libreria, una giovane donna si avvicinò a lei con una copia del libro. "Ho letto il suo libro," disse con voce tremante. "Le sue parole mi hanno dato la forza di affrontare il mio dolore. Ho perso mio marito durante la guerra, e le sue lettere mi hanno fatto sentire che non sono sola." Elena la guardò, e in quel momento, si rese conto che le parole che aveva scritto non erano solo un modo per affrontare il passato, ma un ponte verso il futuro. Il dolore che aveva provato, il dolore che aveva condiviso con Pietro, ora trovava un significato diverso. Non era solo il suo dolore, ma il dolore di chiunque avesse perso, di chiunque avesse lottato per un futuro migliore.

La libreria era diventata un rifugio, un luogo dove le persone potevano venire per trovare un po' di conforto, un po' di speranza. Il profumo dei libri, il rumore delle pagine che venivano sfogliate, il mormorio delle conversazioni tra i clienti, tutto contribuiva a creare un'atmosfera di rinascita. Ogni giorno, Elena sentiva che stava facendo qualcosa di più che vendere libri. Stava dando alle persone un rifugio emotivo, un angolo di speranza dove poter respirare. Il suo lavoro non era più solo un mestiere, ma una missione. La libreria era diventata il cuore pulsante di quella piccola comunità che stava ricostruendo la propria vita. E attraverso il suo libro, Elena aveva trovato un modo per dare forma a quella ricostruzione.

Nel suo cuore, sapeva che Pietro sarebbe stato fiero di lei. L'idea che il suo amore potesse avere un impatto, che potesse ispirare chiunque lo leggesse, la rendeva più forte. Non aveva bisogno di una conferma esterna per sapere che ciò che aveva fatto era giusto. La sua scrittura, il suo libro, erano il risultato di una promessa che aveva fatto a se stessa e a Pietro. Non sarebbe mai scesa a compromessi. Non avrebbe mai smesso di combattere per ciò in cui credeva. La sua voce sarebbe sempre stata quella della speranza, della libertà, della memoria.

Ogni tanto, Elena si fermava a pensare a come sarebbe stato se le cose fossero andate diversamente. Se Pietro fosse tornato, se avessero potuto vivere insieme quel futuro che avevano sognato. Ma poi, come sempre, si faceva forza. Pietro le aveva lasciato qualcosa di più di un ricordo. Le aveva lasciato la forza di andare avanti, la forza di lottare, la forza di amare, anche senza di lui. E con ogni parola che scriveva, ogni pagina che completava, Elena sentiva che il suo amore per Pietro era immortale. Non importava quanto tempo sarebbe passato, non importava quante cicatrici avrebbe portato con sé. La sua storia sarebbe vissuta, e il suo amore, la sua lotta, non sarebbero mai stati dimenticati.

Il romanzo aveva cambiato la sua vita, ma Elena sapeva che, più che un cambiamento, era stata una trasformazione. Da quando aveva iniziato a scrivere, la sua percezione del mondo era diventata più chiara. La scrittura era stata la sua via di salvezza. E ora, quella salvezza stava aiutando anche gli altri. Ogni lettera che scriveva, ogni parola che prendeva vita sulla pagina, era un passo verso un nuovo mondo. Un mondo che, pur lacerato dalla guerra, stava lentamente rinascendo. E Elena, con la sua forza, con il suo amore per Pietro, stava dando forma a quel mondo, un libro alla volta.

Elena camminava per le strade di Venezia, il vento salato che soffiava dal mare e il suono delle onde che si infrangevano sulle fondamenta dei palazzi. La città, un tempo così familiare, sembrava ora più viva che mai, eppure portava ancora le cicatrici della guerra. Le voci dei turisti si mescolavano con quelle dei veneziani che avevano resistito, cercando di ricostruire la loro vita, una pietra alla volta. Ogni angolo sembrava raccontare una storia, ogni calle sembrava sussurrare segreti del passato. La città aveva vissuto la devastazione, ma ora, finalmente, era libera.

Quando Elena aveva scritto le sue lettere, quelle che avevano preso forma nel suo romanzo, non aveva mai immaginato che potessero arrivare così lontano, che avrebbero avuto un impatto così grande. Ma le cose erano cambiate. Le persone avevano cominciato a guardare la sua storia non solo come un racconto d'amore, ma come un inno alla vita, alla forza umana che riesce a sopravvivere anche nei periodi più bui. Ogni volta che qualcuno la fermava per raccontarle quanto il suo libro li avesse toccati, Elena sentiva un nodo alla gola, ma anche una crescente gratitudine. La sua vita non era stata vana. Pietro le aveva insegnato a lottare per ciò che è giusto, a non arrendersi mai, e ora, grazie a lui, anche lei stava facendo la sua parte.

La libreria che aveva ricostruito era diventata un luogo di incontro per chi cercava un po' di pace, per chi cercava risposte, per chi voleva sentire che non era solo nel mondo. I libri, le parole, avevano il potere di guarire. La gente veniva a cercare conforto tra gli scaffali pieni di volumi, e lei li accoglieva con un sorriso, consapevole di quanto quei piccoli attimi di umanità fossero importanti. La libreria era un rifugio, un punto di riferimento. Ogni giorno, si sentiva grata per essere riuscita a ricostruire non solo la sua vita, ma anche quella degli altri.

Con il passare dei mesi, la sua fama come autrice

si era diffusa, ma Elena non era cambiata. La sua umiltà, la sua riservatezza, erano rimaste intatte. Non le importava del successo. Ciò che contava per lei era che le sue parole potessero fare la differenza, che potessero dare speranza a chi si trovava a ricostruire, proprio come lei aveva fatto. I libri che aveva scritto, che aveva curato con tanto amore, erano diventati un simbolo della sua vita e della sua lotta. Pietro non era mai davvero scomparso, perché ogni pagina che scriveva, ogni parola che scorreva sulla carta, lo riportava indietro a lei. L'ombra di lui aleggiava sempre accanto a lei, ma non più come un peso. Ora, la sua presenza la rendeva più forte.

Il successo del libro, le lettere che avevano ispirato migliaia di lettori, non potevano però colmare la solitudine che Elena provava nei momenti più intimi. Nonostante l'affetto dei suoi lettori, nonostante la rinascita della città e della sua libreria, la mancanza di Pietro restava un vuoto che non poteva essere colmato. Ma ogni volta che rileggiva le sue lettere, sentiva che il suo amore per lui non sarebbe mai svanito. Le sue parole, i suoi sogni, le sue speranze vivevano dentro di lei, nel profondo. E in qualche modo, Pietro era ancora accanto a lei, come una voce che non si sarebbe mai spenta.

Un giorno, mentre stava riponendo alcuni libri sugli scaffali, Elena si fermò a pensare a quanto fosse stato difficile arrivare fino a lì. La guerra aveva tolto tanto, ma le aveva anche insegnato a vedere la vita con occhi diversi. La guerra aveva portato via Pietro, ma non aveva portato via la sua essenza. Lui viveva attraverso le sue parole, attraverso ogni ricordo che aveva impresso nel suo cuore. Ogni pagina scritta, ogni lettera inviata, era stata un atto di resistenza. Non solo contro l'occupazione tedesca, ma contro la paura, contro la morte, contro la disperazione. Ogni giorno che trascorreva nella libreria, Elena sentiva che stava combattendo la guerra in un modo diverso. Non più con le armi, ma con le parole. E questo, in fondo, era il suo modo di continuare a lottare per Pietro, per l'Italia che avevano sognato insieme, per quella libertà che, anche se difficile da conquistare, doveva essere preservata.

La sua vita, anche se segnata dalla perdita, non era stata infranta. La sua scrittura, il suo amore per Pietro, avevano creato un ponte che collegava il passato al futuro. Ogni volta che scriveva, ogni volta che aiutava qualcuno a trovare il libro giusto, a trovare conforto tra le pagine, Elena sentiva di dare una piccola parte di sé al mondo. E anche se il futuro restava incerto, sapeva che, almeno per quel momento, stava facendo qualcosa che aveva senso. La sua voce, quella che un tempo era stata solo un eco di sofferenza, ora era diventata una testimonianza di speranza. La vita aveva trovato una nuova strada, una strada fatta di parole, di libri, di ricordi, ma soprattutto di resistenza. E così, passo dopo passo, Elena stava ricostruendo il mondo, proprio come aveva ricostruito la sua vita, e la sua storia.

Elena si trovava seduta al tavolino di un caffè sul Lido, il sole di fine pomeriggio che dipingeva la laguna di sfumature dorate e arancioni. La brezza marina accarezzava il suo viso, portando con sé l'odore salmastro del mare e il suono lontano delle onde che si infrangevano dolcemente sulle rive. Il Lido, ora, era diverso. Le cicatrici della guerra erano in gran parte nascoste sotto la patina di nuovi inizi e di ricostruzione, ma alcuni luoghi, alcuni angoli, portavano ancora i segni della sofferenza passata. La libreria che aveva ricostruito, il suo piccolo angolo di rifugio nel cuore della città, ora era un punto di riferimento, un faro di speranza per chi cercava conforto nelle parole. Elena aveva ritrovato la sua serenità, un pezzo alla volta, giorno dopo giorno, ma c'era sempre qualcosa che le mancava, qualcosa che non riusciva a colmare del tutto.

Stava bevendo il suo caffè, gli occhi fissi sulle acque scintillanti della laguna, quando lo vide. Un uomo anziano, seduto a pochi tavoli da lei, con il volto segnato dal tempo, ma con degli occhi che sembravano familiari, troppo familiari. Era un uomo che sembrava aver vissuto molte vite, ma che in qualche modo portava dentro di sé un ricordo che lei non riusciva a ignorare. I capelli grigi, il volto segnato dalla fatica degli anni, ma quegli occhi, quegli occhi azzurri che brillavano con la stessa intensità di un tempo. Elena trattenne il respiro. Non poteva essere, pensò. Era impossibile. Ma qualcosa dentro di lei le diceva che forse sì, che forse quella persona era lui, Pietro.

I suoi occhi si incontrarono per un attimo, solo per un istante, ma fu come se il tempo si fosse fermato. Non ci furono parole, nessun movimento, solo uno sguardo che parlava più di mille frasi. Elena sentiva il cuore battere forte nel petto, ma non si mosse. Non riusciva a muoversi. C'era una calma strana, come se finalmente fosse arrivata a un punto di pace che non aveva mai pensato di trovare. L'uomo non la riconobbe, e probabilmente lei non avrebbe mai saputo se fosse stato veramente lui, Pietro, ma quello scambio di sguardi le dava una sensazione che la avvolgeva completamente, una sensazione di chiusura di un cerchio. Il passato e il presente si erano incontrati in quel breve momento, eppure nulla di concreto era stato detto o fatto. Solo uno sguardo che diceva tutto, che non aveva bisogno di parole.

Elena abbassò gli occhi, tornando a guardare la sua tazzina di caffè, ma la sensazione di quella connessione silenziosa rimase con lei. Non importava se quell'uomo fosse o meno Pietro.

La sua presenza in quel momento significava qualcosa di più profondo, qualcosa che le dava la forza di andare avanti, di non guardare indietro con rimpianto, ma con gratitudine. La guerra, le perdite, il dolore che aveva vissuto, tutto ciò che aveva attraversato, le avevano insegnato che a volte la vita non ha bisogno di risposte chiare. Alcuni momenti restano sospesi, come una promessa che non è mai stata pronunciata, ma che è ugualmente sentita nel cuore.

Alzandosi lentamente dal tavolo, Elena guardò per un'ultima volta l'uomo anziano, ma lui era già scomparso tra la folla. Forse non era stato lui. Forse non lo avrebbe mai saputo. Eppure, non era più importante. Quello che contava era la pace che sentiva in quel momento, la sensazione di essere finalmente pronta a vivere, a ricominciare, senza rimorsi. Pietro era stato una parte di lei, e quella parte non sarebbe mai sparita, ma ora sapeva che la sua vita, quella che stava ricostruendo giorno dopo giorno, era sua, piena di significato, piena di futuro.

Camminando lungo la passeggiata del Lido, con il mare che le accarezzava i piedi e il cielo che si tingeva di colori caldi, Elena sentiva che la sua vita aveva preso una nuova forma, una forma che aveva scelto, che aveva voluto. Le cose non erano mai state facili, e non lo sarebbero mai state del tutto. Ma quella serenità che provava ora, quella sensazione di pace interiore, era la dimostrazione che anche nelle tenebre più profonde, la luce può sempre tornare a brillare. E, in qualche modo, Pietro era sempre stato con lei. Non solo nei suoi ricordi, ma in ogni passo che faceva, in ogni decisione che prendeva, nel suo cuore che batteva per un futuro che aveva imparato a costruire da sola.

La città di Venezia, la sua città, era finalmente libera. E anche lei, in qualche modo, lo era. Non c'era più bisogno di aspettare risposte, di cercare risposte. La risposta era dentro di lei, nel suo coraggio, nella sua forza di non arrendersi.

Il sole stava ormai calando dietro le colline, e le luci della città cominciavano a brillare come stelle nel cielo della laguna. Elena si fermò un momento, guardando la vista che amava, quella che aveva visto crescere insieme a Pietro, quella che ora doveva vedere con occhi nuovi. In quel momento, sapeva che la sua vita, quella che avrebbe vissuto da quel momento in poi, sarebbe stata un omaggio a lui, ma anche un omaggio a se stessa. E non c'era niente di più potente di questo.

La luce del tramonto sfiorava dolcemente le acque della laguna, tingendo tutto di una tonalità calda che sembrava raccontare una storia di speranza, di rinascita. Elena, camminando lungo la riva, sentiva il suono delle onde che si infrangevano delicatamente sulla sabbia, come una melodia che la consolava, che la faceva sentire più leggera. Aveva sempre amato

Venezia, ma oggi la città le sembrava diversa. Più silenziosa, più intima, come se anche lei avesse vissuto una trasformazione, come se le cicatrici della guerra fossero ormai parte di un passato che, pur restando, non pesava più sul futuro.

Ogni passo che faceva sulla strada del Lido, ogni angolo che incrociava, sembrava riportarla a quei momenti passati, quando la vita era ancora un sogno fragile, quando Pietro e lei si erano scambiati sogni e speranze tra le mura di quella piccola libreria. Ora, quella stessa libreria era tornata ad essere il rifugio che lei aveva voluto costruire, il simbolo della sua resistenza, della sua volontà di non arrendersi, di tenere viva la memoria di quello che avevano vissuto insieme.

Il vento le accarezzava il viso, e per un attimo chiuse gli occhi, come se volesse afferrare quella sensazione, come se volesse fermare il tempo. Ogni ricordo di Pietro si mescolava con i suoni, con i colori, con la sensazione del mare che le scivolava sulle dita. Sapeva che non sarebbe mai stata in grado di dimenticarlo, né lo avrebbe mai voluto. Ma ora era diversa. Aveva imparato a vivere con il suo ricordo, ad accoglierlo come parte di lei, senza che questo la rendesse fragile, senza che questo la portasse a vivere nel passato. Aveva capito che la vita andava avanti, che ogni giorno era una nuova occasione di scegliere, di essere presente, di andare avanti, anche senza certezza di ciò che sarebbe venuto.

Mentre camminava lungo il Lido, Elena pensava al viaggio che aveva compiuto, al cammino che aveva attraversato e a come, ogni volta, avesse trovato la forza di rialzarsi. La guerra l'aveva segnata, certo, ma le aveva anche dato la forza di riscoprire se stessa. Non era più solo la ragazza che aveva amato Pietro, non era più solo la figlia del padre che aveva cercato di sopravvivere in un mondo in guerra. Era una donna nuova, forgiata dalle esperienze, dalle difficoltà, ma anche dalla speranza e dalla voglia di ricominciare.

Tutti i suoi sogni, le sue paure, le sue speranze erano ora racchiusi nelle pagine del suo libro, nel suo tributo a Pietro, al loro amore, alla loro resistenza. Ogni parola scritta era un passo in avanti, un passo verso una nuova vita, una nuova consapevolezza. Il dolore che aveva provato, la perdita che aveva vissuto, erano diventati la sua forza. Ogni pagina che aveva scritto le aveva permesso di affrontare il suo dolore, di trasformarlo in qualcosa di bello, di utile, di significativo.

E mentre pensava a tutto questo, Elena si fermò un momento, guardando l'orizzonte. Il cielo si tingeva ora di un blu profondo, e le luci della città brillavano come piccole stelle. Sapeva che la sua vita era ancora tutta da scrivere, che il futuro era una pagina bianca che aspettava di essere riempita. Non sapeva cosa sarebbe successo, ma era pronta ad affrontarlo. Ogni giorno sarebbe stato una nuova sfida, ma anche una nuova opportunità di crescere, di scoprire, di amare. E, chissà, forse un giorno avrebbe trovato finalmente la pace che cercava, forse un giorno, avrebbe avuto tutte le risposte. Ma oggi, in quel momento, sentiva una serenità che non aveva mai provato prima. La guerra era finita, la città era libera, e lei, finalmente, era libera anche dentro di sé.

Il caffè che aveva appena lasciato si trovava dietro di lei, e lei proseguiva lungo il cammino, con un passo più deciso, più sicuro. I suoi occhi erano lucidi, ma il sorriso che le sfiorava le labbra non era di tristezza, ma di una speranza che sapeva essere viva, che sapeva poter crescere ogni giorno. Anche se Pietro non era più lì con lei, anche se il futuro restava incerto, Elena sentiva che la sua vita, ora, era nelle sue mani. E quella vita sarebbe stata piena di amore, di ricordi, ma soprattutto di nuove possibilità.

Ogni passo che faceva la portava più lontano dal passato, ma al tempo stesso, ogni passo la riportava verso qualcosa di nuovo, qualcosa di più forte, qualcosa che le sarebbe appartenuto per sempre. La guerra non l'aveva spezzata. Anzi, l'aveva trasformata in una donna capace di guardare avanti, di ricostruire, di amare.

Il vento le scompigliò i capelli, e lei alzò lo sguardo al cielo, sentendo quel lieve brivido di speranza che le percorreva la schiena. In fondo, le risposte non erano mai necessarie. La vita, anche senza di esse, era un viaggio da percorrere, e lei, finalmente, era pronta.

EPILOGO

Molti anni sono passati da quando la guerra ha lasciato il segno sulla città di Venezia, eppure le cicatrici restano, invisibili ma vive nel cuore di chi ha vissuto quei giorni di sofferenza e speranza. La memoria di Pietro, di Elena, e delle loro lettere non è mai svanita, ma ha trovato rifugio nei ricordi e nelle storie che le persone hanno continuato a raccontare, a trasmettere da una generazione all'altra. La guerra ha cambiato il corso delle loro vite, ma l'amore e la resistenza, come radici profonde, sono rimasti intatti, pronti a fiorire di nuovo nei cuori di chi ha vissuto quei momenti.

Elena, ormai una donna di mezza età, si trova di nuovo al Lido, a pochi passi dal mare che ha visto i suoi sogni crescere e frantumarsi, a pochi passi da una città che ha visto nascere e morire speranze. Ora, guardando l'orizzonte, non cerca più la sofferenza, ma una pace che ha saputo guadagnarsi, giorno dopo giorno. La sua vita, pur segnata dalla perdita, è stata anche una testimonianza di rinascita e di forza. Il libro che ha scritto, il suo tributo a Pietro, alla loro lotta e al loro amore, è stato letto e amato da molti. Ma per lei, la vera ricompensa è stata riuscire a dare voce a chi non aveva più voce, a chi aveva lottato in silenzio per un ideale più grande, per una libertà che, finalmente, si è conquistata.

Il caffè al Lido è lo stesso di tanti anni fa. Le voci dei passanti si mescolano al rumore delle onde, ma dentro di sé Elena sa che tutto è cambiato. Nonostante il tempo e la distanza, il legame che unisce lei e Pietro è rimasto forte, come un filo invisibile che ha resistito alla morte, alla guerra e al silenzio.

Mentre sorseggia il caffè, il volto di un uomo anziano attira la sua attenzione. Gli occhi di lui sono pieni di saggezza, di anni vissuti, ma c'è qualcosa in lui che le sembra familiare. Il suo cuore accelera, e per un attimo, in quel breve scambio di sguardi, sente come se il tempo si fosse fermato. Non c'è parola, non c'è gesto, solo quella connessione silenziosa che, come un eco lontano, la riporta indietro, al passato, alla memoria di un amore che ha attraversato le tenebre della guerra.

L'uomo sorride, ma senza dire una parola. Poi si allontana, come se il destino lo avesse fatto passare di lì per un solo istante, per ricordarle che la speranza e l'amore, come le storie, non finiscono mai veramente. Semplicemente continuano a vivere, in ogni angolo, in ogni ricordo.

Elena si alza, e per la prima volta dopo tanto tempo, sorride. Il suo cammino non è stato facile, ma ha trovato una pace che, forse, non avrebbe mai immaginato. E mentre cammina lungo il Lido, il sole che tramonta dietro di lei sembra prometterle un nuovo inizio. Un nuovo giorno.

RINGRAZIAMENTI

Cari lettori,

Voglio iniziare esprimendo la mia più sincera gratitudine a ciascuno di voi che ha intrapreso questo viaggio con me, attraverso le pagine di Lettere dal Lido. Che abbiate letto queste parole in un attimo di quiete o nei momenti più frenetici della vostra vita, il fatto che abbiate scelto di immergervi in questa storia è per me un onore indescrivibile.

Ogni capitolo che avete letto, ogni emozione che avete condiviso con i protagonisti, ha trovato un posto speciale nel mio cuore. La vostra dedizione e il vostro interesse sono ciò che dà vita a ogni storia che scrivo. Grazie per aver reso Lettere dal Lido una parte della vostra vita, e per aver dato significato a tutto il mio lavoro.

Concludere questa storia non significa solo chiudere un libro, ma significa aprire una nuova porta per il futuro. La storia di Elena e Pietro, e delle loro lettere, è una testimonianza di speranza e di lotta, e mi auguro che possa ispirarvi a guardare al futuro con coraggio, anche quando sembra che tutto sia perduto.

Non è la fine del nostro viaggio insieme. Mi auguro che possiate continuare a seguire il mio percorso, e che la curiosità vi spinga a scoprire il prossimo capitolo della mia scrittura. Ci sono ancora molte storie da raccontare, e spero di avervi al mio fianco nel prossimo capitolo, pronto per essere scritto.

Con affetto e gratitudine,
Aurora De' Rossi